나를 통째로
삼켜 버린 소녀

LIZZIE BRIGHT AND THE BUCKMINSTER BOY by Gary D. Schmidt
Copyright © 2004 by Gary D. Schmidt
All rights reserved.
This Korean edition was published by Booknbean Publisher in 2010, 2018 by special arrangement with Houghton Mifflin Harcourt Publishing Co. through KCC (Korea Copyright Center Inc.), Seoul.

이 책은 (주)한국저작권센터(KCC)를 통한 저작권자와의 독점계약으로
책과콩나무에서 출간되었습니다. 저작권법에 의해 한국 내에서 보호를 받는 저작물이므로
무단전재와 복제를 금합니다.

나를 통째로 삼켜 버린 소녀

게리 D. 슈미트 지음 · 천미나 옮김

책과콩나무

차 례

제1장 ······ 007
제2장 ······ 033
제3장 ······ 064
제4장 ······ 086
제5장 ······ 116
제6장 ······ 143
제7장 ······ 170
제8장 ······ 197
제9장 ······ 226
제10장 ······ 259
제11장 ······ 286
제12장 ······ 312

작가의 말 ······ 337
옮긴이의 말 ······ 341

제1장

터너 벅민스터는 메인 주 핍스버그에서 다섯 시간 사십오 분을 살았다. 터너는 바닷물에 담갔던 손을 빼 손가락 끝에 남은 소금기를 살짝 핥아 보았다. 소나무들에서는 송진 냄새가 물씬 풍겼다. 수평선 위를 떠다니는 부표에 매달린 종들에서는 규칙적으로 낮은 종소리가 들려왔다. 교회 옆에는 앞으로 자신이 살게 될 멋진 목사관이 보였고, 목사관에서 조금 떨어진 곳에 작은 곁채 하나가 세워져 있는 게 조금 어리둥절하게 느껴졌다.

이제 터너 벅민스터가 메인 주 핍스버그에 산 지 여섯 시간이 되었다.

앞으로 얼마나 더 버틸지 모르겠다.

아마도 서부 어딘가에는 터너가 떠날 만한 미지의 세계가 정말로 존재할지 모른다. 목사의 아들로 산다는 게 하나도 중요하지 않은…… 눈곱만큼도. 터너는 떠나고 싶었다. 여기에서는 목사의 아들로 산다는 게 중요하기 이를 데 없으며, 그럼에도 아무렇지도 않은 척 살아야 한다는 부담감이 벌써부터 터너의 영혼을 쪼아 댔기 때문이다.

터너 가족의 도착은 핍스버그 마을에서 엄청 대단한 사건이었다. 핍스버그 제일회중교회*의 교인들은 한 사람도 빠짐없이(다른 종파에서 버림받은 교인들까지) 새로 온 목사와 목사 가족을 환영하기 위해 모였다. 증기선이 부두에 모습을 드러내자, 트롬본 4중주단이 행진곡을 연주했다. 부둣가 끄트머리에는 '벅민스터 목사님을 환영합니다!'라고 쓴 빨갛고 파랗고 하얀 환영 깃발들이 휘날렸다. 벅민스터 사모**가 갑판 위에 모습을 드러내자마자, 집사들이 한 손으로 검은 정장의 옷깃을 붙잡고 일제히 모자를 들어 인사했다. 새로운 목사의 등장에 환호성이 터졌고, 4중주단이 〈주 사랑하는 자 다 찬송할 때에〉를 연주했고, 제일회중교회의 동종 소리가 울려 퍼졌다.

이윽고 세 사람이 새로 정착할 해안으로 발을 내딛자, 집사들이 목사의 양팔을 잡았고, 제일회중교회 소속 '바느질 봉사 부인회'의 회원들이 사모의 양팔을 잡았으며, 그리고 터너는…… 터너는 집사들과 바느질 봉사 부인회 회원들을 따라 나온 아들딸들과 얼굴을 마주하며 부두 끝에 홀로 서 있었다. 터너의 팔을 잡아 주는 아이는 아무도 없었다. 아이들은 터너가 가까이 하고 싶지 않은 무언가로 발을 들여놓기라도 한 듯 빤히 쳐다보았다.

터너가 손을 번쩍 들어 먼저 인사를 건넸다.

"안녕."

보스턴에서 들었던 소문이 하나도 틀리지 않았다. 메인 주 사람들은 언어 자체가 달라서 자기네 말을 하지 않는 사람에게는 신경조차 쓰지 않는다던 바로 그 소문.

터너가 미지의 세계를 찾아 떠나고 싶다는 생각이 든 건 그때가 처음이었다.

하지만 상황이 계속 나빠지기만 한 건 아니었다. 바느질 봉사 부인회는 차갑게 식힌 닭고기, 돼지고기와 독일식 감자 샐러드, 삶은 달걀, 오이, 얇게 저민 토마토, 오이 피클, 베이컨, 버터를 바른 햄 샌드위치, 각양각색의 머핀과 잼으로 오천 명을 먹일 만한*** 야유회를 준비했다. 길고 지루한 허드 집사의 기도가 끝나자, 터너는 어쩌면 핍스버그가 생각만큼 나쁜 곳은 아닐지도 모른다는 생각이 들었다. 그들의 언어만 제대로 익힌다면.

게다가 허드 집사가 '오후 야구 시합'을 열겠다며 양쪽 팀을 불러 모으면서 상황은 훨씬 더 좋아졌다. 터너의 어머니는 터너를 보며 얼굴에 웃음을 머금었고, 터너 역시 어머니를 마주보며 빙그레 웃었다.

호루라기 신호와 함께 제일회중교회의 남자 어른들과 소년들이 보기 싫게 뻐기며 바로 전날 말끔히 풀을 베어 놓은 세이어 초원으로 어슬렁어슬렁 걸어가 야구장 라인을 그렸다. 먼저 동그랗

---

* 16세기 말과 17세기 초에 잉글랜드 개신교 교회에서 일어난 운동의 일환으로 세워진 교회. 각 회중이 자체 문제에 대해 독자적인 결정을 하는 권리와 의무를 강조했다.
** 목사의 부인
*** 예수가 갈릴리 호숫가 언덕에서 빵 다섯 개와 물고기 두 마리로 5,000명의 사람들을 배불리 먹였다는 일화를 빗댄 표현이다.

게 투수 마운드를 그린 다음 홈 플레이트 옆에다 네모난 타자석을 그렸다. 그러자 이제 허드 심판이 된 허드 집사가 웃옷을 벗고는 터너에게 야구 방망이를 내밀며 물었다.

"벅민스터 군, 야구 해본 적 있나?"

"네, 집사님."

터너가 대답했다.

터너는 이렇게 말하고 싶었다. "십만 번쯤이요." 아니면 "억만 번쯤이요." 아니면 "집사님, 저는 공을 파울 라인 바로 안쪽으로 떨어지게 치는 데 도사거든요, 전 세계에서 저만큼 그렇게 아슬아슬하게 치는 사람도 드물 거예요."라고. 하지만 터너는 꾹 참고 그냥 빙긋 웃어 보였다.

"그럼 일 번 타자는 너다."

허드 집사가 말했다.

터너는 "네, 알겠습니다."라고 대답하며 야구 방망이를 잡았다. 찐득한 송진을 만져 보니 다시 보스턴으로 돌아간 듯한 기분이었다.

그런데 보스턴과는 야구장이 사뭇 달랐다. 잔디라기보다는 오히려 그루터기 밭에 가까웠다. 깨진 조개 화석을 발로 밟아 다져서 홈 플레이트를 만들어 놓았는데, 그나마 살짝 기울어 있었다. 나머지도 넓적한 화강암이 드러난 곳을 그냥 베이스로 삼았기 때문에 딱히 다이아몬드 모양이라고 보기가 어려웠다. 그런데 가만히 보니 좌익수 쪽에 소나무들이 바짝 붙어 있어서 힘껏 후려치면 공을 소나무들 사이로 보낼 수 있을 듯싶었다. 아무리 못 해도 3루타는 나올 듯했다. 심지어 중견수 쪽은 높이 치기만 하면 바닷바람을 타고 공이 가지까지 날아갈 정도로 나무들이 바짝 붙어 있었다.

터너로서는 충분히 가능한 일이었다.

터너는 두 번째 공에서 3루타를 쳐 보이리라 마음먹었다. 그런데 막상 타석에 서 보니, 2루수가 3루 쪽으로 치우쳐 있는 2루 베이스에 완전히 딱 붙어서 수비하고 있어서 잘만 하면 2루수 옆을 스치는 2루타를 만들 수도 있겠다 싶었다.

터너는 타석에 서서 두어 번 천천히 방망이를 휘둘러 보았다. 왼다리를 펴고 오른다리는 굽혔다. 보통은 이렇게 해서 투수를 교란시키는데, 이번에는 효과가 없었다. 투수는 또 다른 허드, 그러니까 허드 집사의 아들인 윌리스 허드였다. 윌리스는 공을 글러브 안으로 툭툭 던지며 씩 웃었다. 잠시 뒤면 머리가 잘려 나갈 닭한테나 던지는 그런 미소였다.

터너가 미지의 세계를 찾아 떠나고 싶다는 생각이 든 건 그때가 두 번째였다.

터너는 타석에서 물러나 자신이 휘두른 방망이의 궤적을 느끼며, 두어 번 더 천천히 방망이를 휘둘렀다. 그리고는 다시 타석에 들어서서 왼다리와 시선을 고정시킨 다음, 투수가 재빨리 던지면 하얗고 푸른 공중을 가르며 순식간에 다가올 공을 기다렸다.

공은 완전히 예상을 빗나갔다. 윌리스는 웃는 얼굴로 오래도록 공을 쥐고 있다가 서서히 앞으로 몸을 기울여 팔을 아래로 휘둘렀다. 공은 호를 그리며 높이 날아올랐다. 그런 공은 난생처음이었다. 공은 어린 소나무의 키만큼이나 솟구치더니 별안간 방향을 틀어 솔기가 보일 정도로 아주 느리게 한두 번 회전했고, 천천히 아래로 떨어져 홈 플레이트를 부드럽게 툭 치고 튀어 올랐다.

"스트라이크!"

허드 집사가 큰 소리로 외쳤다.

터너는 허드 집사를 쳐다보았다.

"이게 스트라이크라고요?"

"원 스트라이크다."

"홈 플레이트로 떨어졌는데요?"

"그러니까 스트라이크지. 아까 야구를 해봤다고 그랬던 것 같은데."

"그럼 한 번 더 보죠."

터너는 다시 한 번 공을 기다렸다. 또다시 높게 솟구치는 공. 터너는 속으로 생각했다. 저런 식으로 공을 던지는 투수는 지금까지 한번도 본 적이 없어. 완전히 새로운 차원의 공중 볼이었다. 머리 위 일이 미터 지점에서 공이 아래로 서서히 떨어지자, 터너는 땅벌이라도 잡는 양 정신없이 방망이를 휘둘렀다.

"스트라이크! 투 스트라이크다. 이제 딱 하나 남았다."

허드 집사가 크게 외쳤다.

"앞다리를 구부리는 편이 나을걸."

윌리스가 여전히 웃음을 감추지 않으며 큰 소리로 말했다.

"얘, 방망이를 짧게 잡은 거 맞니?"

구경하던 바느질 봉사 부인회 회원 가운데 한 아주머니가 물었다. 그러더니 다른 회원에게 몸을 돌리며 "방망이를 제대로 못 잡은 것 같은데요. 너무 길게 잡지 않았어요? 쟤한테는 너무 무거워."라고 말했다.

터너는 홈 플레이트에서 물러나 두어 번 더 방망이를 휘둘렀다. 2루타는 노리지 않을 작정이었다. 그냥 1루타 정도. 박수 소리에 고개를 들어 보니 핍스버그 제일회중교회의 교인이란 교인은 모두 라인을 따라 죽 늘어서 있었다. 다들 저 애는 자기가 무얼 하는지도 모르는 거 아닐까, 하는 표정이었다.

윌리스는 터너가 타석에 들어서기를 기다리고 있었다. 터너는 문득 자신이 친 공이 윌리스의 얼굴을 정면으로 맞히면 윌리스의 웃는 얼굴이 어떻게 바뀔지 궁금해졌다. 목사 아들이 기대하기에는 적당한 장면이 아니겠지만 터너는 정말로 보고 싶었다. 자신이 그것을 절실히 바란다는 사실을 깨닫곤 스스로도 깜짝 놀랐다. 터너는 두어 번 더 방망이를 휘두른 다음 앞다리를 곧추세우고 공을 기다렸다.

"앞다리를 구부리는 게 어떠냐? 그래야 균형 잡기가 더 쉬울 텐데."

허드 집사가 충고했다.

터너는 꼼짝하지 않았다. 어깨 위로 방망이를 잡은 채 조금도 움직이지 않고 공을 기다렸다.

윌리스가 다시 터너에게 공을 던졌다.

이번에는 공이 공중을 가르며 씽씽 떨어져 내려오는 걸로 보아, 모르긴 해도 성층권 꼭대기까지 갔다 온 게 분명했다. 터너는 점점 가까워지는 공을 지켜보았다. 공이 다가오는 모습을 제대로 보고 싶었다. 커다랗고 퉁퉁한 공은 점점 더 커다랗고 퉁퉁해졌다. 터너는 정확히 어느 순간에 방망이를 휘둘러야 중견수 쪽을 노릴 수 있는지 잘 알고 있었다. 힘껏 쳐올리고는 1루까지 마음 편히 달리면서 날아가는 공을 지켜볼 작정이었다.

온다, 온다, 온다, 기다린다, 기다린다, 기다린다, 친다.

공은 홈 플레이트로 툭 떨어졌다가 터너의 무릎 높이까지 튀어 올랐다. 그러곤 다시 홈 플레이트로 톡 떨어지더니 터너의 발목 쪽으로 데굴데굴 굴러왔다.

"스트라이크! 삼진 아웃!"

허드 집사가 외쳤다.

"다음에는 꼭 앞다리를 구부려라."

윌리스가 히죽거리며 말했다.

"터너, 금방 배울 거다. 다음에는 잘하겠지."

벅민스터 목사가 터너에게 위로의 말을 건넸다. 그러곤 껄껄 웃으며 집사들 가운데 한 사람에게 몸을 돌렸다.

터너는 아버지에게서 시선을 돌렸다. 방망이를 허드 집사에게 건넨 다음 잔디밭에 털썩 주저앉았다. 1회가 끝날 때까지 삼진을 당한 타자는 아무도 없었다.

시합이 끝날 때까지 삼진을 당한 타자는 아무도 없었다. 터너만 빼고.

터너는 공이 떨어지기 시작하는 지점을 가늠하지 못했다. 공이 한없이 떨어지며 자신을 놀리는 듯했다. 보스턴 야구는 정직했다. 투수는 있는 힘껏 공을 던졌다. 공은 낮고 빠르게 오거나 더러 회전하며 커브로 오더라도 여전히 빨랐다. 하지만 여기에서는 공이 그냥 기류를 타고 있다가 때가 되면 홈 플레이트로 툭 떨어져 버리는 듯했다. 아무리 타이밍을 맞히려고 애를 써도 빗나가기만 했다. 그나마 가장 잘 친 공은 곧장 투수 글러브로 쏙 빨려 들어가 버렸다.

"고마워, 터너. 공을 나한테 되돌려 줘서."

윌리스가 비아냥댔다.

"그래, 그렇게 하는 거야."

벅민스터 목사가 다시 터너를 위로했다.

터너는 당장 그 자리에서 죽어 버리는 편이 낫겠다고 생각했다. 세상의 종말까지 바라는 건 너무 심할 테니까.

그리하여 야구는 터너가 핍스버그에서 당한 첫 번째 실패로 기록되었다. 아마 오래오래 재미난 이야깃거리로 남지 않을까 싶었다.

그날 밤, 다 함께 초원에 둘러앉아 뉴턴 씨 부부와 뉴턴 씨네 꼬마들이 자기네 식료품점에서 직접 가져온 아이스크림을 먹는 동안 터너는 바느질 봉사 부인회 회원이 늘어놓는 훈수를 들어야 했다.

"터너, 좀 더 가벼운 방망이가 필요하지 않니? 저건 너한테 너무 무거워."

불꽃이 사방으로 어찌나 많이 날아다니는지 어떤 게 반딧불이고 어떤 게 바닷바람이 통나무에서 쳐올린 불티들인지 분간을 못 하고 있는데, 터너의 귀에 벅민스터 목사의 목소리가 들려왔다.

"그것보다는 잘할 수 있었을 텐데, 아쉬워. 오늘은 스윙을 제대로 못 한 것 같더구나."

불꽃이 잦아들고 은빛 초원 위로 달이 떠오를 무렵, 이번에는 허드 집사의 목소리가 들려왔다.

"아들아, 홈 플레이트에 서는 법 정도는 윌리스한테 좀 배워 보지 그러니. 꼭 한번 부탁해 봐."

터너가 고개를 끄덕였다. 천 년이 지난다 해도 터너가 윌리스에게 홈 플레이트에 서는 법 따위를 물어볼 일은 절대로 없을 것이다.

어머니는 터너에게 아무 말도 없었다. 하지만 그날 밤 늦게 터너에게 말했다. 앞으로는 목사관 뒤에 있는 곁채에서 연습하라고.

"설마 진심은 아니시죠?"

"아니. 정말이란다."

어머니는 터너에게 야구용품 카탈로그를 건네주었다. 더 가벼운 방망이를 사라고.

터너는 속으로 그날에 딱 맞는 마무리라고 생각했다.

* * *

이튿날도 그다지 희망적이지 않았다. 아침 일찍 목사관으로 찾아온 허드 부인의 손에는 새로 온 목사와 목사 가족에게 대접할 블루베리 파이가 들려 있었지만, 입으로는 전날의 야구 시합 얘기를 빼놓지 않았다.

"어제 그렇게 애를 먹어서 어떡하니. 그래, 윌리스한테 얘기 좀 해봤니?"

"곧 물어볼 겁니다. 터너는 윌리스와 재밌는 시간을 보낼 거라고 생각합니다. 이곳 핍스버그에서 사는 걸 항상 고대해 왔으니까요."

벅민스터 목사가 터너 대신 대답했다.

터너는 마음속으로 "미지의 세계를 찾아 어서 이곳에서 떠나기를 고대하겠죠."라고 말했다.

하지만 터너가 채 떠나기도 전에 엄청난 난관이 터너를 기다리고 있었다.

그날 오후, 핍스버그의 고위 성직자들이 벅민스터 목사에게 담당 교구를 안내해 주겠다며 찾아왔다. 그리고 그 아들들은, 윌리스의 말에 따르면, 터너에게 '메인 주를 통틀어 가장 헤엄치기 좋은 곳'을 안내해 주겠다며 찾아왔다.

"안전하겠지?"

벅민스터 사모가 물었다.

윌리스는 터너의 어머니에게는 상냥하게 웃어 보이면서, 동시에 터너에게는 비웃음을 날렸다. 터너는 그런 윌리스의 솜씨에 감탄을 금치 못했다.

"위험한 곳에서는 절대 수영 안 해요, 사모님."

윌리스가 대답했다. 그러더니 터너에게 시선을 돌리며 물었다.

"수영할 줄 알지, 어? 해본 적 있지?"

터너는 지금 당장 손에 야구 방망이가 있다면 얼마나 좋을까 싶었다.

터너는 다른 아이들을 뒤따라 걸었다. 터너는 헛스윙 흉내를 내며 억지로 웃음을 참는 아이들을 외면하려고 애썼다. 아이들은 세이어 초원을 가로질러 전나무와 삼나무와 자작나무들 사이를 지나더니 계속 위로 올라갔다. 터너는 조금 어리둥절했다. 바다로 가려면 아래로 내려가야 한다는 사실쯤은 보스턴에 살았던 사람이라도 충분히 안다. 그런데 나무들이 끝난 자리에, 시원스레 펼쳐진 푸른 대서양 위로 단단한 바위 턱이 불쑥 모습을 드러냈다. 다른 아이들이 블루베리 덤불 위에 웃옷을 벗어 걸쳐 놓는 사이, 터너는 바위 턱 끝으로 다가가 아래쪽의 검푸른 바위들을 내려다보았다. 핍스버그를 등지고 싶은 이들이 세상을 하직하러 찾아오는 곳이 바로 여기가 아닐까 싶을 정도로 아찔했다.

윌리스가 다가와 터너 옆에 섰다.

"너는 나들이 셔츠 차림으로 뛰어내릴 거냐?"

"이건 나들이 셔츠가 아니고, 그럴 생각도 없어."

"나는 벅미니스터* 사람들은 주일에나 입는 나들이옷을 일주일 내내 입는 줄 알았지. 어떻게 뛰는지는 알지?"

"어떻게 뛰는지 나도 알아."

"파도가 들어올 때까지 기다려. 그래야 네 몸이 바위에 산산이 부서지는 일이 없을 테니까. 안 그랬다가는 바다로 휩쓸려가 별로 남는 것도 없을걸."

말을 마친 월리스는 바위 턱 끝으로 다가가 파도를 기다리더니, 터너를 보며 씩 웃고는 파도 위로 몸을 날렸다.

무척 아름다웠다. 월리스는 야구공처럼 천천히 떨어지다가 막 바위들을 뒤덮은 파도에 닿더니, 어느새 하얗고 푸른 물결 속으로 사라졌다. 다시 파도가 빠지면서 절벽을 치는 순간, 월리스는 물 밖으로 솟구쳐 올라왔다. 월리스를 에워싸며 떨어지는 물보라 위로 태양이 빛났다.

터너는 속이 울렁거렸다.

아이들은 한 명씩 절벽에서 파도 속으로 완벽하게 뛰어내렸다. 그리고 차례차례 금빛 물보라를 내뿜으며 바다 위로 솟구쳐 올랐다.

터너만 남았다.

터너는 블루베리 덤불 위에 셔츠를 벗어 두고 창백해진 발가락

---

* '미니스터(minister)'는 우리말로 '목사'라는 뜻이다. 월리스가 목사의 아들인 터너 벅민스터를 '벅미니스터'라고 부르며 놀리는 말이다.

으로 바위를 꽉 문 채 절벽 끝에 섰다. 바로 밑에선 바다가 규칙적으로 파도를 일으켰다. 터너는 파도가 들어와 금빛 물거품으로 부서져 내릴 때마다 몸을 앞으로 숙였다. 문득 아래를 내려다본 터너는 부들부들 떠는 자신의 두 다리를 보고 흠칫 놀랐다. 지금껏 의식조차 못 하고 있었기 때문이다.

터너는 무릎을 구부렸다. 밑에서는 아이들이 검푸른 바위 위에 올라서서 뛰어내리라며 터너를 향해 손을 흔들어 댔다. 아이들은 파도가 들어올 때마다 "지금이야!"라며 외쳤고, 터너가 뛰지 않으면 실망하여 투덜거렸다. 지금이야! 그리고 이어지는 투덜거림.

터너는 그들의 배짱이 얄미웠다.

어딘가에 누런 먼지와 푸르른 잔디로 가득한 야구장이 있었다. 그리고 그곳에는 송진으로 끈끈해진 손바닥으로 방망이를 낮게 휘두르며 홈 플레이트에 선 한 아이가 있었다. 그 아이는 뒷발을 뒤로 뺀 채 우익수 라인 아래쪽으로 증기 기관차가 지나갈 정도로 텅 비어 있는 공간을 못 본 척하며 시선을 돌리려 애썼다.

하지만 지금 터너는 울부짖는 바다 위, 10미터도 넘는 곳에 서서 바위에 몸이 산산이 부서지지 않도록 자신을 지켜 줄 만큼 커다란 파도가 오기를 기다리며, 제발 뛰어내리기도 전에 토하는 일만은 없기를 간절히 바랐다.

"뛸 거야, 말 거야?"

"야, 벅미니스터, 뛰긴 뛸 거냐?"

터너는 앞으로 몸을 숙였다. 절벽 끝으로 아주 조금 더 가까이

다가가다, 문득 미지의 세계는 과연 얼마나 멀리 있을까, 하는 생각이 들었다. 그곳은 부디 찝찔한 바다 냄새도, 바다의 으르렁거림도 없는, 완전히 고립되어 이방인이라는 존재가 눈곱만큼도 문제 될 게 없는 그런 곳이기를.

그때 거대한 파도가 밀려왔다.

아이들은 이미 더 높은 바위 위로 기어 올라가고 있었다.

"지금이야, 벅미니스터! 이보다 더 큰 파도는 힘들어."

터너도 이보다 더 큰 파도가 치기 힘들 거라는 데는 의심의 여지가 없었다. 하얀색 꼭대기를 앞세운 파도는 구불구불한 산줄기처럼 굽이쳤다. 바위를 감싸던 바닷물이 빠져나가는 모습이 보이더니, 해초가 기다란 초록색 다발 모양으로 빨려 나갔다. 검고 날카로운 조개 무덤들에서도 바닷물이 휩쓸려 나가는 모습이 보였다.

"봤어, 벅미니스터? 봤어? 바로 저거야!"

당연히 보았다. 하느님과 모든 창조물들이 다 지켜보았다.

터너는 다시 무릎을 굽히고 발가락에서 힘을 뺐다가 다시 한 번 꽉 오므렸다. 파도에 닿기까지는 2.5초, 아니 2초면 충분하리라. 가늠하기는 어렵지 않았다. 바닥에 부딪치지 않으려면 무릎을 펴면 안 돼. 파도에 닿는 순간 숨을 참아, 그래야 바닷물을 확 내뿜지 않을 테니까. 파도가 몸을 빙빙 돌리면 준비해…… 몸을 빙빙 돌리면. 비명을 지르면 안 돼. 오, 하느님, 제발 비명을 지르지 않기를.

이제 산더미 같은 파도는 메인 주 온 해안선의 바닷물이란 바닷물은 죄다 끌어들인 듯 한껏 기세를 올렸지만 더 이상 굽이치지는 않았다. 파도 꼭대기가 부서지기 시작하더니 포말이 가득 무너져 내렸다. 터너는 막 뛰어내릴 듯 자신이 점점 더 앞으로 몸을 숙이고 있다는 걸 느꼈다. 바로 그때 파도가 자신이 뛰어내려야 하는 지점을 스치고 지나가며 산산이 부서졌다. 그러고는 바닷물이 사방으로 쏟아지면서 하늘을 향해 울부짖더니 바위를 할퀴고 물보라를 내뿜으며 태양을 조금 뿌옇게 가렸다.

드디어 물보라가 사그라지며 다음 파도를 따라 물러났을 때쯤, 터너는 여전히 무릎을 구부리고 발가락을 꽉 오므린 채 바위턱 꼭대기에 그대로 서 있었다.

터너는 거세게 숨을 몰아쉬었다. 이 세상 그 누구라도 더 이상 터너만큼 거칠게 호흡할 수 없을 만큼.

절벽 아래 바위에서 커다란 웃음소리가 터져 나왔다. 터너는 호흡을 가라앉히고 떨리는 다리를 진정시키려고 안간힘을 썼다. 터너는 덤불에 걸쳐 놓은 옷을 찾아 바지를 입고, 어깨 위로 멜빵을 잡아당겼다. 셔츠는 입지도 않은 채 여전히 부들부들 떨리는 다리로 마을로 향했다.

주변에는 보드라운 이끼가 자작나무를 휘감고, 또 다른 이끼들은 바위를 뒤덮어 울퉁불퉁하게 만들고, 부서진 솔잎은 향기를 내뿜었다. 하지만 터너는 주변 풍경이 하나도 눈에 들어오지 않았다. 제발 보스턴 트레몬트 거리에 있을 수만 있다면…… 주 의회 의사당의 금빛 지붕이 태양에 반짝이고, 마차를 끄는 말 냄새와 여기저기서 마부를 부르는 소리, 시간을 알리는 파크 스트리트 교회의 종소리, 코먼 공원의 잔디. 아, 코먼 공원의 향긋한 풀냄새.

터너는 울지 않으려고 이를 악물었다.

숲에서 벗어나 핍스버그 조금 아래쪽의 파커 헤드 거리로 들어섰다. 제일회중교회의 뾰족탑에 찔릴세라 하늘이 한쪽 발끝을 살짝 올리고 있었다. 뾰족탑 바로 밑으로는 100년 전 제일회중에서 대강 다듬어 놓은 물막이 판자와 화강암 계단 쪽으로 비스듬히 기울어진 종탑이 보였다. 계단과 초록색 덧창을 빼면 온 교회가 새로 온 목사를 위해 갓 칠한 페인트로 새하얗게 반짝였다.

사실 파커 헤드 거리를 따라 위아래로 늘어선 집들은 모두 다 하얀색이었다. 물론 다른 건물들보다 교회가 겨울 폭풍을 더 많이 맞은 것처럼 보이긴 했지만, 모든 집들이 어디 하나 빠진 데 없이 정결하고 말쑥하며 점잖은 모습이었다. 모든 집들의 덧창과 문은 초록색이었다. 그런데 오직 한 집만이 덧창은 햇살처럼 노란색으로, 문은 딸기처럼 새빨간 색으로 칠해져 있었다.

터너는 줄지어 있는 잔디 사이를 비켜나지 않도록 돌멩이를 툭툭 팅기며 파커 헤드 거리를 걸어 내려왔다. 돌멩이는 누런 먼지를 일으키며 세 번 팅기고는 주르륵 미끄러졌다. 공을 정직하게 던지면 윌리스가 쳐낼 수 있을까 생각하며 다시 돌멩이를 팅겼다. 이번에는 다섯 번 팅기고는 미끄러져 잔디 위로 튀어 오르더니, 파커 헤드 거리에서 가장 폭이 좁고 뾰족하며 높이 솟은 집의 울타리를 세게 때렸다. 지붕 위로 드리워진 느릅나무가 높다란 창문 위로 그림자를 드리웠다.

노란 덧창에 빨간 문이 달린 그 집은 아니었다.

"아차."

딱, 하는 소리에 터너가 중얼거렸다.

"제기랄."

그 집의 초록색 문이 덜컥 열리자, 터너가 또다시 중얼거렸다.

"빌어먹을!"

손으로 이마를 가리며 밖으로 나오는 할머니를 보자, 큰 소리로 욕이 튀어나왔다. 할머니는 몸집이 커다랗고 손도 커다랬다.

"너, 새로 오신 목사님 아들?"

터너가 고개를 끄덕였다.

"목사님 아들이라면 어른한테 어떻게 대답해야 하는지도 잘 알겠네."

"네, 할머니. 터너 벅민스터입니다."

"그래, 터너 벅민스터, 대낮에 길 한가운데에서 그렇게 반쯤 벌거벗은 몸으로 우리 집에 돌맹이를 던지다니, 대체 무슨 짓이냐?"

터너는 할머니네 집에 돌맹이를 던지기에 좋은 시간이 따로 있는지 무척 궁금했지만, 그냥 "집에 가는 길입니다, 수영하고서요."라고 대답했다.

"핍스버그에서는 그렇게 벌거벗고 돌아다니지 않는다. 보스턴에서야 어쩌는지 모르겠다만 여기서는 아니야. 하느님을 경외하는 마을에서는 아니다. 게다가 목사님 아들이라면 더더욱 아니지. 우리 집에 돌을 던져, 다름 아닌 우리 집에다! 모범을 보여야지. 그걸 모른단 말이냐?"

"전 그냥 집에 가는 길이었어요."

할머니가 터너에게 빗자루를 흔들어 댔다.

"그럼 핍스버그 중심가에서 하느님과 모든 이들 앞에서 남부끄러운 몸으로 걸어 다니는 일이 없도록 당장 셔츠를 입어. 그리고 늙은이 애먹이지 말고 목사님 아들에 맞는 행동을 찾아보도록 해. 세상에, 길 한가운데 서서 돌멩이를 던지다니."

"네, 할머니."

터너는 이것이 세 번째 실패일까 생각했다. 이틀 사이에 세 번이라니, 참고 버티기엔 너무 심한 듯싶었다.

"목사님이 반드시 이 얘기를 들어야 해. 꼭 확인해 볼 테다. 아버지한테 콥 부인이 찾아뵐 거라고 전해라."

터너는 바로 여기, 메인 주 한가운데, 핍스버그 한가운데, 길 한가운데에서 당장이라도 큰 소리로 엉엉 울어 버릴 것만 같았다.

그때 길 반대편에서 딸기색 문에 햇빛색 덧창이 달린 집의 문이 덜컥 열리더니, 한 마리 새처럼 조그맣고 연약해 보이는 할머니가 밖으로 걸어 나왔다. 터너는 그 할머니가 남북 전쟁 즈음에 전성기를 보내고는 쉬지 않고 주름이 생기고 쪼그라들다가 어느 날 갑자기 사라져 버리는 게 아닐까 생각했다. 누렇게 바랜 하얀색 원피스가 할머니의 피부색과 완벽한 조화를 이뤘다. 한 손으로는 가슴에 있는 푸른색 숄을 꼭 붙잡고, 다른 손으로는 책을 들고 터너에게 손짓을 했다.

터너는 콥 할머니와 콥 할머니의 커다란 손을 흘깃 쳐다본 다음 (설령 해일이 온다고 해도 할머니를 당해 내지 못할 듯싶었다.) 서둘러 셔츠 단추를 채우고 멜빵끈을 다시 조였다. 그리고는 길을 건너 노란 덧창 집으로 향했다.

"터너 벅민스터."

터너를 부르는 할머니의 목소리는 바싹 마른 낙엽이 사각대는 소리처럼 들렸다.

"터너 벅민스터 3세, 콥 부인 말은 하나도 신경 쓸 것 없다."

길 건너편 초록색 문이 쾅 닫히는 소리가 들리더니, 울타리 문이 열렸다 닫히는 소리가 났다. 마치 목사관까지 파도가 거품을 일으키며 올라오기라도 하는 듯 자신의 뒤로 반감의 기운이 움직이는 게 느껴졌다.

"네, 할머니."

"저이는 번개라기보다는 천둥에 가깝지. 나는 뭐랄까…… 구름에 가깝고. 엉성한 구름. 난 지금 집사의 어미, 엘리아 허드란다."

허드 할머니가 손을 내밀었다. 터너는 할머니의 손을 잡으려고 계단을 올랐다. 할머니의 손은 목소리만큼이나 바싹 말라서 한 꺼풀 벗겨 낸 패스트리 빵처럼 얇디얇았다.

"터너!"

터너의 아버지가 마을 고위 성직자들의 호위를 받으며 파커 헤드 거리를 올라왔다. 미소를 짓고 있는 걸로 보아 아마 천둥 같은 콥 할머니를 미처 보지 못한 듯했다. 아마 하느님이 지난 이틀 사이의 일 때문에 자신이 달게 받아야 할 벌의 집행을 짧게나마 미뤄 준 거라 생각했다.

"아버지하고 같이 가자."

벅민스터 목사가 큰 소리로 말하며 팔을 뻗었다.

터너를 바라보는 허드 할머니의 머리가 약간 갸우뚱했다. 나이 든 두 눈은 숄만큼이나 창백했다. 할머니는 입술을 떼었다 다물었다 다시 떼더니, 터너가 전혀 예상하지 못한 질문을 던졌다.

"그런데, 터너 벅민스터 3세 군, 네 이름 끝에 있는 그 숫자를 통해 바라보면 말이다, 꼭 감옥 창살 너머로 세상을 보는 것 같지 않던?"*

터너가 한 계단 뒤로 물러섰다.

할머니가 가까이 다가와서 터너의 뺨에 가만히 손을 갖다 댔다. 터너는 움직이지 않았다.

"언젠가는, 저는 그냥 떠나고······."

터너가 작은 소리로 말했다.

"오, 그래."

여전히 터너의 뺨에서 손을 떼지 않은 채 할머니가 말을 이었다.

---

* '터너 벅민스터 3세'를 영어로 표기하면 'Turner Buckminster III'으로, 엘리아 허드 할머니가 로마 숫자 III을 감옥의 창살에 비유한 것이다.

"나도 그렇단다. 그냥 그곳으로 떠나려무나."
그 순간 향긋한 풀 냄새가 터너의 코끝을 스치고 지나갔다.
"지금 당장!"
벅민스터 목사가 소리쳤다.

* * *

메인 주 해안의 바닷물을 온통 끌어모았던 그 파도는 절벽을 지나며 모았던 물을 쏟아붓더니 울툭불툭한 해안선을 따라 내달았다. 멀리 스몰 포인트에서부터 위로는 합스웰을 지나며, 높은 조수 탓에 석 달 넘게 메말라 있던 높은 쪽 바위들을 뒤덮었다. 한바탕 소동을 끝낸 파도는 본토와 섬들 사이를 세차게 흘러 물거품을 일으키며 뉴메도우즈 강으로 되돌아왔다. 파도는 마지막 거센 물살로 해안에서 조금 떨어진 곳에 넓적한 무더기를 하나 쌓아 올렸고, 개펄을 물거품으로 뒤덮으며 숭숭 뚫린 조개 구멍들을 흔들어 놓았다. 그리고 깜짝 놀란 작은 게들을 해초가 우거진 은신처 밖으로 끄집어냈다. 파도는 섬의 바닷가와 바닷물을 향해 쭉 뻗은 발가락 위로 거꾸로 떨어지며 몸부림쳤다.

발가락의 주인은 리지 그리핀이었다. 리지는 집게발과 다리를 어떻게든 떼어 내려 애쓰며 몸을 뒤집는 게의 모습에 절로 웃음이 나왔다. 껍데기 색이 아주 옅어서 뒤죽박죽이 된 몸통 속까지 다 들여다보였다. 그때 힘이 빠진 물살 하나가 다가와 다시 한 번 게의 몸통을 뒤집어 준 덕분에 집게발과 다리가 제자리를 찾았다.

리지가 발가락을 휙 잡아 빼자, 진흙 속에 묻혀 있던 나머지 발이 드러났다. 파도가 바닷가 위쪽으로 느릿느릿 발길을 돌리는 리지를 따라와 발목을 감싸더니, 가느다란 물결선이 남아 있는 자갈투성이 모래밭에 이르러서야 마침내 물러갔다.

리지는 밀려오는 파도를 바라보며 헐렁한 모래 속으로 발가락을 꽉 오므렸다. 그러고는 짭짜름하고 솔향기 가득한 바다 냄새를 맡아 보았다. 리지는 열세 살로, 할아버지가 즐겨 말씀하시는 것처럼, 이제 열두 살이라 할 수 있는 지금 세기*보다 한 살이 더 많았으며 더 현명하기까지 했다. 할아버지는 리지가 말라가 섬에 살기에 너무 똑똑하다고 말하곤 했지만, 리지는 언제까지나 말라가 섬에 살 작정이었다. 발가락 위로 투명 게를 실어다 주는 파도가 있는 이런 근사한 곳이 또 어디에 있을까?

그렇지만 밀려오는 파도를 구경하는 것처럼 멋진 일들이 없었다면 리지는 견뎌 내기가 쉽지 않았을 것이다. 리지는 몸을 돌려 튀어나온 바위 위로 기어올라 여태껏 불쏘시개를 잘게 쪼갤 때 쓰던 손도끼를 집어 들었다.

두 발이 자신을 덤불과 발에 걸리는 나무뿌리들 사이로 안내하는 동안, 리지는 손가락에다 손도끼를 올린 채 조심조심 균형을 잡았다. 바다 가까이에 최대한 자리를 잡고 선 소나무 숲에 이르자, 리지는 손도끼 손잡이를 잡고 허공을 가르다 도로 어깨 위에

---

*이 작품의 시간적 배경은 1912년이다.

둘러멨다. 가장 어린 소나무들 한가운데를 가만히 바라보다 솔향기 가득한 허공에 손도끼를 들어 올렸다. 손도끼가 햇빛에 반짝였다. 리지는 파도에 갇혀 버린 게처럼 쉬지 않고 손도끼를 휘두르며 능숙하게 소나무 기둥을 올랐다. 리지는 혹시나 싶어 주변을 살폈다. 자랑하는 마음 반, 그리핀 목사의 손녀가 손도끼를 휘둘렀다는 사실을 들키고 싶지 않은 마음 반이었다. 주변에는 아무도 없었다. 리지는 금세 발을 디딜 나뭇가지를 찾아내 자리를 잡고 쓱쓱 나무를 다듬어 나갔다.

갑자기 리지가 앞으로 손을 쭉 뻗더니 바로 밑에 있는 부드러운 바늘잎 위로 손도끼를 툭 떨어뜨렸다. 이미 어느 정도 높이까지 올라온데다, 너무나 쉽게 나뭇가지들을 밟고 올라왔기 때문이다. 어린 소나무라 꼭대기까지 올라가면 꽤 그럴듯하게 흔들리겠다 싶은 생각에 리지는 소나무 끝까지 기어 올라갔다. 마침내 리지가 소나무에 온몸을 내맡기자, 소나무가 앞뒤로 휘청휘청 흔들렸다. 말라가 섬이 몽땅 리지 발밑으로 다가왔다. 바다, 모래, 바위, 덤불, 개펄, 투명 게까지 모두가 리지에게 다가왔다. 그리고 보드라운 나뭇가지들은 깔깔거리며 웃음을 터뜨리는 리지의 얼굴 위로 점잖고 메마른 손을 드리웠다.

리지는 마음속으로 생각했다. 언젠가는 할아버지의 나룻배를 물려받아 뉴메도우즈 강어귀까지 노를 저어 갈 날이 오겠지. 배는 웨스트 포인트를 지나, 허미트를 지나, 볼드 헤드를 지나 계속 나아가다 탁 트인 바다를 만나면 고래들과 함께 둥둥 떠다니리라.

연안으로 되돌아와 해안을 따라가다 보면 포틀랜드까지 노를 저어 갈 테고, 어쩌면 보스턴까지 갈지도 모른다.

그런 다음엔 노를 저어 집으로 돌아올 것이다. 어김없이 되돌아오는 파도처럼 리지 역시 언제까지나 말라가 섬으로 되돌아올 것이다.

바로 그때, 리지는 바다 건너 본토에서 한 무리의 남자들이 바다 위로 치솟은 바위 턱에 모여 있는 모습을 발견했다. 아직 바닷가에 있었더라면 그들은 아마 리지를 내려다보았을 테지만 소나무 위에서는 리지와 그들의 눈높이가 엇비슷했다. 그들은 검은 프록코트 차림이었고, 중산모자를 들어 바닷바람을 막고 있었다. 그리고 바위 위로 단 한번도 발을 디뎌 본 적이 없었을 정도로 반짝이는 구두를 신고 있었다. 그렇게 서 있으니 모두 똑같아 보였다. 하나같이 배가 불룩하고 장례식에나 어울리는 엄숙하기 그지없는 차림새였다. 딱 한 명만 빼고. 한 소년은 셔츠 차림이었는데, 어찌나 새하얀지 눈이 아플 지경이었다. 대체 왜 낙원의 이쪽*에서 소년은 저렇게 새하얀 셔츠를 입고 있을까?

그때 프록코트를 입은 신사들 가운데 한 명이 어딘가를 가리켰다. 이어서 다른 사람들도 손짓을 하자, 리지는 그들이 어디를 바라보고 있는지 깨달았다. 섬의 모퉁이, 바닷물이 완만하여 조

---

*「위대한 개츠비」의 작가인 미국의 소설가 F. 스콧 피츠제럴드의 처녀작 〈낙원의 이쪽 This side of paradise〉(1920)을 이르는 말. 제1차 세계대전 직후 미국 젊은이들의 환멸과 도덕적 혼란을 그린 작품이다.

수를 부드럽고 가뿐하게 흘러가도록 내버려 두는 그곳, 한 번만 캐도 한 끼는 거뜬히 해결할 정도로 조개들이 넘쳐 나는 그곳, 비바람에 씻긴 눈길로 리지네 집이 뉴메도우즈 강을 바라보는 바로 그곳이었다. 리지네 집은 판자들이 말도 안 되게 휘어지고, 가운데가 꺼진 푸딩처럼 지붕 한가운데가 푹 가라앉은 상태였다. 하지만 리지는 핍스버그에서는 그 어떤 집에서도 살고 싶지 않았다.

제일회중교회의 오후 종이 울리자, 남자들 가운데 한 명이 핍스버그로 시선을 돌렸다. 그가 다시 시선을 되돌렸을 때, 그의 눈에 리지가 들어왔다. 그가 다른 이들에게 무어라 말을 건네자, 다 함께 몸을 돌려 가만히 리지를 바라보았다. 몇몇은 미소를 짓고 있었다. 갑자기 그가 프록코트 위쪽을 들추더니 감춰 둔 권총에 손을 얹었다.

그들의 혐오스런 웃음소리가 조수를 타고 불어온 바닷바람을 더럽혔다.

제2장

"저 원숭이 봤소? 저것 좀 보시오. 내려가는 거야, 떨어지는 거야?"

"엘웰 보안관, 당신이 자기를 쏘려는 줄 알았나 봅니다."

땅으로 껑충 뛰어내리는 리지를 지켜보며 허드 집사가 말했다.

"그러면 또 어떻겠소, 허드 씨. 그래봤자 이 세상에서 검둥이 하나 줄어드는 건데."

프록코트 신사들 옆에 서서, 터너는 불어오는 바닷바람에 오들오들 떨며 두 발을 동그랗게 오므렸다. 머리 위로 갈매기들이 바람을 타고 날아와 사납게 울어 댔다.

"좀 더 정확히 말하자면, 말라가 섬에서 검둥이 하나 줄어드는 거지요."

무리 가운데 가장 키가 큰(가장 값비싼 프록코트를 입고, 가장 값비싼 중산모자를 쓰고, 가장 값비싸고 반짝이는 구두를 신은) 남자가 덧붙였다.

무리에서 터져 나온 웃음소리가 갈매기들보다 더 요란했다.

"하지만 문제는 검둥이 하나보다 훨씬 더 많습니다."

그는 소녀가 자신을 지켜보고 있다는 사실이 못마땅한 듯 소녀를 찾아 바다 건너 소나무 그늘을 좇았다. 그의 손이 코트 깃으로 움직였다.

"문제는 어떻게 말라가 섬에서 저 여자아이를, 저 애의 가족을, 이웃을, 저 애가 자신의 집이라 부르는 그것을, 그들이 자기네 마을이라 부르는 그것을 끌어내느냐 하는 겁니다."

"폭풍 한 번이면 충분할 텐데 말입니다."

엘웰 보안관이 섬 모퉁이를 손으로 가리켰다.

"저기 말입니다, 파도만 그럴듯하게 몰아쳐 줘도 저 판잣집들을 싹 쓸어버릴 수 있을 텐데, 안 그렇습니까, 스톤크롭 씨?"

"하느님이 그 정도까지 힘을 써 주시지는 않을 것 같소만."

스톤크롭 씨는 바다 건너를 가만히 응시하며 말을 이었다.

"벅민스터 목사님, 핍스버그에서 참아 내고 있는 저 건너편 섬을 잘 봐 두십시오. 도둑놈들과 게으른 주정뱅이들에, 개펄에서 캐낸 조개로 근근이 목숨이나 이어 가는 인간쓰레기들의 집합소나 다름없는 오두막과 판잣집들입니다. 게다가 주에서건 교회에서건 도와 주는 걸 당연하게 생각하고, 마을의 포부를 꺾어 버리고, 마을의 미래에 한 치의 보탬도 되지 않는, 아무런 희망도 없는 장애물들입니다."

스톤크롭 씨는 숨도 쉬지 않고 비난을 쏟아 냈다.

터너는 속으로 생각했다. 대단한 재주야.

"저 판잣집들만 없다면 이 절벽이 얼마나 근사한 휴양지가 될지 한번 생각해 보십시오."

스톤크롭 씨는 두 팔을 쫙 펼쳤다.

"새하얀 현관, 우아한 계단, 바닷바람을 불러들이는 유리문들, 로비에 깔린 붉은 융단, 찰랑이는 유리 샹들리에. 생각해 보십시오, 목사님, 이곳에 휴양지가 들어서면 핍스버그의 구세주나 다름없습니다."

"그렇지만……."

그때 허드 집사가 벅민스터 목사의 팔꿈치를 붙잡으며 끼어들었다.

"섬에서 주민들을 다 쫓아내면 주지사는 그들을 모조리 핍스버그의 극빈자 명부에 올릴 겁니다. 그렇게 되면 어디서 살든 그 비용은 고스란히 마을의 주머니에서 빠져나갈 테고, 생각해 보십시오, 해마다 적잖은 돈이 나갈 거라 이 말입니다. 핍스버그는 그럴 여유가 없어요, 거기에 찬성할 사람은 단 한 사람도 없을 겁니다."

스톤크롭 씨는 손가락에 낀 반지들을 코트 깃에 문질러 반짝반짝 윤을 냈다.

"조선업도 좋은 시절은 다 끝났습니다, 목사님. 전통이 변하면 우리도 함께 변해야만 합니다. 목사님의 아이가 자랄 때까지 핍스버그가 살아남으려면 새로운 자본과 새로운 투자가 반드시 필요합니다."

"관광객들이군요."

벅민스터 목사가 말했다.

"바로 그겁니다. 보스턴, 뉴욕, 필라델피아에서 오는 관광객들."

"자기들 호텔 문 바로 앞에 판잣집들이 즐비하면 관광객들은 올 리가 없겠지요."

"상황을 정확히 꿰뚫고 계시군요. 문제는, 그럼 어떻게 하느냐, 이거지요."

스톤크롭 씨가 터너 쪽으로 몸을 기울였다.

"그래, 너도 해안선 탐험을 즐기겠구나, 벅민스터 군. 한 삼십 분쯤 갔다 오렴. 첨벙일 만한 웅덩이 몇 개는 찾을 게다."

"조수가 너무 높아요. 조수가 높은 데는 웅덩이가 없어요."

터너가 대꾸했다.

"아버지처럼 파악이 빠른걸."

스톤크롭 씨가 맞받아쳤다.

"집사님, 이 아이는 벌써 조수를 파악하고 있습니다. 그런데도 이 아이가 똑똑하지 않다고요?"

터너는 몸 안 가득 수치심이 밀려들었다. 심장이 어찌나 세게 뛰는지 심장 소리에 파도 소리마저 묻혀 버릴 지경이었다.

"계속하시죠."라고 말하는 벅민스터 목사의 목소리는 굳어 있었다.

"이쪽 해안은 상황이 다를지도 모르지."

이쪽 해안이라고 상황은 다를 게 없다고 터너는 속으로 생각했다. 웅덩이는 보스턴에서도, 핍스버그에서도, 팀북투*에서도 조수가 낮을 때만 생긴다. 영리하지 않더라도 그 정도는 안다.

터너는 바위 턱을 타고 내려올 때도 심장이 여전히 쿵쿵 울렸다. 그날 오후는 이미 심술궂을 정도로 더운데다 입고 있는 셔츠는 이집트의 파라오 두세 명은 족히 미라로 만들고도 남을 정도로 빳빳하게 풀을 먹인 터라, 터너는 숨이 턱턱 막혔다. 그나마 자신을 구해 준 유일한 친구는 공중제비를 넘으며 장난을 치는 바닷바람이었다. 바닷바람은 처음에는 앞에서, 나중에는 뒤에서 한껏 장난을 칠 준비가 된 강아지마냥 풀쩍풀쩍 뛰며 할딱거렸다. 터너는 부디 목사의 아들로서 바라서는 안 될 것을 바라는 일이 없기를 희망하면서 셔츠 깃을 끄르며 바람을 따라갔다.

터너는 바위 턱 밑에서 하늘 높이 뻗고 싶어 하는 옹이 진 소나무 두 그루와 어서 탐험해 주기를 갈구하는 듯한 동굴 하나, 왜가리들이 쫓기며 노닐고 싶어 하는 개펄을 발견했다. 하지만 터너는 새하얀 셔츠 차림이었다. 옷에 먹인 풀이 딱딱하게 굳어 왔고, 손이 닿지 않는 데까지 점점 땀이 차올랐다.

37분 뒤, 터너와 터너의 새하얀 셔츠는 어쩔 수 없이 도로 바위 턱을 올랐고, 프록코트들 사이에서 콥 할머니를 발견했다. 터너는 왠지 억울한 기분이 들었다. 그렇다고 하느님이 자신의 형 집행 연기를 오래 허락하지 않았다는 사실이 그리 놀랍지는 않았다. 이미

---

*아프리카 서부의 말리 중부에 있는 도시

벌겋게 달아오른 아버지의 얼굴을 보니, 그날 밤 저녁 식탁은 몹시도 조용할 것이고, 저녁을 먹고 나면 자신의 죄명이 언도될 것이며, 진정으로 회개하고 죄 값을 치르려면 어떤 벌을 달게 받아야 할지 선언될 게 분명했다.

터너는 작은 소리로 투덜거렸다.

벅민스터 목사는 아들을 한 번 노려보고는 만족스런 표정의 콥 할머니와 프록코트들을 뒤따랐다. 목사관에 도착하면 더위가 한껏 달아올라 아무리 견딜 수 없는 지경이라도 야구용품 카탈로그를 낚아채 곁채로 숨어야 하나 고민이 되었다.

아무도 터너에게 말을 걸지 않았다.

파커 헤드 거리에 다다르자, 콥 할머니가 분노를 삭이며 집으로 들어갔다. 터너는 길 건너편을 바라보았다. 아니나 다를까, 엘리아 허드 할머니가 노란 덧창 옆에서 그들을 지켜보고 있었다. 반갑게 손을 흔드는 터너의 팔에 아버지의 손이 느껴졌다.

"저 양반과 친해지고 싶은 건 아니겠지. 완전히 제정신이 아니거든. 아무한테나 아무 말이나 지껄여 대, 말이 되는 얘기만 아니라면."

허드 집사가 말했다. 뒤에서 엘웰 보안관이 껄껄거리며 웃는 소리가 들려왔다.

* * *

상상을 초월하는 곁채의 열기에 터너는 순순히 저녁 식탁에 앉았다. 단단히 각오는 했지만 저녁 식탁의 고요함은 견디기 힘들었다. 저녁을 먹은 뒤 터너는 자신의 죄명을 들었고, 진심으로 회개했지만 터너가 당연히 치러야 할 죄 값보다 훨씬 더 가혹했다.

벅민스터 사모마저도 깜짝 놀라 물었다.

"그게 적당하다고 생각하세요?"

"그렇소."

벅민스터 목사가 대답했다.

"여름이 다 끝날 때까지요?"

벅민스터 목사가 다시 한 번 "그렇소."라고 대답했고, 그걸로 끝이었다.

그리하여 숨이 막히도록 무더운 이튿날 오후, 터너는 놀아 달라고 살랑대는 바닷바람을 뒤꿈치에 매단 채 콥 할머니네 집 계단을 올랐다. 마치 터너를 기다리고 있었던 것처럼 문을 두드리기도 전에 초록색 문이 홱 하고 열렸다.

"그래, 왔구나."

콥 할머니가 말했다.

"할머니께 읽어 드리려고요…… 매일…… 여름이 끝날 때까지…… 원하신다면."

터너가 더듬더듬 말했다.

터너는 자신의 잘못을 인정하고 용서와 자비를 구한다는 말을 해야 하나 어쩌나 머뭇거렸다. 하지만 이 찌는 듯한 더위 속에서 과연 진정한 희망을 구할 수 있을지 의심스러웠다.

콥 할머니가 터너를 가만히 응시했다.

"그래, 나한테 책을 읽어 주고 싶다는 말이지?"

터너가 고개를 끄덕였다. 터너는 그것이 부디 입으로 하는 거짓말과는 다르기를 바랐다. 왜냐하면 조만간 또다시 거짓말을 할 필요가 생길 듯싶었고, 지금처럼 사소한 일에 벌써 그런 기회를 써먹고 싶지 않았다.

"우리 할아버지께서 저 울타리를 직접 만드셨다는 거 알고 있느냐?"

"몰랐습니다, 할머니."

"우리 할아버지께서 직접 만드셨다. 게다가 만든 뒤로는 단 한 군데도 긁히는 일 없이 잘 지내왔지. 네가 돌팔매질을 하기 전까지는 말이다."

콥 할머니가 한 걸음 뒤로 물러섰다.

"안으로 들어오는 게 낫겠구나."

터너는 한숨을 내쉬며 차라리 그 편이 낫겠다고 생각했다. 터너의 앞에서 뒹굴던 바닷바람이 현관문 옆에 있는 양치 풀을 흔들었다. 하지만 복도로 들어서자, 바람은 이미 숨이 가빠 헐떡거렸다.

콥 할머니는 터너 바로 앞에서 천천히 걸었다. 상당히 가팔라 보이는 2층 계단을 지나 검은색 책들이 잔뜩 쌓여 있는 서재에 이르렀다. 터너는 혹시 점성술 책들이 아닐까 하는 생각이 들었다. 모르긴 해도 재미와는 담을 쌓은 책들이 분명하리라.

콥 할머니는 작은 융단 위에 난 닳은 자국을 따라 걸었다. 터너는 할머니의 뒤를 좇아 집만 삼켜 버리지 않았을 뿐 용광로나 다름없는 집 안을 걸었다. 혹시나 바닷바람이 되살아나지 않을까 싶어 뒤를 돌아다보았지만 바람은 여전히 복도에 찰싹 달라붙어 꼼짝하지 않았다.

두 사람은 세기가 바뀐 이래 콥 할머니 말고는 그 누구도 발을 들여놓은 적이 없는 응접실로 들어섰다. 창문은 이미 오래전에 바닷바람이 들어오지 못하게끔 꽉 잠겨 있었고, 가느다란 햇살만이 가까스로 허락을 받은 상태였다. 갈라진 틈으로 말 털이 삐죽삐죽 튀어나온 검은색 가죽 의자 옆에는 누렇게 바랜 하얀 건반에 페달마저 낡디낡은 오르간 한 대가 어두운 그늘 속에 삐딱하게 세워져 있었다. 등받이가 꼿꼿하고 쿠션이 없는 딱딱한 의자 하나가 검정 책이 놓인 검은색 탁자 옆자리를 차지하고 있었다. 터너는 그 책, 『영국 시인들의 삶』을 집어 들고는 가죽 표지 위로 묻어 나오는 먼지를 손으로 툭툭 털었다.

콥 할머니가 가죽 의자에 앉자, 말 털이 마구 삐져나왔다.

"너는 뭔가 재미있는 걸 읽고 싶을 것 같다만."

할머니가 말했다.

"네, 할머니."

터너는 등받이가 꼿꼿한 의자에 앉았다.

침묵. 말을 하기엔 너무나도 더웠다.

"지금 읽어 드릴까요?"

터너가 정말 그러고 싶은 양 물었다.

"나는 이 방에서 죽을 거야."

콥 할머니가 말했다.

터너가 할머니를 빤히 바라보았다.

"나는 이 방에서 죽을 거라고 말했다."

"오늘이요?"

"오늘은 아니야."

할머니가 날카롭게 말했다.

"그럼요, 할머니."

터너가 고개를 끄덕이며 말했다. 마음이 놓였다.

"나는 여기 앉아서 책을 읽을 테고, 저 탁자에 책을 놓은 다음 바로 여기에 머리를 기대는 거야."

할머니는 머리를 뒤로 기댔다.

"그러고 나면 잠이 들겠지. 바로 이렇게. 잠이 드는 거지."

할머니는 두 눈을 감았다.

"네, 할머니."

"내가 후회하는 게 딱 한 가지 있다면 아무도 내 마지막 말을 들어줄 이가 없다는 거란다. 사람들은 항상 그들이 남긴 유언으로 기억되지. 무덤 너머로부터 온 메시지나 다름없거든."

터너는 고개를 끄덕였다. 책을 읽어 주라며 자신을 보내면서 콥 할머니가 완전히 정신이 나간 사람이라는 걸 아버지가 알고나 있는지 의심스러웠다. 아마도 몰랐으리라.

갑자기 할머니가 눈을 번쩍 뜨더니 고개를 들었다.

"너는 마지막 말을 생각해 본 적 있니? 아직 너무 어려서 마지막 말이 뭐가 될지 모른다는 건 전혀 말이 안 돼. 죽음은 어느 순간에든 다가와서 바로 너에게 화살을 날릴 수도 있는 법이거든."

할머니는 느닷없이 터너에게 팔을 쭉 뻗었다. 흠칫 놀란 터너는 뒤로 물러나다 오르간에 몸이 닿았다.

터너가 중얼거리듯 "저는, 뭐 이런 말이 아닐까 싶은데요. '여호와는 나의 목자.*'"라고 말했다.

할머니가 고개를 가로저었다.

"너무 뻔해. 누가 그런 말을 기억하고 싶겠니? 그럼 너는 단 한 번뿐인 소중한 기회를 헛되이 날려 버리는 셈이야. 마지막 말을 남길 기회는 두 번 다시 오지 않아, 알겠니?"

터너는 갑자기 슬픔으로 속이 울렁거렸다. 파도가 돌진해 오기를 기다리며 바위 턱 위에 서 있었던 바로 그때만큼이나. 콥 할머니는 너무나 외로운 나머지 바알세블**만큼이나 어둡고 무더운 방에 앉아 죽음의 화살이 다가오기만을 기다리며, 사람들이 자신을 기억해 줄 단 한 마디를 말하고 싶어 하지만, 그 말을 들어줄 이가 아무도 없다는 것 또한 너무나도 잘 알고 있었다.

"그래, 목사님이 네가 책을 읽어 주러 올 거라고 하시더구나."

"네, 할머니."

---
* 구약 성경 시편 23장 1절의 한 구절
** 성경에 나오는 마귀들의 통치자. 일반적으로 악마를 뜻한다.

"그럼 열심히 해보려무나. 존 밀턴*부터 시작하자. 그런 다음 알렉산더 포프**로 넘어가자."

"할머니, 죄송하지만 물 한 잔만……."

"너는 젊어. 그런 건 필요 없어. 밀턴부터 읽어라."

터너는 밀턴부터 읽기 시작했다. 기진맥진해서 억지로 치는 듯한 시계 종소리가 세 시를 알릴 때, 터너는 밀턴을 읽고 있었다. 시계 종이 세 시 반을 알릴 때는 포프를 읽고 있었다. 네 시를 칠 때는 애디슨***을 읽고 있었고, 콥 할머니는 잠이 들었다. 터너는 할머니가 잠이 푹 들었기를 바랐다. 할머니의 머리는 뒤로 젖혀졌고, 두 눈은 감겼으며, 애디슨을 읽기 시작한 뒤론 아무 말도 없었다.

터너는 부디 할머니가 자신의 마지막 기회를 놓쳐 버리지 않았기를 바랐다.

터너는 책을 가만히 내려놓았다. 그런 다음 살금살금 복도로 걸어 나왔다. 몸속의 수분이 이미 셔츠의 빳빳한 풀 속으로 땀이 되어 모두 빠져나가 버려 터너의 몸에 과연 물이라는 게 남아 있기나 한지 의심스러웠다. 터너는 가만가만 복도를 걸어 식당을 지나 마침내 주방에 이르렀다. 터너는 굳이 유리컵을 고집하지 않았다. 그냥 곧장 얼굴을 꼭지에 갖다 대고 펌프질을 했다. 두 번째 펌프질에서는 녹이 슨 미지근한 물이 나왔지만 세 번째 펌프질에서는

---

* John Milton(1608~1674), 『실낙원』의 작가로 유명한 영국의 시인
** Alexander Pope(1688~1744), 영국의 시인
*** Joseph Addison(1672~1719), 영국의 수필가이자 시인이자 정치가

차갑고 깨끗한 물이 쏟아져 나왔다. 터너는 벌컥벌컥 물을 들이켜고는 아예 얼굴 위로 물을 흘려보냈다.

잠이 든 콥 할머니를 내버려 두고 나가도 될지 망설여졌다. 하지만 이미 집 안에는 더 이상 쥐어짜려고 해도 짜낼 공기가 없다는 사실만은 확실했다. 터너는 천천히, 조용히 다시 복도로 되돌아왔다. 천천히, 조용히 할머니가 숨을 쉬고 있는지 확인하려고 살짝 들여다보았다. 확실히 분간하기는 어려웠지만 바로 그날 오후에 할머니가 세상을 떠날 가능성은 그다지 크지 않다는 결론을 내렸다. 터너는 현관으로 가서 그곳에 찰싹 달라붙어 있던 바닷바람을 뛰어넘었다. 현관문을 열고 공기만 좀 들이마실 수 있다면 다시 할머니 곁에 앉아 애디슨을 끝내고 그날의 죄 값도 마저 치를 수 있을 것만 같았다.

터너가 현관문을 열었다. 그러자 울타리 너머에서 윌리스 허드와 그의 친구들이 터너를 발견하곤 갑자기 왁자지껄하게 웃음을 터뜨렸다. 윌리스만 빼고 모두 다. 윌리스는 며칠 전 보여 주었던, 죽음을 앞둔 닭에게 던지는 바로 그 미소를 지어 보였다.

"셔츠 멋진데, 벅미니스터, 여자 친구 찾아왔냐?"

윌리스가 빈정댔다.

길에서 파도처럼 한바탕 폭소가 일어났다.

"여자 친구 찾아온 거 아니야."

"그러셔?"

윌리스가 친구들에게 몸을 돌리며 말했다.

"여자 친구 찾아온 거 아니라는데."

터너는 현관문을 뒤로 한 채 똑바로 섰다.

"아무튼 절벽에서도 여자 친구가 말렸을걸. 얼마나 겁이 났겠어. 야, 벅미니스터, 그런데 너 야구 방망이 휘두를 때처럼 완전히 어쩔 줄 몰라 하더라."

터너는 문손잡이를 놓고 현관 계단을 내려갔다.

"쟤 화났다, 월리스!"

"그럼! 제 여자 친구를 모욕하는데 당연히 싸우러 오셔야지."

월리스가 대문을 활짝 열었다.

"어떻게 싸우는지는 알지, 벅미니스터? 한 방 먹이는 것도 야구 방망이 휘두르는 거랑 똑같냐?"

터너가 한 방 날렸다. 미처 주먹이 닿기도 전에 자신이 진짜로 주먹을 휘두를 거라고는 월리스가 상상도 못 했다는 걸 직감했다. 주먹은 월리스의 뺨을 지나 코에 닿았다. 터너는 월리스의 얼굴이 순식간에 피투성이가 되리라 예감했다. 또한 자신보다 머리 하나가 더 큰 월리스가 몸을 웅크려 비명을 지르며 야구공보다 더 빠르게 자신에게 달려들 거라는 사실도 잘 알았다.

이 모든 예감이 현실로 나타났다. 월리스가 비열하고도 끔찍한 주먹을 날려(심지어는 월리스조차도 후회했던) 터너가 고통에 몸부림치며 아까 마셨던 차가운 물을 몽땅 토해 내는 데는 채 일 분도 걸리지 않았다.

월리스는 뒤로 물러나 피가 줄줄 흘러내리는 코를 손으로 슥

닦았다. 그러고는 터너가 흙먼지로 범벅이 되고, 터너의 새하얀 셔츠가 피로 벌겋게 물든 채 축 늘어져 꼼짝 않는 모습을 가만히 지켜보았다.

"네 여자 친구 불러 주랴?"

월리스의 친구가 빈정거렸다.

"그만 가자. 괜찮을 거야. 가자."

월리스가 친구들을 재촉했다.

하지만 터너는 이렇게 길바닥에 대자로 뻗은 채 그들을 보내고 싶지 않았다. 아니, 그럴 생각이 전혀 없었다.

터너는 무릎을 딛고 주춤주춤 몸을 일으켜 콥 할머니의 할아버지 작품에 피가 묻건 말건 울타리를 붙잡으려고 앞으로 움직였다. 처음에는 실패했다. 하지만 앞을 똑바로 보기 위해 시선을 가다듬고는 마침내 울타리를 꽉 붙잡았다. 어떻게든 두 다리로 서 보려고 온 힘을 다해 버티며, 제발 아까처럼 세상이 빙글빙글 돌지 않기를 바라면서 천천히 몸을 일으켰다. 이제 터너는 서 있었다. 두 무릎은 후들거리고 등은 구부정했지만 그래도 서 있었다. 터너는 월리스가 자신을 지켜보는지 눈으로 확인하지는 않았지만, 월리스가 자신을 지켜보고 있다는 사실을 잘 알았기에 최대한 몸을 꼿꼿이 세워 천천히 계단을 올라 현관 앞에 섰다. 터너는 더듬더듬 문손잡이를 찾아 돌린 다음 집 안으로 들어갔다. 문을 닫기 직전에, 적지만 꼭 필요한 만큼의 공기를 재빨리 들이마셨다.

터너는 울지 않았다. 어두컴컴한 세상의 함정에 빠져서도 울지 않았다. 울음을 터뜨릴 만한 여러 가지 이유가 충분하다는 걸 하느님과 모든 천사들이 목격했지만 터너는 울지 않았다.

그래도 한 가지는 흡족했다. 터너는 손을 구부려 피가 묻은 손마디를 내려다보았다. 윌리스의 피. 자신의 손마디가 윌리스의 코를 치던 순간의 느낌이 아직도 생생했다. 윌리스를 치며 기뻐했다는 사실에 대해서는, 목사의 아들이건 말건 눈곱만큼도 마음에 거리낌이 없었다. 눈곱만큼도.

터너는 여전히 구부정한 등으로 발을 질질 끌며 주방으로 되돌아왔다. 할머니가 잠이 들었는지, 아니면 죽었는지 다시 한 번 확인해 보았다. 어차피 둘 가운데 하나일 것이다. 터너는 셔츠를 벗고 다시 펌프를 당겨 머리를 밀어 넣으며 입 안에 있던 담즙을 뱉어 냈다.

물은 아까처럼 차갑고도 시원했다. 대충 살펴보니, 사방에 피가 튀기는 했지만 자신의 피는 하나도 없었다. 또 한 번의 흡족함. 하지만 자기 피든 아니든 몸에 피가 튀었고, 셔츠는(바지는 물론이고) 희망이 없어 보였다. 하지만 적어도 시도는 해봐야겠다 싶어 셔츠를 흐르는 물에 대어 최대한 깨끗이 윌리스의 피를 씻어 냈다. 그런 다음 이번에는 바지를 벗어 똑같이 물에 대었다. 의자 등받이에 젖은 옷을 걸쳐 놓으면서, 이 정도 찜통더위라면 마르는 데 시간이 오래 걸릴 걱정은 없으니 그나마 다행이라는 생각이 들었다. 옷만 잘 마르면 집에 갈 때 다시 입고 가면 되니까 아무에게도 들킬 염려가 없다. 어머니만 빼고. 남아 있는 핏자국에 대해서 해명을 해야겠지만, 바로 그럴 때 아껴 두었던 거짓말을 써먹으면 된다.

그런데 살다 보면 일이 요상하게 돌아가 상황이 악화될 때가 있고, 악화된 상황마저 또다시 악화되는 시련이 찾아오기도 한다고 아버지가 여러 번 말한 적이 있다. 그럴 때에도 우리는 하느님께 감사를 드려야 하는데, 그러한 시련이 가난하고 낮은 자들에게 주님의 도움이 필요하다는 걸 일깨워 주는 소중한 계기가 되기 때문이란다.

하지만 터너는 단 한번도 아버지의 생각에 공감하지 못했다. 만약에 자기 잘못이 아닌데도 상황이 나빠진다면 그때는 하느님이 나서서 대책을 세워 주는 게 당연한 일 아닌가. 그래야 공평하다고 생각했다.

혼자 그런 생각을 하는데, 불현듯 뒤에서 기척이 느껴졌다. 몸을 돌리자, 콥 할머니가 자신을 뚫어져라 쳐다보고 있었다. 할머니는 한 손을 들어 크게 벌어진 입을 가렸다. 요한 계시록의 일곱 기사*가 말을 타고 주방에 들어와 있는 광경을 목격이라도 한 듯 충격에 휩싸인 눈빛이었다.

"도대체 너, 거기서 무슨 불경스러운 짓을 벌이는 거냐?"

터너가 한숨을 내쉬었다.

"우리 집에서, 바로 우리 집에서 벌거벗고 서 있다니."

---

* 각각 세상의 종말을 가져온다는 질병, 전쟁, 기근, 죽음을 상징하는 요한 계시록의 네 기사(騎士)를 일곱 기사로 과장한 표현이다.

터너가 다시 한 번 한숨을 내쉬었다.

"터너 벅민스터, 너는 지금 우리 집에서 벌거벗고 서 있어."

"속옷은 입었는데요."

터너가 힘없이 대꾸했다.

콥 할머니는 일곱 기사라 해도 따라잡을 수 없을 정도로 후다닥 복도로 튀어 나갔다. 이어서 가파른 2층 계단을 쿵쿵거리며 올라가는 소리가 들려왔다.

터너는 젖은 옷을 집어 입는 수밖에 다른 도리가 없었다. 복도에 물을 뚝뚝 흘리며 현관 계단을 내려와, 콥 할머니네 앞마당을 통과하고 울타리를 지나 되도록 빨리 집으로 향했다. 서둘러 가면 소식이 아버지에게 닿기 전에 집에 도착할 수도 있겠다고 생각했다. 터너는 잠시 그런 생각이 들었다. 하느님은 왜 일을 이렇게 꼬이게 만드시는 걸까.

하지만 터너는 윌리스를 두들겨 주었다. 터너는 다시 한 번 주먹을 쥐며 빙긋 웃었다.

* * *

하느님이 일을 꼬이게 만드는 바람에 곤란을 겪은 건 리지 역시 마찬가지였다. 리지는 벌써 한 시간째 얕은 웅덩이 속의 투명 게를 구경하는 중이었다. 혹시 바로 전날 리지의 발가락 위를 뒹굴었던 그 게일는지도 모른다. 리지는 그렇게 한참을 지켜보다 문득 그 게도 이름을 가질 자격이 있다는 생각이 들었다. 그래서 직접

'스룹바벨'*이라는 이름을 지어 주었다. 리지가 이름을 부르자, 게는 리지를 향해 조그만 분홍빛 집게를 열렬히 흔들어 댔다.

"마음에 드나 보구나, 그치, 스룹바벨?"

리지는 손가락을 빙빙 돌리다 스룹바벨에게 물려 주었다. 리지는 스룹바벨을 물 밖으로 잡아끌었다가 도로 물속에 넣고 살살 흔들었다.

"싸움꾼."

리지가 싱글거렸다.

리지는 바다 건너 바위 턱을 가만히 바라보았다. 프록코트는 한 명도 보이지 않았다. 하얀 셔츠도 보이지 않았다. 거친 바위들, 바람에 흔들리는 소나무들, 고집불통 푸른 홍합들의 행렬, 세차게 초록빛으로 올라왔다 하얗게 흘러 내려가는 파도까지, 모든 게 변함이 없었다. 마치 거기에 프록코트들이 온 적도 없었다는 듯이. 이 모든 것은 앞으로도 언제까지나 변함이 없을 터였다.

하느님이 일을 꼬이게 만든 건 바로 그때였다.

하늘에서 무언가가 순식간에 내리 덮치는 바람에 리지는 깜짝 놀랐다. 첨벙 소리, 이어지는 둔중한 날갯짓, 어느새 스룹바벨은 갈매기의 부리 속에 있었고, 투명한 분홍빛 껍데기는 부서지고 말았으며, 조그만 집게발은 대롱대롱 매달려 있었다.

---

* 기원전 6세기에 활동한 유대 총독. 다윗 가문 출신의 유대인으로 바빌로니아에서 태어난 듯하며, 그곳에서 포로 생활을 하던 유대인 무리를 이끌고 예루살렘으로 돌아와 페르시아의 속주(屬州) 유대 총독이 되었다.

그리고 리지는 울고 있었다.

리지는 속으로 '오, 하느님, 그래봤자 작은 게일 뿐이야.'라고 생각했다. 둥둥 떠다니는 해초마다 널리고 널린 게 게였다. 바닷가 웅덩이마다 많고 많은 게 게였다. 게다가 갈매기들도 먹고 살아야 한다.

그렇지만 리지는 그 게에게 '스룹바벨'이라는 이름을 지어 주었고, 스룹바벨은 조그만 집게발을 그토록 예쁘게 흔들어 댔는데.

그래서 리지는 울었다. 첨벙대는 노 젓는 소리에 이어, 작은 배 한 척이 자갈투성이 바닷가로 뱃머리를 앞세우고 들어와, 프록코트들이 말라가 섬 해안에 발을 내디딜 수 있도록 엘웰 보안관이 가장 먼저 배에서 뛰어내려 무릎까지 바지를 적시는 모습을 보았을 때에도 리지는 여전히 울고 있었다.

리지는 울음을 그치고 달렸다. 바다에서는 돌고래가 리지보다 더 빨리 헤엄칠 테고, 하늘에서는 물수리가 리지보다 더 빨리 물속으로 내리 덮칠지 모르지만, 말라가 섬에서는 리지 그리핀이 가장 빨랐다. 그래서 프록코트 다섯 명이 미처 배에서 내리기도 전에 리지의 할아버지는 그들이 왔다는 걸 이미 알고 있었다. 그리고 그들이 바닷가로 올라와 바닷바람이 프록코트를 퍼덕이는 날개처럼 휘날리게 만들기도 전에 말라가 섬 주민들은 대부분 그들이 왔다는 걸 알고 각자 집 앞을 지키고 서 있었다.

"그리핀 목사님, 그리핀 목사님!"

엘웰 보안관이 큰 소리로 불렀다.

리지는 할아버지의 팔에 꼭 매달려 집 밖으로 나왔다. 할아버지는 양손에 국자를 들고 눈부신 햇살에 두 눈을 깜작였다. 리지는 할아버지의 그런 모습이 참 좋았다. 마치 무언가가 어깨를 잡아끄는 것처럼 살짝 몸을 숙이고, 두 눈은 아주 약간만 감은 채 한쪽 입꼬리를 조금 올리고 천천히 걷는 모습. 리지는 할아버지가 강하다는 사실을 잘 알고 있었다. 할아버지는 나룻배도 번쩍 들어 올리고, 그 옛날 빙하가 텃밭에 떨어뜨려 놓은 바위도 파내고, 두 사람이 사는 집과 트립 씨네 집을 겨울 내내 따뜻하게 만들고도 남을 정도로 많은 장작을 실은 수레도 혼자서 끌고 갈 수 있었다. (트립 씨네 집은 창으로 들어오는 햇빛보다 벽 틈으로 들어오는 햇빛이 더 많을 정도였다.)

하지만 할아버지의 겉모습만 보면 도저히 그럴 거라 상상하기가 힘들었다. 위대한 변화가 일어나기 전까지는 말이다. 손에 성경을 들고 하느님과 말라가 주민들 앞에 서서 설교할 때면, 할아버지는 등을 꼿꼿이 세우고 눈을 부릅떴다. 평소보다 목소리를 낮추고, 성경을 들고 당당하게 서 있는 모습을 보면, 할아버지의 말씀 안에 분명 천사가 깃들어 있다는 생각이 들었다. 오, 하느님, 할아버지에게는 쿵 하고 발로 땅을 내리치면 바위가 둘로 쪼개지고 불과 천둥이 튀어나올 듯한 위엄이 존재했다.

리지는 어서 위대한 변화가 나타나기를 바랐다. 할아버지가 발로 땅을 구르기로 마음만 먹으면 무슨 일이 벌어질지 프록코트들은 아무도 짐작조차 못 하고 있었다.

그렇지만 위대한 변화는 나타나지 않았다. 아직까지는.

"잘 지내셨습니까, 목사님?"

엘웰 보안관이 물었다.

리지의 할아버지가 고개를 끄덕였다.

"덕분입니다."

"이 울타리는 손 좀 봐야겠군요."

"늘 그렇습니다, 보안관."

보안관이 고개를 끄덕였다.

"지난 봄 이래로 마을에서 없어진 게 하나도 없다고 하더군요. 닭 한 마리도 말이죠. 목사님께서 설교를 잘하신 것 같습니다."

"그러기를 바랍니다."

"목사님 댁 아이인가요?"

보안관이 리지를 가리켰다.

"너, 나무 탄 적 있지?"

리지가 얼른 할아버지 뒤로 숨었다.

"제 손녀딸입니다. 다대오*의 아이죠."

"말이 별로 없군요."

"할 말이 있어도 때로는 말을 하지 않을 때가 있지요."

엘웰 보안관이 할아버지를 날카롭게 쳐다보았다.

바로 그때, 스물에서 서른 마리 남짓 되는 갈매기들이 해안 어

---

*예수의 12사도 중 한 사람인 '유다'의 다른 이름이다.

딘가에서 바닷바람을 정면으로 받으며, 마치 깨어진 약속처럼 찢어지는 듯한 소리를 내며 날아올랐다. 이리저리 날아오른 갈매기들의 그림자로 바닷가에는 점점이 얼룩이 남았다. 갈매기들에게서 다시 시선을 되돌린 보안관은 그동안 그리핀 목사가 미동조차 하지 않았음을 알았다.

"목사님, 우리가 여기까지 찾아온 이유를 단도직입적으로 말씀드리죠. 이 판잣집들……."

보안관은 손으로 섬을 쭉 가리켰다.

"이 판잣집들을 다 철거해야 합니다."

어느덧 흩어졌던 갈매기들이 모두 되돌아와 날개를 활짝 펴고 바다 위를 낮게 날아다녔다. 그러더니 바위 턱을 넘어 먼 바다로 날아가 시야에서 사라졌다.

"무슨 문제라도 있소?"

"집들을 철거할 예정이니 당신들도 이사를 가야만 합니다."

"올 가을까지입니다."

프록코트들 가운데 하나가 덧붙였다. 허드 집사였다.

"그렇군요."

그리핀 목사가 고개를 끄덕이며 대답했다. 리지는 할아버지를 바라보며 위대한 변화를 기대했지만 아무런 징조도 보이지 않았다.

"올 가을까지……. 그렇군요."

할아버지는 생각에 잠긴 채 엘웰 보안관 쪽으로 고개를 기울였다.

"누가 닭이라도 도둑맞았습니까? 통발이라도 도둑맞았답니까?"

그러자 허드 집사가 나섰다.

"그것은 우리의 세금입니다. 만약 당신들 가운데 단 한 명이라도 극빈자 명부에 올라간다면, 당신들에게 나갈 돈이 대체 어디서 나온다고 생각하시오? 다 핍스버그 주민들의 호주머니에서 나올 거라 이 말입니다."

"어려울 때 핍스버그 주민들이 우리를 그토록 염려해 주실 거라는 말씀을 들으니 정말로 고맙군요. 하지만 보안관, 핍스버그에서 주민들의 세금을 우리에게 마지막으로 보낸 게 언제였지요?"

"학교 건물이 있지 않소, 게다가 선생의 봉급도 나가지 않습니까?"

다른 프록코트가 지적했다.

"메인 주 모든 마을에서는 자체적으로 교사를 책임지고 있다는 말씀 같군요."

리지의 할아버지가 천천히 응답했다.

"바로 그겁니다."

프록코트들 가운데 키가 가장 큰 이가 손가락에 낀 반지들을 만지작거리며 끼어들었다.

"당신들은 자체적으로 합니까?"

다시 엘웰 보안관이 나섰다.

"목사님, 시대가 바뀌고 있습니다. 시대가 바뀌면 그에 따라 사람들도 바뀌어야 하는 겁니다. 어디든 합법적으로 살 만한 데가 있을 겁니다. 뭐, 이런 판잣집 정도야 어디 가든 당연히 짓고도 남지요."

리지가 두 팔로 할아버지를 감싸 안았고, 할아버지는 리지의 손을 쓰다듬어 주었다.

"당연하지가 않습니다. 이미 여기가 우리 땅입니다."

할아버지가 강한 어조로 말했다.

"아니, 여기는 당신들의 땅이 아닙니다. 당신들 가운데 땅에 대한 등록 증서를 가진 사람은 이 섬에 단 한 명도 없습니다. 제가 마을 서기에게 확인해 봤습니다. 이 섬 어디에도 소유권을 가진 자가 없다, 이 말입니다."

엘웰 보안관이 반박했다.

리지는 위대한 변화가 시작되었다는 걸 감지했다.

"우리 조부님이 저기에 저 집을 지으셨고, 우리 부친은 울타리를 치셨지요. 그분들은 당신들의 할아버지와 아버지들의 집을 돌보며 개처럼 일했고, 하물며 못 하나 값도 허투루 계산한 적이 없소이다. 자기 땅도 아닌 곳에서 대대손손 그렇게 사는 사람이 대체 누가 있겠소."

그리핀 목사가 말했다.

키 큰 프록코트가 두 손을 양 옆 주머니에 푹 찔러 넣었다.

"당신의 조부는 자기 땅도 아닌 곳에 저 집을 짓기로 결정한 거고, 그것은 지금도 마찬가집니다. 보안관은 그 대가를 설명하려는 겁니다."

그리핀 목사는 엘웰 보안관을 바라보았다. 보안관은 어깨를 으쓱했다.

"법은 법입니다. 목사님은 이곳을 소유하고 있다고 주장할 만한 증서가 전혀 없습니다."

"그럼 여기는 누구 소유란 말이오?"

"메인 주 소유입니다."

보안관이 대답했다.

"그럼 메인 주에서 바로 이곳에 정착할 생각이 있습니까?"

엘웰 보안관이 다시 한 번 어깨를 으쓱했다.

"메인 주는 메인 주가 하고 싶은 대로 합니다."

긴 침묵. 리지는 갈매기들이 높은 바위 턱으로 되돌아오기를 기다렸지만 갈매기들은 돌아오지 않았다. 어쩌면 갈매기들은 이미 케네벡 강을 건너 더 많은 스룹바벨들을 내리 덮치고 있을지 모를 일이었다. 리지는 이제 곧 조수가 몰려들어 스룹바벨들을 뒤덮을 시간이 되었음을 알았다. 조개들도 역시 같은 처지일 텐데, 리지는 아직 조개를 캐지도 못했다. 아마 오늘은 어려울 것이다.

"보안관, 그 말을 전하려고 일부러 여기까지 오셨군요."

리지의 할아버지가 천천히 말했다.

"다른 주민들에게도 알려 주시겠습니까, 목사님? 올 가을까지는 이사를 가야 합니다."

"그러기 전에, 다 같이 저와 함께 좀 걷지 않으시겠습니까?"

침묵.

"조금만 들어가면 됩니다."

그리핀 목사는 대답을 기다리지 않고 몸을 돌렸다. 그리고 리지는 할아버지를 뒤따르며 어서 할아버지의 목소리에서 위대한 변화가 나타나기를 기다렸다. 할아버지는 소나무의 옹이들을 뚫고 이어진 좁은 길을 출발했고, 이따금씩 사람들을 뒤돌아보며 고개를 끄덕였다. 그 길은 프록코트들조차도 꽤 잘 따라올 수 있을 정도로 깔끔한 편이었다. 하지만 아까부터 집에서 나와 나무 사이에 몸을 숨긴 채 자기들 옆에서 조용히 걷고 있는 주민들의 기척을 프록코트들이 느끼고 있을지 리지는 의심스러웠다. 길은 반으로 쩍 갈라진 거대한 바위 한가운데로 이어졌다 다시 소나무 숲으로 나왔고, 불쑥 나타난 개간지에 이르자, 마침내 끝이 났다.

리지의 할아버지는 프록코트들이 다가오기를 기다렸다.

"여깁니다. 여기가 바로 우리의 증서입니다."

개간지 안에는 60여 구의 무덤이 조용하고 잠잠하며 평온하게 자리 잡고 있었다. 무덤 머리에는 색이 바래 읽기조차 어려운 이름이 적힌 나무 십자가들의 모습이 보였다. 몇몇 무덤에는 섬 곳곳에서 모아 온 분홍빛 돌멩이들이 십자가 아래마다 소복이 쌓여 있었다. 또 어떤 무덤에는 제비꽃의 어린 가지들이, 다른 무덤에는 푸릇푸릇한 상록수 가지들이 쌓여 있었다. 바람에 흔들리며 무덤을 에워싼 소나무들, 이끼에 감싸여 한결 부드러워 보이는 돌무더기들이 어찌나 푸르던지 리지는 프록코트들조차 무릎을 꿇고 그 냄새를 맡아 보고 싶어 하지 않을까 생각했다. 마치 손님이 찾아올 줄 미리 알고 조물주가 손수 응접실을 쓸고 닦아 정리해 놓은 듯 하나같이 말끔하고, 그들을 환영하는 분위기였다.

그리핀 목사는 하얀색 칠을 한 십자가가 세워진 어느 무덤 옆에 멈춰 섰다.

"여기 이 무덤이 다대오의 무덤입니다. 그의 어머니 옆에 묻혀 있지요. 그리고 저기 저 무덤은 다대오 어머니의 아버지 무덤입니다."

그리핀 목사는 양팔을 쫙 펼쳤다.

"그들의 뼈이자 우리의 뼈이고 모두가 이 섬의 일부입니다. 우리는 이곳을 떠날 수 없습니다."

키가 가장 큰 프록코트가 코를 킁킁거렸다.

"이것도 다 없애 버려야겠군."

그리핀 목사가 처음으로 프록코트들 가운데 한 사람에게 몸을 돌렸다.

"선생님, 옷깃을 보아하니 목사시군요."

벅민스터 목사가 고개를 끄덕였다.

"제일회중교회에 새로 온 목사입니다."

"그럼 주님이 당신에게 살 땅을 주셨을 때, 필리스티아*의 모든

---

* 기원전 1200년경 종종 이스라엘 사람을 공격한 종족

군대가 쳐들어올지라도 우리는 그곳을 떠나지 않을 것임을 잘 아시겠군요. 다른 곳으로 가라 명하시기 전까지는 말이죠."

그리핀 목사가 말했다.

리지는 기다렸고, 오, 하느님! 리지는 새로 온 목사가 그 말씀을 알아들었다는 걸 느꼈다.

하지만……

벅민스터 목사가 다른 프록코트들을 바라보며 말했다.

"그렇지 않습니다. 목사님, 사정이 어려우신 건 안됐습니다만, 제일회중교회에서는 섬 주민들이 어디든 정착할 곳을 찾도록 최대한 지원해 드릴 겁니다. 바느질 봉사 부인회도 이미 목도리와 장갑을 뜨고 있습니다. 뭐, 목도리는 없을지도 모르겠습니다만. 다음 주일에는 모금회도 계획하고 있습니다."

"가을까지는 나가야 합니다."

엘웰 보안관이 못을 박았다.

바로 그때 머리 위로 갈매기 떼가 다시 나타나 잃어버린 영혼들을 찾기라도 하는 듯 울고 또 울었다. 프록코트들은 자신들의 배를 향해 돌아섰다. 보안관은 리지와 그리핀 목사 옆을 스쳐 지나가며 말했다.

"뭐라고 말해야 하는지 잘 아시죠? 주민들에게 말입니다. 저보다는 더 잘 말하시겠지요."

"시대가 바뀌고 있다고 말하리다."

보안관이 고개를 끄덕였다.

"어쩌면 그게 주님이 우리에게 떠나라고 말하신 것일지도 모르죠."

또 한 번의 끄덕임.

"살 곳을 찾게 될 겁니다. 늘 그래 왔지 않았습니까."

"한 가지만 묻겠소, 보안관."

보안관이 걸음을 멈추고 기다렸다.

"다시 시대가 바뀌고 그때는 보안관의 차례라면 어떻게 하겠소?"

순간, 보안관은 말뜻을 이해하는 듯싶었다. 보안관은 발밑을 바라보았다. 그리고 잠시 뒤, 갈매기들의 울부짖는 소리보다 훨씬 더 큰 폭소가 터져 나왔다. 그리고 보안관은 이렇게 말했다.

"시대는 결코 그렇게 많이 바뀌지는 않을 겁니다."

바닷가에 이르렀을 때, 프록코트들은 이미 배에 오른 뒤였다. 보안관은 배를 바다로 밀다가 바닷물이 무릎까지 차자 프록코트들에게 물이 튀기지 않도록 조심스럽게 배 위로 뛰어올랐다. 그러고는 뉴메도우즈를 등지고 노를 젓기 시작했다.

"주민들에게 잘 말해 주십시오! 가을까지입니다!"

보안관이 다시 외쳤다.

리지가 할아버지를 꼭 붙잡고 있는데, 말라가 섬 주민들이 소나무 숲 밖으로 나왔다. 그들은 무슨 말이 오갔는지 듣고자 바닷가로 내려와 그리핀 목사를 에워쌌다. 프록코트들을 태운 배가 채 방향을 돌리기도 전에 리지는 할아버지의 기운이 쇠했다는 걸 느꼈다. 썰물을 따라온 마지막 파도가 차츰 사그라지는 고요한 대기 속으로 마침내 사라져 버리는 것처럼, 할아버지의 몸에서도 영혼이 스르륵 빠져나가 버린 것만 같았다.

 리지는 숨을 깊이 들이마셨다. 하지만 리지가 들이마신 건 단순히 공기만이 아니었다. 철썩이는 파도, 바다풀과 소나무, 화강암 위의 투명한 이끼와 파도를 따라 앞뒤로 이끌려 다니는 조약돌들의 기분 좋은 어른거림, 파도 속으로 다이빙하는 물수리와 파도 밖으로 뛰어 올라오는 돌고래까지 모두 함께였다.

 리지는 약해지지 않을 것이다.

 리지는 모여든 말라가 섬사람들에게 시대가 바뀌었다고 말하기 위해 할아버지와 함께 몸을 돌렸고, 그들은 각자의 집을 버리고 떠나야 할 운명이었다.

제3장

"오, 주여! 터너, 새 회중들 앞에서 그렇게 꼭 아버지를 난처하게 만들어야겠니?"

"아버지를 난처하게 만들 생각은 없었어요."

"처음에는 콥 부인을 애먹이더니, 남의 집 앞에서 셔츠도 안 입고 울타리에 돌멩이를 던지다 못해 이제는 허드 집사 아들하고 길거리에서 싸우기까지 해? 집사님 아들하고! 하지만 네 말이 맞을지도 모르지. 나도 그게 어떤 식으로 새로 온 목사, 바로 이 아버지를 난처하게 만들지 도무지 상상이 되지 않는구나. 사람들이 쑥덕댈 테지. 아니 벌써부터 쑥덕대고 있을 테지. '자기 아들 하나 관리하지 못하는데, 교회인들 제대로 관리할 수 있겠어?'라고 말이다. 그게 다가 아닐 거다. 사람들은……."

전화기의 높다란 금속성 벨소리가 새로 온 목사를 두고 사람들이 수군대는 말을 전하려던 아버지의 말을 중간에서 잘라 버렸다. 벅민스터 목사가 눈을 부라리며 전화를 받으러 사라지자, 터너는 위층으로 올라갈까 말까 망설였다. 축축한 바지 때문에 살

갖이 조여들었고, 풀 먹인 셔츠는 마르면서 점점 더 뻣뻣해졌다. 이러다가는 얼마 안 가 질식해 버릴 것만 같았다.

그래도 아버지를 기다리는 편이 나을 듯싶었다. 전화기 너머로는 목사의 아들에 대한 새로운 죄목이 추가로 전해지고 있을 게 분명했다. 아마 공개 발표자는 콥 할머니일 것이다.

터너는 아버지의 서재를 위아래로 훑어보았다. 서재는 목사관에서 가장 먼저 정리된 방이었다. 금박을 입힌 책등이 햇빛을 받아 반짝였다. 가죽 장정의 책들에서 진한 가죽 냄새가 풍겼다. 하지만 터너는 책장에 꽂힌 책 가운데 누구든 진심으로 읽고 싶어 하는 책이 단 한 권이라고 있을까 의아할 따름이었다. "근대 세계의 이설들과 정통주의의 무류성." 터너가 고요한 허공에 대고 중얼거렸다. "알파벳 순 종파 일람표, 종교학 개론, 에몬스 목사의 특별 강론." 터너는 좀 더 근사한 제목들을 떠올리려고 노력했다. 허클베리 핀과 유쾌한 사도들, 갈릴리 바다의 피터의 해적 모험, 야구가 행해지도록 뜻하신 하느님에 대한 특별 강론.

아버지가 서재로 돌아왔다. 문이 닫혔다. 단단히.

"콥 부인의 주방에서 벌거벗고 있었다고?"

터너의 아버지가 물었다. 조용하고 차분하게.

"벌거벗진 않았어요."

아버지는 말없이 기다렸다.

"속옷은 입고 있었어요."

"그래, 콥 부인의 주방에서 속옷 차림으로 있었구나. 대단한 품

위를 지켰으니 주님을 찬미하자꾸나."

　나머지 대화는 이루 말할 수 없을 정도로 끔찍했다. 특히 마지막 부분은 진짜 최악이었다. 터너는 다음 날 곧바로 콥 할머니를 찾아가 용서를 구해 스스로의 영혼을 정화시킬 것을 약속해야 했으며, 할머니의 우울한 외로움에 빛을 밝혀 주기 위해 남은 여름 내내 책을 읽어 줄 뿐 아니라, 최소한 일주일에 세 번은 할머니에게 오르간을 연주해 드리되, 당연히 옷은 완전히 갖추어 입기로 다짐해야 했다. 그리고 터너가 아직은 나이 어린 소년이지만, 땅에 떨어진 품격을 스스로 회복시켜 아버지를 부끄럽게 만들지 않고 모두에게 기독교인다운 사랑의 표본으로 밝게 빛날 수 있게끔 행동하기로 굳게 다짐했다. 윌리스 허드처럼.

　터너는 아버지의 서재에서 나와 계단을 올라 자기 방으로 가서 완벽하리만치 새하얗고 빳빳하게 풀을 먹인 또 한 벌의 셔츠로 갈아입었다. 지금은 어디든 숨을 쉴 만한 곳을 찾고 싶은 마음뿐이었다.

　그곳이 어디든 결코 자신의 방은 아니었다. 터너의 방은 길고 좁으며, 아래로 비스듬한 모양이었다. 벽지는 남북 전쟁 중에 발라놓은 듯했으며, 벽지를 갈 때가 한참은 지나 보였다. 더욱이 벽지는 여자아이용이 확실했다. 한쪽 창문 옆에는 벽지의 노란 꽃무늬가 색이 바래 잿빛이 되어 버렸다. 터너는 전부터 그곳을 조금씩 뜯어내곤 했다. 터너는 지금도 벽지를 뜯으며 창문을 열고 창밖으로 몸을 내미는 것 또한 죄가 될까 생각했다. 모르긴 해도 메인 주 핍스버그에서는 죄가 되고도 남을 것이다. 아마도 누군가 새로 온 목사에게 전화를 걸어 목사님 아들이 위층 창밖으로 몸을 내밀고 있는데, 그러면 다른 아이들에게 나쁜 본보기가 될 위험이 있고, 행여 어린아이들이 따라 하다 떨어지기라도 하면 마지막 말조차 남기지 못하고 죽을 수도 있다며 한바탕 연설을 늘어놓을 것이다. 그러면 아버지는 다시 난처해지겠지. 터너는 떨어진 품격을 어떻게 회복할 수 있을까 생각해 보다가 내일 아침부터 시작해도 늦지 않는다고 확신했다. 터너는 밝게 빛날 능력도 없고 그러고 싶은 마음도 없었다. 터너는 침대에 누워 야구 글러브를 낀 손을 얼굴에 대고 가죽 냄새를 들이마셨다.

얼굴에 계속 글러브를 대고 있는데, 어머니가 저녁을 먹으라고 불렀다.

저녁을 먹는 일은 거미줄에 의지해 지옥에 대롱대롱 매달려 있는 것과 다름없었다. 하지만 터너는 자신의 영혼을 완전히 지옥의 구렁텅이로 떨어뜨릴지도 모를 단 한 번의 실족은 피해야겠다고 마음먹었다. 그래서 구운 고기와 감자를 뜨는 내내 천사만큼이나 예절 바르게 행동했다. 달걀 푸딩도 군소리 없이 먹었다. 저녁을 먹고는 어머니를 도와 접시도 다 날라 주었다.

한 번의 실족!

터너는 저녁을 먹는 내내 실족을 피해 갔다.

터너는 저녁을 먹고 자신의 방으로 다시 올라갔다. 그리고 얼마 동안 야구 글러브를 다시 얼굴에 대고 있었다. 그러다가 갑자기

방을 가로질러 창문을 활짝 열고는 자신이 밝게 빛나든 말든 상관없이 창턱에 걸터앉아 창밖으로 한쪽 다리를 달랑달랑 흔들었다.

저문 하루가 잠자리에 들 준비를 하고 있었다. 하루는 바닷바람에 떠밀려 바닷가로 다가와 서성이며 하얀 안개로 하품을 대신했다. 앞바다를 떠다니는 부표에서 울리는 낮은 종소리를 빼면 사방이 어찌나 고요한지, 거짓말 조금 보태서 바닷물이 빠져나가는 소리까지 들릴 정도였다. 제일회중교회의 뾰족탑 둘레를 날아다니던 박쥐들의 즐거운 비행이 잦아들고, 흐릿한 별들이 하나둘 나오기 시작했다. 부엉이 울음소리가 낮게 울려 퍼졌다. 사방이 잿빛에서 더 짙은 잿빛으로 점점 더 짙어지고 희미해지더니, 이내 색깔을 구분하기 어려워지다가 완전히 캄캄해져서 더는 아무것도 보이지 않았다. 어느새 달이 떠올라 안개 속에서 장난을 치며 어른어른 희미한 안개 빛깔을 진주 빛깔로 바꾸어 놓았다.

터너는 어쩌면 메인 주가 마음에 드는 날이 올지도 모르겠다고 생각했다. 그때 전화벨 소리가 들렸다. 잠시 뒤 벅민스터 목사가 외치는 소리가 들렸다.

"터너, 지붕 위로 기어 올라가려는 건 아니지, 어?"

* * *

터너는 침대에 누웠지만 거의 뜬눈으로 밤을 지새웠다. 만약 미지의 세계로 떠나지 못하고 계속 핍스버그에 머물러야만 한다면 숨 쉴 공간이라도 꼭 찾아야겠다고 생각했다. 어디라도 좋으니 아무도 오려고 하지 않는 곳, 그 누구도 올 것 같지 않은 곳으로. 다만 그곳이 물가라면 괜찮겠다는 생각이 들었다.

그래서 아침이 되자, 터너는 바닷바람을 마주하며 파커 헤드를 따라 내려가 바다로 향했다. 터너는 눈이 따가울 정도로 새하얀 셔츠를 완벽하게 차려 입었다. 거리를 지나가는 그 누구도, 응접실 창문으로 터너를 지켜보는 그 누구도(터너를 지켜보는 사람들이 꽤 많았다.) 터너에게서 그 어떤 불경한 잘못도 발견하지 못했다. 터너는 마치 하느님에게 선택받은 자와 함께하는 양 당당히 걸었다. 심지어는 콥 할머니가 몸을 쭉 빼고 지켜본다 해도 터너에게서 결점을 찾기 힘들 정도였다. 터너는 목사의 아들로 행동해야 하는 게 정말 싫었다. 셔츠 깃을 풀고 신나게 달리며 마구 소리를 질러 대고 싶은 마음이 간절했다. 하지만 그러지 못한다. 터너는 속으로 생각했다. 나는 내 것이 아니야. 몸도, 마음도. 나에 대해 아버지에게 일러바치기 좋아하는 핍스버그의 모든 교인들 거야. 말들은 많고도 많았고, 말을 해 대는 교인들 또한 많고도 많았다.

터너는 바다를 향해 계속 나아갔다. 노란 덧창이 달린 집을 지나며, 허드 할머니가 현관에 나와 있으면 좋겠다고 생각했다. 콥 할머니네 울타리를 지날 때는 무너지기 일보직전의 여리고의 성벽*이라도 되는 양 멀찌감치 떨어져 걸었다. 파커 헤드를 따라 한

---

* '여리고'는 요르단 강 서안에 있는 팔레스타인의 옛 도시 이름이 다. 여호수아가 이끄는 이스라엘 인들이 요르단 강을 건넌 뒤 처음으로 공격한 도시로 유명하다. 이스라엘의 온 백성들은 하느님의 말씀에 따라 하루에 한 바퀴씩 소리 내지 않고 여리고 성을 돌았고, 7일째 되는 날, 일곱 바퀴를 돌고 힘을 다해 소리를 지르자 여리고 성이 저절로 무너져 내렸다고 한다.

줄로 바짝 정렬해 있던 새하얀 집들은 거리 끝에 이르자, 마침내 힘이 다했다. 길이 휘어져 삼나무들 속으로 이어지는 내내 터너는 줄곧 바닷바람을 맞으며 씩씩하게 걸었다.

터너는 걸음을 늦추기는 했지만 여전히 예의 바르게 두 손을 주머니 밖으로 빼고 걸었다. 콥 할머니가 사악한 기운이 감도는 어두컴컴한 곳에 숨어 아직도 자신을 지켜보고 있을지 누가 안단 말인가. 하지만 나무 덤불로 들어서고, 대기가 점점 시원해지고, 도로에서 오솔길로 길이 좁아지고, 삼나무가 자작나무에게, 버드나무가 소나무에게 길을 내어 주자, 터너는 아버지의 몸을 감싸고 있는 검정 가운을 벗어던진 듯한 기분을 느꼈다. 작은 소나무들 사이를 지날 때, 터너는 빳빳한 셔츠 깃을 풀어 나뭇가지에 걸쳐 두었다. 그리고 마침내 탁 트인 바깥으로 나왔다.

터너는 바다 소리에 맞서 양팔을 활짝 벌렸다. 몰려오는 파도 소리, 끼룩거리는 갈매기들의 울음소리, 화강암에 부딪혀 탄식하는 바닷바람의 한숨 소리까지. 터너는 핍스버그를, 아니 대륙을 등진 채 어깨를 으쓱하며 무거운 평화를 벗어 버리고 바다로 내려가는 길을 찾았다. 사실 기어 내려간다기보다는 굴러 떨어지는 쪽에 더 가까웠다. 살갗이 조금 까지고 한두 군데 피가 나긴 했지만 감사하게도 셔츠에는 피가 묻지 않았다. 순간 아까 벗어 놓은 빌어먹을 셔츠 깃을 찾을 수 있을까 하는 생각에 잠시 멈칫하기도 했지만, 지금 막 소생하여 난생처음 공기를 들이마시는 존재라도 된 듯 깊고 맹렬하게 숨을 들이쉬며 드디어 바닷가에 발을 내디뎠다.

터너는 해변을 위아래로 훑어보았다. 단 한 사람이라도 보이면 당장에 자리를 뜰 생각이었다. 하지만 바닷가는 갈매기들 차지였다. 바다 건너에서는 한 가닥 연기가 흔들흔들 하늘 높이 올라가다 흩어졌다. 그 연기마저 없었다면, 바닷가는 하느님이 오로지 터너를 위해 이제 막 창조한 세상이었고, 터너는 온 세상을 탐험하기 위해 깨어난 아담이나 마찬가지였다.

물론 아담이라면 물수제비 말고는 달리 해보고 싶은 것도 없을 듯싶어 터너는 파도의 골을 따라 물수제비를 떠 보았다. 단 하나라도 앞바다에 있는 섬까지 건너가게 해보려고 애를 썼다. 하지만 조류가 바위들을 휘감고 흘렀기 때문에 물수제비 뜨기에는 마땅치 않았다. 조류가 아니더라도 바위에 닿기도 전에 파도가 돌멩이들을 휘감아 버리기 일쑤였다.

터너는 주변을 두리번거리다가 바닷가에서 떠내려 온 나무 막대기를 하나 발견했다. 곧게 뻗은 모양에 쓰다 남은 비누처럼 매끄러웠고, 하얗게 색이 바랬다. 터너는 막대기를 집어 한번 휘둘러 보았다. 그런 다음 둥그런 돌멩이를 하나 주웠고, 왼발을 앞으로 내밀어 두 발을 단단히 고정시키고는 돌멩이를 공중으로 높이 던졌다. 터너는 수직으로 떨어지는 돌멩이를 향해 막대기를 휘둘렀다. 하지만 맞히지 못했다.

터너는 다른 돌멩이를 집어 눈으로 거리를 가늠한 다음 다시 던졌다. 이번에는 맞힐 뻔했다. 다음에는 놓쳤고, 그 다음 역시 마찬가지였다. 그러다 드디어 맞히기는 했지만 충격으로 손바닥이 얼얼해지고 팔목이 덜덜 떨렸다. 몸을 약간 가로로 기울여 휘두르면 더 잘 칠 수 있겠다는 생각이 들었다. 터너는 다시 돌멩이 하나를 위로 던진 다음 막대기를 휘둘렀다. 이번에는 꽤 옹골지게 쳐냈다.

바닷가를 따라 올라오던 리지가 터너를 만난 건 바로 그때였다. 터너는 리지에게 등을 보이고 있었고, 하느님의 영광에 어울리는 새하얀 셔츠 차림으로 허공에다 돌멩이를 던지고는 나무 막대기를 휘두르고 있었다.

만약 터너가 숨 쉴 곳을 찾아왔다는 사실을 리지가 미리 알았더라면 좀 더 쉽게 이해했을지도 모른다. 물론 그렇다 해도 약간 의아한 점이 남기는 하겠지만. 터너의 마음이 진짜 미칠 것 같다는 사실을 진작 알았더라면 그대로 내버려 두었을 것이다. 하지만 리지로서는 자신이 조개를 잡으러 오고 숨 쉬러 오는 그곳, 바로 자신의 바닷가에 웬 사내아이가 나타나 왼다리를 쭉 내밀고 서 있다는 것 말고는 아무것도 알지 못했다. 그것은 자신에게 떠나라고 말하는 거나 마찬가지였다.

그리고 그 문제라면 이미 넌더리가 났다.

할아버지가 함께 있었더라면 평화를 사랑하는 마음이 곧 이웃 사랑에 대한 보답이라고 리지를 달랬을지도 모른다. 하지만 이제 곧 온 섬이 바로 자기 발밑에서 휩쓸려 나갈 판국에 평화를 사랑하고 이웃을 사랑하는 마음을 갖기란 무척이나 어려웠다. 그래서 리지는 비록 평화를 사랑하는 마음이나 이웃 사랑과는 거리가 멀다 할지라도 자신에게도 할 말을 할 권리가 있다고 생각했다.

"넌 또 웬 바보냐?"

리지의 말에 터너가 몸을 휙 돌렸다. 그런데 하필 바로 그때 돌멩이를 위로 던졌기 때문에(그것도 유난히 무겁고 모서리가 날카로운 돌멩이였다.) 순간적으로 균형을 잃으면서 돌멩이가 터너의 콧마루 위로 뚝 떨어졌다. 코피가 터져 줄줄 흘러내리더니 순식간에 셔츠를 물들였다. 이제 일이 초 뒤면 고통이 찾아오리라. 하지만 터너는 고통보다 또다시 부모님에게 피 묻은 셔츠를 해명해야 한다는 걱정이 앞섰다. 게다가 제 코에 대고 돌멩이를 던졌다고는 도저히 말할 수 없기에 이번에야말로 대단한 거짓말을 만들어 내야 했다.

그리고 예상대로 고통이 찾아왔다. 터너는 바지에 피를 묻히지 않으려고 무릎을 구부렸다.

리지는 터너가 무릎을 구부려 피가 철철 솟아나게 하는 걸 보니 정말 바보인가 싶었다.

"누워야지, 머리를 뒤로 하고. 그래야 코피가 멈추지."

리지가 큰 소리로 말했다. 터너가 아무런 대답이 없자, 리지가 아주 천천히 말했다.

"너, 내 말 알아듣고는 있니?"

터너는 식은땀이 흘렀고, 점점 기운이 빠져나가는 듯했다. 메인 주에서 과연 일주일이나 버텨 낼 수 있을지 의심스러워졌다. 바닷가에 무릎 꿇고 앉아 줄줄 흘러내리는 피를 바지에 묻히지 않으려고 안간힘을 쓰는 와중에 머릿속에서는 몸속에 있는 피가 코로 몽땅 쏟아져 나올 수도 있을까 궁금한 생각마저 들었다.

리지는 배에서 가져온 조개 양동이와 갈퀴를 내려놓고 조심스레 터너에게 다가갔다. 그런데 정말 바보라면 무슨 짓을 할지 몰라 경계를 늦추지 않았다.

"내 말 알아듣는 거야?"

터너가 고개를 끄덕였다.

"누워서 머리를 뒤로 해. 이렇게."

터너는 리지의 두 손이 어깨에 닿는 것을 느꼈다. 터너는 리지가 하는 대로 내버려 두었다. 리지는 한 손을 터너의 머리 뒤에 받치고 터너를 뒤로 눕혀 몸을 완전히 펴게 했다.

"고개를 돌려."

피가 터너의 왼뺨 위로 흘러내렸다.

"이제 좀 나아?"

나아지지는 않았다. 메인 주를 통째로 들어 몇 천 킬로미터쯤 떨어진 곳으로 옮겨 놓기 전에는 결코 나아질 일은 없을 것이다.

"너, 말 할 줄 알아? 그런데 내 말을 알아듣는지 모르겠네."

"말할 줄 알아. 하지만 숨어 있다가 갑자기 나타나 사람을 놀래켜 얼굴에 돌멩이를 맞게 하는 사람하곤 말 잘 안 해."

터너가 대답했다. 그러자 리지가 천천히 말했다.

"뭐, 돌멩이가 네 얼굴에 떨어졌다고 해서 하는 말인데, 그걸 던져 올린 바보는 내가 아니다."

터너는 그렇다고 인정할 만한 기분이 전혀 아니었다.

"조금 멎는 것 같다. 멎을 것 같아. 어쨌든, 조금은."

터너는 망설이다 손을 얼굴로 가져가 아주 살살 코에 대어 보았다.

"찌그러졌어?"

"심하지는 않아. 알아차릴 정도는 아니야, 바로 코 앞에 와서 보지만 않는다면. 그렇다고 멀쩡한 것도 아니지만."

터너가 기대했던 대답은 아니었다. 터너는 다시 한 번 자기 코를 만져 보고는 괜히 원상 복구 시킨다고 자꾸 만지지 않는 편이 낫겠다는 결론을 내렸다.

"그런데 뭐 하고 있었던 거니?"

"돌멩이를 치고 있었어."

"그럴 이유라도 있는 거야?"

"그래, 그럴 이유가 있지."

리지는 가만히 바닥에 앉았다.

"뭐 그렇게 딱딱거릴 것까진 없잖아."

터너는 천천히 몸을 세우고 앉아 다시 한 번 코를 만졌다. 다시 피가 나오는 기미를 느끼자, 머리를 뒤로 젖혔다. 리지가 보기에는 냄새를 맡고 싶은데 아무 냄새도 맡지 못하는 개처럼 보였다. 하지만 일부러 그 얘기를 할 필요는 없겠다고 생각했다. 그래서 대신 이렇게 말했다.

"그 셔츠 벗어 주면 피를 씻어내 줄게. 핏물 빼는 데는 바닷물이 좋거든. 바닷물은 어디에든 다 좋아."

"아닐지도 모르지."

터너가 말했다.

터너는 조심스레 머리를 들면서 자리에서 일어섰다. 처음으로 리지를 제대로 바라보았다. 터너는 첫눈에 리지가 좋아졌다는 사실을 깨닫곤 깜짝 놀랐다. 전에는 흑인에게 말조차 해본 적이 없었다. 단 한 번도. 하지만 터너는 해안선의 일부인 양 자연스럽고 편하게 서 있는 리지의 모습이 마음에 들었다. 리지의 짙은 갈색 눈동자, 자갈이 가득한 바닥을 단단히 버티고 있는 기다란 발가락들, 그리고 바람을 받은 돛처럼 약간 기우뚱한 고개까지 모두 다 마음에 들었다. 저 애는 이미 미지의 세계를 찾아 떠났고, 그곳을 찾은 거야. 터너는 마음속으로 생각했다.

"내가 치는 법을 좀 가르쳐 줄 수도 있는데."

리지가 말했다.

"뭘? 돌멩이로 얼굴 치는 법? 그런 건 안 배울래."

"아니, 그건 지금도 아주 잘하잖아. 내 말은, 방망이 휘두르는 법. 네가 하려는 게 그거라면. 참, 내 이름은 리지 그리핀이야."

"고맙지만 방망이 휘두르는 법은 나도 알아. 내 이름은 터너야. 터너 어니스트 벅민스터."

"내가 보기엔 잘 아는 것 같지 않던데. 그리고 나도 중간 이름 있어."

"나는 온갖 투구법도 다 알아. 그래서 중간 이름이 뭔데?"

"글쎄, 터너 어니스트 벅민스터, 네 문제는 그게 아니야. 스윙이지. 리지 브라이트 그리핀이야."

"그럼 어디 네 스윙 좀 보여 주시지, 리지 브라이트 그리핀."

리지는 터너가 떨어뜨린 막대기를 주워 들고는 "하나 던져 봐." 하고 말했다.

터너가 돌멩이를 던졌다. 첫 번째 돌멩이는 너무 높고 짧았다. 두 번째는 너무 길어서 리지의 머리 위로 느리게 날아갔다. 마침내 돌멩이 무게에 적응한 터너가 세 번째 돌멩이를 던졌고, 이번에는 제대로 날아갔다. 리지가, 침착한 눈과 단단한 손을 지닌 리지가, 리지 브라이트 그리핀이 막대기를 휘둘러 돌멩이 한가운데를 정확히 맞혔다. 아주 가까운 거리에서 돌멩이를 던져도 리지는 매번 한가운데를 맞혔다. 아무리 높고 급하게 떨어지는 돌일지라도.

"어때, 이 정도면 괜찮아?"

마침내 리지가 물었다.

"괜찮은 정도가 아닌데."

터너가 칭찬했다.

"웃으니까 봐 줄 만하네. 아직도 피가 나고 코가 한쪽으로 찌그러지긴 했지만 말이야."

"찌그러지진 않았어. 그리고 너도 스윙하는 모습은 봐 줄 만해. 너는 두 손을 낮게 잡고 시작하더라, 맞지? 그리고 돌이 낮게 오면 손을 밑으로 더 내려서 끌어당기던데."

리지가 고개를 끄덕였다.

"알고 보니 바보는 아니네. 아직 반도 못 오긴 했지만."

리지가 터너에게 막대기를 내밀었다.

"네 차례야."

리지는 터너보다 더 나은 타자일 뿐만 아니라 더 나은 투수이기도 했다.

"더 낮게 시작해서 더 높게 가는 거야."

"더 낮게 시작해서 더 높이 가면 매번 뜬공을 칠 거야."

"당연히 너는 매번 뜬공을 치겠지. 그 문제는 나중에 정리해 보자."

터너는 막대기를 낮춰 잡고는 미심쩍은 눈빛으로 리지를 쳐다보았다.

"자, 내가 다시 한 번 보여 줄게."

리지는 터너 바로 옆에 서서 두 손을 터너의 손 위로 겹쳐 잡은 다음, 공중을 가르는 물수리의 매끄러운 날갯짓처럼 우아하게 호를 그리며 막대기를 휘둘렀다. 그렇게 몇 번이고 같은 동작을 되풀이하는데, 갑자기 터너가 몸을 부르르 떨었다. 그러더니 뒤로 물러나며 리지를 쳐다보았다.

"너, 전에 여자애 만져 본 적 없구나, 터너 어니스트 벅민스터? 아니면 흑인 여자애를 만져 본 적이 없는 거니?"

"전에는 흑인이랑 말도 해본 적 없어."

"뭐, 괜찮아. 지금 아주 열심히 잘하고 있으니까."

정오 무렵, 터너는 살짝 빗나가게 치는 것까지 포함해서 리지가 던지는 돌멩이를 대부분 칠 수 있게 되었다. 터너는 차츰 스윙이 안정되었고, 심지어 한두 개는 사이드 라인 아래쪽으로 보내려는 시도까지 해보았다. 계속 돌멩이를 치다 보니 손바닥이 벗겨져 물집이 잡혔다. 물집 두어 개가 터지면서 피가 흘러나오고 나서야 이제 그만해야겠다고 생각했다. 더 피를 흘렸다가는 몸속에 남은 피가 얼마나 될지 확신할 수 없었기 때문이다.

"바닷물에 씻으면 돼."

리지가 말했다.

"알아. 바닷물은 어디에든 다 좋으니까."

터너가 따라 말했다. 터너는 파도가 몸부림치다 지쳐 납작 엎드린 곳으로 다가가 무릎을 꿇었다.

"조금 쓰라릴 거야!"

터너가 손을 바닷물에 담그는데, 리지가 큰 소리로 외쳤다.

"좀 많이 쓰라릴지도 모르고."

쓰라렸다. 좀 많이 쓰라렸다. 하지만 터너는 그런 것쯤 신경 쓰지 않았다. 터너는 손을 들어 손에서 뚝뚝 떨어지는 바닷물을 지켜보았다.

"우리 할아버지가 그러시는데, 쓰라려야 상처가 아문대."

"너희 할아버지?"

터너가 물었다.

"그리핀 목사님."

리지의 말을 듣는 순간 터너는 이미 점심때가 지나 버렸다는 걸 깨달았다. 또 자신이 바위 사이로 추락했거나 바다에 빠졌거나, 아니면 새로 온 목사를 난처하게 만들 다른 말썽거리를 안고 나타나지 않을까 아버지가 안절부절못하고 있으리라는 사실도 깨달았다. 그러다가 결국 터너가 살아서 나타나면 현관에 버티고 서서 '너는 결코 내가 바라는 아들이 될 수 없어.'라고 말하는 듯 싸늘하게 터너를 쳐다볼 테고, 그 싸늘한 눈길은 소리로 치자면, 지금 막 설교단에서 공개적으로 발표한 듯 쩌렁쩌렁하게 울리는 소리가 되고도 남지 않을까 생각했다.

"리지 브라이트 그리핀, 너는 세상이 그냥 다가와서 너를 통째로 삼켜 버렸으면 좋겠다고 바란 적 있어?"

"가끔은."

리지는 이렇게 말하고는 빙긋 웃었다.

"하지만 어떤 때는 내가 세상을 그냥 삼켜 버려야겠다 싶기도 해."

그러면서 리지는 세상을 두 팔 가운데로 모으려는 듯 양팔을 쫙 벌렸다. 그 순간 터너는 리지에게 그럴 만한 능력이 충분하다는 사실을 조금도 의심하지 않았다.

터너는 다시 바위 턱을 힘들게 기어 올라온 다음 셔츠 깃을 찾아(찾는 데 시간이 좀 걸렸다.) 집까지 내달렸다. 현관에 이르렀을 쯤에는 숨이 턱에 차서 곧 쓰러질 지경이었다.

터너가 옳았다. 어머니와 아버지는 터너가 바위 사이로 추락했거나 익사했을지도 모른다고 걱정했고, 결국 터너가 살아서 나타나자(게다가 또다시 피투성이가 되어) 아버지는 '너는 결코 내가 바라는 아들이 될 수 없어.'라고 말하는 듯 싸늘한 눈길로 터너를 바라보았다. 그 생각은 점심 식탁 위에 놓인 접시들 사이를 조용히 배회했다. 아버지가 잠언*의 글귀를 읽기 시작했을 때, 터너는 아버지가 그토록 짧은 시간에 순종할 줄 모르는 아이들에 대한 성경 구절을 엄청 많이 찾아냈다는 사실에 깜짝 놀랐다.

"셔츠에 피를 안 묻히고 오후를 보낼 자신 있느냐, 터너?"

아버지가 물었다.

아버지의 손에는 어제 먹었던 달걀 푸딩이 한 숟가락 들려 있었다. 터너는 푸딩이 흔들흔들 식탁보로 떨어질 듯하면서도 떨어지지 않고 절묘하게 균형을 이루고 있는 모습이 그저 놀라울 따름이었다. 푸딩은 벅민스터 목사의 손에 있기 때문에 감히 떨어지지 못하는 듯했다.

터너가 고개를 끄덕였다.

"오늘 오후에 저 아래 세이어 초원에서 시합이 있다더군. 남자애들이랑 친해질 기회가 되겠구나."

터너는 다시 한 번 고개를 끄덕였다. 달걀 푸딩은 여전히 흔들거렸다. 숟가락이 살짝 기우는 바람에 불룩 튀어나온 푸딩이 몽땅 미끄러지기 일보 직전이었다.

"그래도 옷은 깨끗하게 입어야 할 거다."

---

* 구약 성경 가운데 한 권. 솔로몬 왕의 경계와 교훈에 대한 내용이 담겨 있다.

벅민스터 목사가 주의를 주었다.

"네, 아버지."

터너가 대답했다.

터너는 빳빳하게 풀을 먹인 하얀색 셔츠 차림으로 경기장으로 달려가, 아무렇지도 않은 척 윌리스 허드와 함께 시합하게 해 달라며 조르는 자신의 모습을 머릿속으로 그려 보았다. 그 정도면 더 이상 나빠질 일도 없겠지. 설마 오늘 콥 할머니한테 들러 책을 읽어 드리라고 한다면 모를까.

"오는 길에 콥 부인 댁에 들러 사과하고, 책도 읽어 드리면 되겠구나."

터너는 달걀 푸딩에서 시선을 뗐다. 당연히 상황은 훨씬 더 악화되었다.

"오늘 오르간 연주도 해야 하나요?"

"꼭 사과하고. 터너, 하느님은 원치 않으신다……."

하지만 터너는 지금 이 순간만은 하느님이 무엇을 원하건 원치 않건 전혀 상관하고 싶지 않았다. 터너는 아버지가 설교자로 변하는 모습을 지켜보았다. 아버지는 그 누구도 볼 수 없는 걸 자신만이 보고 있다는 듯, 잠시 치품천사*들보다는 한 단계 낮은 누군가와 간절히 이야기하고 싶다는 듯 머나먼 곳을 응시하는 얼굴이었다. 아버지의 목소리는 스스로 교회 서까래 위로 솟아오르고 싶

---

* 구품천사 가운데 상급 중의 가장 높은 천사

은 듯 점점 더 높아졌고, 점점 더 느려졌다.

달걀 푸딩이 식탁보로 떨어졌지만 터너의 아버지는 알아차리지 못했다. 푸딩은 서서히 퍼지며 하얀 식탁보 위에 노란 얼룩을 남겼다.

문득 터너는 전에는 한 번도 해본 적이 없는 두 번째 생각이 떠올랐다. 나는 아버지가 하는 말씀을 단 한 마디라도 진정으로 믿고 있을까?

설교는 계속되었다. 아버지의 어조가 점점 높아지고 높아져 천장까지 압박하는 듯했다. 설교는 계속되었고, 터너의 고막을 짓눌렀다. 설교는 계속되었고, 드디어는 지붕까지 위협했다. 설교는 계속되었고, 도저히 일어나리라 생각지도 못한 일이 일어났다.

"제발 그만하세요!"

잠깐 동안 터너는 방금 그 소리가 누구 입에서 나왔는지 전혀 감을 잡지 못했다. 옆에서는 어머니가 한 손은 얼굴에 대고 다른 한 손으로는 체크무늬 앞치마를 꽉 그러잡고 있는 모습이 보였다. 집 안에는 오직 세 사람뿐이기에 당연히 어머니의 입에서 나온 말이었다. 하지만 그럴 리가.

터너는 아버지를 쳐다보았고, 아버지 역시 지금 막 터너와 똑같은 결론에 도달해 있던 차였다.

어머니가 조용히 입을 떼었다.

"터너, 위층으로 올라가 야구할 수 있는 옷으로 갈아 입거라. 그리고 오늘 오후에는 엄마가 콥 부인 댁어 들르마."

터너가 자리에서 일어섰다.

"어서!"

어머니가 단호히 말했다.

터너는 자신이 식탁을 벗어나면 무슨 일이 벌어질지 몰라 잠시 어물쩍거리고 싶은 마음까지 들었다. 하지만 아버지의 얼굴(더 이상 치품천사들과 마주하고 있는 듯한 그런 얼굴이 아니었다.)에는 확실한 결론이 나타나 있었다. 그리고 교회용이 아닌 다른 옷을 입는다는 기쁨에 터너는 더 이상 참지 못하고 위층으로 서둘러 뛰어 올라갔다.

아래층으로 내려왔을 때, 터너는 침대 발치에 놓여 있던 셔츠와 바지로 갈아입은 뒤였다. 목사의 아들이라는 사실이 조금도 드러나지 않는 평범한 옷차림이었다. 꽉 닫힌 식당 문에 바짝 달라붙어 아주 잠깐 살그머니 귀를 기울였다. 침묵만이 흘렀다. 그러다 터너는 자유로운 공기 속으로 껑충거리며 뛰어나와 두 손에 남아 있는 나무 막대기의 기억을 되새기며 곧장 초원으로 향했다.

하지만 폭풍우는 식당 안에서보다 더 많은 곳에서 끓어오르고 있었다. 뇌운이 짙어져 해안에 쏟아지도록 점심 식사가 길게 이어졌던 탓이다. 터너는 사방으로 떨어지는 거센 기운을 느꼈다. 아시리아 인들이 탄 전차가 달려오는 것처럼 멀리서부터 우르릉대는 소리가 들려왔다. 터너는 그 모습을 두 눈으로 직접 보려고 바닷가로 달렸다.

미처 초원에 다다르기도 전에 커다란 첫 빗방울이 후드득 떨어져 누런 흙먼지 속으로 파고들었다. 순식간에 내린 비로 등이 차가워졌다. 바람이 휘몰아쳐 방향을 바꾸고, 다시 한 번 방향을 바꾸더니 부표들을 케네벡 강으로 밀어내고 터너를 향해 머리를 숙였다. 강 너머를 바라보자, 어두운 보랏빛 구름들 사이로 난 틈을 뚫고 얇은 철판 같은 빗줄기가 몸부림치며 터너를 향해 다가오고 있었다.

터너는 문득 바닷가에 있던 리지가 생각나 다가오는 빗줄기를 향해 양팔을 활짝 펴며 입을 벌렸다. 바로 그때 콥 할머니가 터너를 보았다면 분명히 미친놈처럼 웃는다고 생각할 테고, 당장에 새 목사에게 달려가 당신의 아들이 하느님이 주신 분별력을 잃고 폭풍우 한가운데에서 양팔을 펴고 입을 벌리고 서 있다며 일러바쳤을 것이다. 미친놈처럼 웃는 건 할머니 말이 맞다.

제4장

비는 터너를 지나쳐 세이어 초원을 휩쓴 다음 파커 헤드 거리로 몰려가 소용돌이치며 제일회중교회를 돌았고, 여전히 푸르른 단풍나무 잎사귀들을 뜯어내 원뿔 모양으로 빙글빙글 돌려 콥 할머니네 할아버지가 만든 울타리와 허드 할머니네 현관 위로 날려보냈다. 터너가 한기를 느낄 즈음, 비는 이미 삼나무들에서 흘러내려 바닷가를 넘어 뉴메도우즈 강을 건너 말라가 섬 위로 쏟아지기 시작했다. 리지는 비에 흠뻑 젖기 바로 직전, 간신히 집 안으로 뛰어 들어갔다.

비는 밤새도록 내렸다. 터너는 핍스버그에서, 리지는 말라가 섬에서, 깊은 어둠 속에 각자의 침대에 누워 두 팔로 머리를 받친 채 빗방울이 지붕 위로 떨어지며 노니는 소리에 귀를 기울였다. 빗방울들은 터너와 리지가 잠이 든 뒤에도 한참을 더 놀았다. 터너의 어머니와 아버지가 어둠 속에서 움직이지 않고 가만히 누워 있는 동안에도, 리지의 할아버지가 불도 붙이지 않은 파이프를 입에 문 채 가만히 문가를 지키고 서 있는 동안에도 신나게 놀았다. 빗방울들은 밤새도록 해안을 건너며 놀다가 상쾌한 새 하루가 어깻짓을 하며 잠에서 깨어나자, 잠시 자수정 빛과 라벤더 빛으로 머물더니 마침내 연노랑 빛을 띠며 물러갔다.

터너가 아침을 거의 다 먹을 즈음, 날은 한결 맑아졌다. 터너가 글러브를 매단 야구 방망이를 어깨에 걸치고 집 밖으로 달려 나왔을 때는 완전히 환하게 개었다. 터너는 한 손으로 야구공을 위아래로 톡톡 던져도 보고 등 뒤로 보냈다가 머리 위로도 던지며 혼자서 장난을 쳤다. 터너는 어젯밤 마르라고 조심스레 걸어 두었던 셔츠를 입고 나왔는데, 하얀색이 아니어서 콥 할머니의 성에는 차지 않을 듯싶었다.

아버지 역시 달가워하지 않아 기분이 조금 상했지만 그렇다고 옷을 갈아입을 정도까지는 아니었다. 그래도 오늘은 하느님이 일을 꼬이게 만들지 않을 거라고, 콥 할머니가 당신의 할아버지가 만든 울타리 옆에 나와 있지 않을 거라고 믿으며 열심히 걸음을 재촉했다.

다행히 콥 할머니는 나와 있지 않았다. 반대로 허드 할머니는 현관 앞에 나와 떨어진 나뭇잎들을 쓸고 있었다. 허드 할머니는 터너를 발견하고는 반갑게 손을 흔들어 주었다. 허드 할머니는 여전히 하얀 옷에 머리는 단단히 묶어 하나로 동그랗게 말아 올린 모습이었다. 터너는 허드 할머니가 과연 다른 모습을 한 적이 있을까 궁금한 마음이 들었다. 어쩌면 하느님은 원래부터 허드 할머니를 딱 이렇게 늙고 하얗고 머리를 뒤로 올려 묶은 모습으로 만들어 하늘에서 떨어뜨렸을지도 모를 일이다.

터너도 허드 할머니에게 손을 흔들었다.

"안녕하세요, 허드 할머니."

"안녕, 터너 3세. 어젯밤 비는 좋았니?"

"네, 할머니."

"나도 그랬단다. 빗속으로 나갔었니?"

"네, 할머니, 나갔어요."

허드 할머니가 현관 난간에 몸을 기댔다.

"나도 그랬단다."

할머니는 음모를 꾸미는 사람처럼 미소를 지었다.

"너는 네가 왜 얻어맞았는지 알지, 안 그러냐?"

"네?"

"네가 왜 얻어맞았는지 아냐고?"

"얻어맞아요?"

"그 애 눈을 쳤어야지."

터너는 할머니네 현관 계단 아래로 걸어갔다.

"싸우지 말았어야 했기 때문에 얻어맞은 것 같은데요."

허드 할머니가 커다랗게 한숨을 내쉬었다.

"너무 기독교인다울 필요는 없지. 너는 처음에만 잘했기 때문에 맞은 거야. 너보다 더 큰 애랑 싸울 때는 말이다, 처음부터 상대의 코를 부러뜨려야 해, 거기까지는 너도 잘했지. 하지만 다음이 중요해. 상대는 당연히 화가 나지 않겠니, 그래서 아예 눈을 뜨지 못하게 오른쪽 눈을 사정없이 쳐야 해. 그러면 엇비슷해져."

터너는 어안이 벙벙해져 가만히 서 있었다. 허드 할머니는 다시 비질을 시작했다.

"그런 거 모르니, 터너 3세?"

"할머니가 그런 말씀을 하시니 좀 놀랐어요."

할머니는 눈부신 그 날만큼이나 아름다운 미소를 지어 보였고, 기둥에 빗자루를 기대 놓은 다음 계단을 내려왔다.

"참 듣기 좋은 말이로구나."

할머니는 터너에게 말하고는 가까이 다가와 터너의 볼에 가볍게 입을 맞추었다.

"하지만 잊지 말거라."

할머니는 오른손으로 주먹을 꽉 쥐었다.

"처음에는 코, 이렇게. 다음에는 눈, 이렇게."

"처음에는 코, 다음에는 눈."

터너도 미소를 지었다.

"이제 가야지. 늙은이와 티격태격하며 보내기엔 날이 너무 좋지 않니?"

터너가 몸을 앞으로 내밀어 할머니의 뺨에 입을 맞추었다.

"늙은이한테 애정 표현하기에도 적당한 날은 아니야."

"애정 표현하는 거 아니에요. 코를 부러뜨리지 않고, 오른쪽 눈을 제대로 뜨려면 할머니한테 잘 보이는 게 좋을 것 같아서요."

터너가 말했다.

"영리한 아이로구나, 터너 3세. 그럼 가던 길 가거라."

그래서 터너는 가던 길을 갔다.

밤새 비가 내렸지만 그동안 너무 오랫동안 비가 내리지 않아 파커 헤드 거리를 뒤덮은 먼지들은 진흙투성이로 변해 버렸다. 터너는 길을 달려 숲속으로 들어섰다. 바위 턱을 어렵게 기어 내려갈 즈음에는 스쳐 지나간 나뭇가지들에서 빗물이 묻어 옷이 완전히 젖어 버렸지만, 목사의 아들로서 특별히 조심해야 하는 하얀색 셔츠 차림이 아니어서 별로 개의치 않았다. 날은 맑았고, 바다는 푸르렀으며, 소금기 가득한 공기는 깨끗했다. 모든 게 너무나 완벽해서 바닷가에 도착했을 때에 리지가 자갈밭 위로 배를 끌어 올려놓고 밀려오는 파도 위를 폴짝폴짝 뛰어다니며 자신을 기다리고 있는 모습을 보고도 터너는 그다지 놀라지 않았다.

터너가 공을 툭 던지자, 리지가 한 손으로 공을 잡았다.

"더 이상 돌멩이로는 안 해!"

터너가 큰 소리로 외쳤다.

"글쎄, 이제 겨우 돌멩이랑 친해졌는데. 너, 이런 거 칠 수 있겠어?"

"나, 그런 거 칠 수 있을 것 같은데."

터너가 리지에게 글러브를 던졌다.

리지는 별안간 하늘에서 손으로 꿈이 뚝 떨어진 양 글러브를 꼭 안았다. 리지는 터너에게 공을 되던지고는 무슨 의식이라도 치르는 것처럼 천천히 왼손에 글러브를 꼈다. 그러더니 글러브를 구부려 얼굴에 대고 킁킁 냄새를 맡아 보고는 다시 글러브를 꼈다. 그런 다음 오른손을 글러브에 대고 가볍게 툭툭 주먹질을 했다.

"나한테 공 좀 던져 봐."

리지가 말했다. 터너가 공을 던졌다.

"더 세게."

공을 되던지며 리지가 말했다.

"훨씬 더 세게."

리지는 처음에는 공을 손바닥 밑으로 잡았지만 이내 요령을 터득해 가죽 끈 안에서 공을 잡아 올렸다. 리지는 공을 잡고 있다가 갑자기 몸을 휙 돌려 다시 터너에게 던졌다. 그러곤 깔깔거리며 웃었다.

"있잖아, 나 글러브 끼고 공 잡아 보기는 처음이야."

리지가 말했다.

유연한 두 팔과 양손의 우아한 동작, 그리고 손에서 떠나보내기 전까지 공을 휘감고 있는 기다랗고 아름다운 손가락들. 한껏 맑은 공기 속에 밝고 밝은 그날의 햇빛을 받아 반짝이는 리지의 두 눈을 지켜보며, 터너는 어쩌면 미지의 세계를 찾아 떠날 필요가 없을지도 모르겠다는 생각이 들었다.

둘은 야구 방망이는 전혀 쓰지 않았다. 리지는 오로지 공만 잡고 싶어 했다. 터너에게 더 세게, 때로는 더 높이, 아니면 왼쪽으로, 다시 오른쪽으로 던지라고 주문을 하고는 순식간에 공을 잡아냈다. 때로는 바닷물 위로 몸을 날려 가며 잡기도 했는데, 노란 옷으로 갈아입은 듯한 오늘 하루처럼 리지는 무척이나 행복해 보였고, 공을 되던지고 나면 꼭 글러브를 구부렸다.

한 백만 번쯤 공을 주고받고 나자, 둘은 글러브를 사이에 두고 자갈밭에 나란히 앉아 점점 더 가까이 다가오는 조수의 잔물결을 바라보았다. 조수는 해초 밭을 삼키며 해안을 뒤덮기 시작했다.

"개펄! 할아버지한테 조개를 많이 캐 오겠다고 약속했는데."

리지가 말했다.

둘은 파도가 닿지 않는 곳에 방망이와 글러브를 멀찍이 던져 놓았다. 리지가 갈퀴와 양동이를 가지러 배로 달려간 사이, 터너는 신발을 벗고 바짓단과 소매를 걷은 다음, 조개를 캘 장소를 찾았다. 터너는 잔물결이 물러가며 거품을 남긴 구멍 하나를 골라 다리를 벌리고 서서 맨손으로 쓱쓱 파 들어갔다. 리지가 돌아왔을 때, 진흙만 한 무더기 쌓여 있고 조개는 한 마리도 보이지 않았다.

"자, 이걸로 번갈아 가면서 파자."

리지가 갈퀴를 가리키며 말했다.

리지는 진흙에다 씩씩하게 갈퀴를 꽂고 진흙을 한 겹 벗겨 냈다. 다시 갈퀴질을 해서 또 한 겹, 그리고 마지막으로 한 번 더, 드디어 갈퀴 끝이 조개껍데기에 부딪혀 긁히는 소리가 났다. 조개는 고집 센 진주처럼 바닥에 드러누워 두 사람에게 짠물을 내뱉었다. 리지가 조개를 들어냈다.

"가끔은 얘네도 예절을 차리기 싫을 때가 있을 거야."

리지가 말했다.

"나라도 그럴걸, 내가 조개 수프용으로 파헤쳐진다면 말이야."

"그러게. 요즘에는 예절을 차리고 싶지 않은 이유가 너무 많은 것 같아."

터너가 고개를 끄덕였다. 터너만 해도 벌써 몇 가지나 되었다.

둘은 바닷물이 개펄을 덮을 때까지 조개를 캤다. 솔직히 말하면, 리지가 지적한 대로, 바닷물이 개펄을 뒤덮을 때까지 터너는 대부분 리지가 조개 캐는 모습을 구경만 했다. 조개가 내뱉는 물을 피해 한쪽에서 양동이를 들고 있던 터너는 꽉 찬 양동이를 들고 나룻배로 돌아갔다. 리지가 무릎을 굽혀 해초로 잘 감싼 양동이를 앞으로 질질 끌었다. 그러자 양동이 밑에서 꼬마 게들이 황급히 달아났다.

터너는 발가락이 물리지 않도록 조심했다.

"같이 갈래?"

리지가 물었다.

"섬으로?"

리지가 양손을 허리에 척 붙이고 섰다.

"갈래."

터너가 대답했다.

두 사람은 힘을 합쳐 어렵사리 배를 민 다음 배 위에 올라탔다. 배는 이제 물 위에 자유로이 떠 있었다. 리지는 무척 여유롭게 노를 저었고, 서너 번 만에 말라가 섬으로 뱃머리를 돌렸다.

터너는 아버지와 엘웰 보안관과 허드 집사, 그밖에 마을의 주요 인사들과 함께 바위 턱에 서서 말라가 섬을 본 적이 있었다. 돌투성이 해변, 하나나 둘쯤 될 성싶은 돌투성이 바위 턱, 그리고 소나무들. 몇 그루는 바다 너머로 머리가 휘어지고, 몇 그루는 기둥이 살짝 기울었지만 대부분 곧게 쭉 뻗은 모습이었다. 갈매기 말고는 살고 싶어 하는 이가 아무도 없는 무인도처럼 보였다.

하지만 이제 리지의 능숙한 손놀림으로 바다에서 곶을 향해 굽이치듯 나아가며 섬을 바라보니, 터너는 자신이 대단한 발견을 앞에 둔 탐험가가 된 기분이었다. 앞에는 바닷가를 뒤덮은 자갈들이 딱딱한 표면이 닳고 닳아 맨들맨들해진 덕분에 파도가 몰고 다닐 때마다 눈부시게 반짝거렸다. 화강암으로 이루어진 바위 턱들은 천여 개의 잿빛과 은빛의 줄무늬가 있고, 줄무늬 사이사이마다 자리 잡은 얇은 분홍빛 석영들이 행복한 듯 반짝였다. 그리고 소나무들! 뿌리로 바닷가의 커다란 바위를 감싼 소나무들은 바위와 한판 레슬링이라도 벌인 듯싶었다. 소나무들은 커다란 바위를 벗어나 푸른 천장에 흠집이라도 내려는 듯 하늘 높은 줄 모르고 무성하게 솟구쳐 있었다. 하늘에 닿아 보려고 소나무가 앞뒤로 가지를 쭉 뻗을 때, 해변으로 밀려온 바다가 앞뒤로 제 몸을 쭉 뻗을 때, 터너는 자신의 밑에서 세상이 천천히 움직이는 기분이 들어 물결을 따라, 소나무들을 따라, 돌아가는 세상을 따라 앞뒤로 몸을 흔들었다.

"토하려는 거 아니지?"

리지가 걱정스레 물었다.

"응, 토하려는 거 아니야."

"그럼 됐어. 토할 거 같으면 한쪽 옆으로 몸을 내미는 게 좋다고 말해 줘야 할 것 같아서."

"너는 정말 너만의 개성이 있어, 알고 있니, 리지?"

"우리 할아버지도 그렇게 말해서, 정말 나만의 개성이 있다고."

"할아버지가 또 뭐라고 하셨는데?"

"온 세상에서 하느님의 영광에 가장 가까운 존재가 나라고 하셨어. 너희 아빠는 너더러 뭐라고 하시니?"

바로 그때 밑바닥이 드르륵 긁히는 소리가 나며 배가 바닷가로 들어섰기 때문에 터너는 굳이 대답할 필요가 없었다. 그냥 뱃고물에서 훌쩍 뛰어내려 해안으로 배를 밀었다. (터너는 하느님이 가끔은 일을 제대로 처리하실 때도 있구나 하고 생각했다.) 발밑에 닿는 돌멩이들은 차갑고 맨들맨들하며 미끄러웠다. 바닷물이 무릎까지 찰랑찰랑 밀려왔지만 터너는 알아차리지 못했다. 리지는 노를 양쪽 노걸이에 말끔히 정리한 다음, 몸을 돌려 닻을 대신할 갈고리처럼 생긴 돌로 손을 뻗었다. 리지가 자리에서 일어서자, 배가 살짝 기우뚱했다. 하지만 리지는 이내 균형을 잡고는 두 발로 가볍게 물을 튀기며 앞머리에서 뛰어내렸다. 그런 다음 몸을 돌려 배를 붙잡았다. 터너와 함께 밀고 당겨 배를 해변으로 끌어올리고 나자, 마침내 몸을 일으켜 양손을 허리춤에 얹고 빙그레 웃었다.

"갈까?"

"가자."

리지 할아버지의 말씀이 틀리지 않은 듯했다.

터너는 배에서 조개 양동이를 내렸다. 그런 다음 리지가 내미는 손을 잡고 말라가 섬에 처음으로 발을 내디뎠다. 둥그런 돌멩이들을 훑으며 몰려오는 파도 소리, 소금기와 솔향기로 가득한 공기, 끼룩끼룩 울어 대는 갈매기 한 마리가 고개를 낮춘 채 날개를 퍼덕이며 주변을 날아다니는 모습, 어느새 등 뒤로 불어오는 시원한 바닷바람, 자신을 끌어올리며 잡아 준 리지의 손에서 전해져 오는 따스한 느낌까지. 터너는 마음속으로 중얼거렸다. 오, 하느님. 오, 하느님.

둘은 함께 섬 한가운데로 들어섰다. 키 큰 나무들이 빽빽했다. 리지는 터너에게 무덤들을 보여 주었고, 둘은 함께 조용히 서 있다가 조심스레 발걸음을 옮겼다. 그러고는 다시 바닷가로 나와 섬의 남쪽 끝으로 향했다. 그곳에는 방이 하나나 둘인 판잣집들이 굴딱지처럼 바위 위에 옹기종기 모여 있었는데, 존재한다는 것 자체로 즐겁고 누구의 간섭도 필요 없는 자유로운 모습이었다.

집 앞에는 대부분 작은 어선이 한두 척씩 있었다. 몇 척은 뒤집혀 있고, 몇 척은 갈라진 틈을 때우고 이어 붙이느라 오래전에 끌어다 놓은 듯 보였다. 근처에는 색이 바랜 반달 모양의 바닷가재 통발들이 있었고, 뻣뻣한 통발의 판자와 너덜너덜해진 망얽이들에는 소금이 하얗게 말라붙어 있었다. 모래 언덕에 무성한 풀숲이 집으로 이어지는 길을 가려 주었다. 그래서 꿩목에 대고 장작을 쪼개는 남자의 모습도 잘 보이지 않았다.

"안녕하세요, 이슨 아저씨!"

리지가 큰 소리로 인사를 건네자, 남자는 잠시 일을 멈추고 그들에게 손을 흔들어 주었다.

터너는 양동이를 다른 손으로 바꿔 들었다. 두 사람은 섬에서 가장 잘 손질된 학교 건물을 지나 굽이진 바닷가를 따라 걸었다. 아까보다 더 판자를 많이 인 단칸짜리 판잣집들을 지났는데, 집집마다 누군가가 창가로 나와 리지를 보고 손을 흔들었고, 터너에게는 고개 인사를 건넸다. 자신들과는 다른 세계의 사람이지만 곧 같은 세계로 올지 모르는 사람에게 건네는 고갯짓이었다. 마침내 리지네 집과 막 쓰러질 듯 보이는 울타리가 뉴메도우즈 강 상류를 내려다보고 있는 곳 주위로 되돌아왔다. 현관 옆에는 한 손에 성경책을 든 리지의 할아버지가 앉아 있었다. 그들이 다가가자, 할아버지는 성경책을 덮었다.

"이 애가 전에는 흑인과 한번도 말해 본 적도 없다는 그 애냐?"

리지가 고개를 끄덕였다. 터너도 고개를 끄덕였다. 터너는 리지의 할아버지가 분명 므두셀라*보다 훨씬 더 나이가 많을 거라고 생각했다. 할아버지는 머리가 세고, 불타는 듯한 눈매에, 예복만 입지 않았을 뿐 하느님의 부름을 받은 구약 성경 속 예언자 같은 모습이었다.

---

* 성경에 나오는 969세까지 산 유대 족장

"지금은 좀 어떠냐?"

"이제 괜찮아요."

"이제 괜찮다……."

리지의 할아버지가 되풀이해서 말했다.

"어디, 그럼. 애야, 이리 와서 말 좀 해볼까?"

터너는 구약 성경 속 예언자에게 무슨 말을 해야 할지 머릿속이 텅 빈 느낌이었다. 예언자들은 이미 다 죽었다고 생각했는데.

"아직 완전히 괜찮은 건 아닌가 보구나."

리지의 할아버지가 말했다.

터너는 입술을 떼었다가 다시 다물었다.

"완전히 다 낫지는 않았어. 성경에 나오는 얘기는 어떠냐? 성경에 나오는 얘기는 아니? 나는 지금 빌립보서*를 읽고 있었단다."

"성경에 나오는 건 잘 알아요."

"다행이구나. 정말 다행이야."

할아버지는 그 말이 정말 중요한 것처럼 '정말'이라는 말에 힘을 주어 말했다.

"그럼 성경에 뭐가 나오는지 말해 보렴."

터너가 말을 시작했다.

"아브라함은 이삭을 낳고, 이삭은 야곱을 낳고, 야곱은 유다와 그의 형제들을 낳고, 유다는 다말에게서 파레스와 사라를 낳고, 파레스는 헤스론을 낳고, 헤스론은 아람을 낳고, 아람은 아미나답을 낳고, 아미나답은 낫손을 낳고, 낫손은 살몬을 낳고."**

리지의 할아버지가 터너에 뺨에 손을 가져다 대었다. 리지는 터너를 빤히 바라보았다.

"더 할 수 있어요."

터너가 말했다.

"아니다."

리지의 할아버지가 천천히 말을 이었다.

"그 정도면 충분한 것 같구나."

"다말에게서 사라를?"

리지가 물었다.

"이름부터 알아야겠지."

할아버지가 가슴에 손을 댔다.

"그리핀 목사란다."

"얘는 터너 어니스트 벅민스터예요."

리지가 거들었다.

"그냥 터너라고 하세요."

터너가 말했다.

"터너. 좋은 이름이구나."

"목사님도요."

"그래, 고맙다, 터너 어니스트 벅민스터. 가계도가 다 끝났다면 악수 한번 하자꾸나. 끝나지 않았으면 말고."

---

* 신약 성경 가운데 하나. 사도 바울이 로마의 감옥에서 빌립보 교회에 보낸 편지로 구성되어 있다.
** 신약 성경 마태복음 1장 2절~4절

"끝났습니다."

터너는 그리핀 목사의 손을 잡았다. 생각처럼 억센 손이 아니라 해도 놀라울 건 하나도 없었다. 하지만 손바닥에 수많은 상처들, 그러니까 재빨리 낚싯줄을 당기다 베인 자국이나 잘못해서 칼에 찢긴 상처들이 하나하나 느껴져서 터너는 그만 깜짝 놀랐다.

"손을 보면 사람을 알 수 있단다."

그리핀 목사가 말했다. 그리핀 목사는 진지하게 악수를 했다.

"너는 야구 방망이를 잡을 때 손잡이를 잡는구나."

"딱 속잡이 위를 잡아요."

터너가 대답했다. 리지의 할아버지는 결국 예언자였다.

"그래. 이제 그 조개들을 내게 주면 내가 그걸로 무엇을 할 수 있는지 보여 주마."

그리핀 목사가 짠물을 내뱉는 조개들을 가지고 집 안으로 들어간 사이, 리지는 방망이 손잡이 부분을 잡는 터너의 손을 잡았고, 둘은 다시 바닷가로 걸어 나갔다. 보스턴 항구에서 보던 바다와는 사뭇 달랐다. 차가운 황량함이 있었고, 누가 바다를 바라보든 말든 상관하지 않는 듯 보였다. 바다는 누군가가 존재하기 훨씬 오래전부터 그래왔고, 떠난 뒤라도 오래도록 달라질 건 없다며 누군가가 함께하건 말건 언제까지나 그 모습 그대로일 것 같았다. 두 사람은 말없이 앉아 그저 해안을 어루만지는 잔잔한 파도를 지켜보았다. 포말을 일으켰다가 거품으로 바뀌고 모래와 자갈 속으로 사라져 가고, 그렇게 끝없이 되풀이하고 있는 파도를.

소나무 뒤에서 들려오던 갈매기 울음소리가 점점 더 커진다 싶었는데, 알고 보니 갈매기가 끼룩대는 소리가 아니라 다섯 아니면 넷, 아니면 여섯, 아니 몇인지 모를 꼬마들이었다. 꼬마들은 두 팔을 팔랑이며 위아래로, 앞뒤로 끼룩대고 꼬꼬댁거리며 뛰어다녔다. 몸을 비스듬히 기울여 까악거리고 깔깔거리며 웃고 뒹굴며 물가로 달려들었다가 보금자리를 찾아 돌아온 한 무리 새 떼처럼 땅바닥에 털썩 주저앉았다.

"너희들!"

리지가 혼을 냈지만 시늉일 뿐이었다. 터너는 리지가 똑바로 일어나 허리에 두 손을 척 얹고 사나운 눈으로 노려보아도 아이들은 전에도 리지의 이런 모습을 여러 번 보았다는 듯, 단 한 아이도 뉘우치는 기색이 없다는 사실을 단박에 눈치 챘다.

아이들 가운데 둘이 터너의 양손을 꽉 붙잡았다.

"우리랑 날자!"

한 아이가 외쳤다. 그러더니 터너를 잡아끄는 통에 터너는 별안간에 양팔을 팔랑이며 바닷가로 달려 내려갔다. 리지 역시 양팔을 팔랑이며 아이들 무리 한가운데 뒤섞여 터너와 나란히 뛰면서 소리치고, 소리치고, 달리고, 달리고, 힘을 다한 물살 위를 첨벙이고, 까불며 바위 턱 위로 뛰어 올라갔다가 다시 소나무들 둘레를 빙글빙글 돌았다. 그러다가 너무 기운이 빠져서 더 이상 팔랑이고 끼룩끼룩 소리를 내기가 힘들어지자, 터너와 리지는 그만 털썩 주저앉아 버렸다. 집 앞에서 리지의 할아버지가 손을 흔들어 그들을 불렸다. 집 안에는 금이 간 하얀 접시에 담긴 빵과 차우더* 수프가 기다리고 있었다. 그들은 모두(트립 씨네 아이들, 리지, 그리핀 목사와 터너) 음식을 들고 나와 햇볕에 따스해진 자갈 위에 걸터앉았다. 터너는 자신을 가득 채운 게 차우더 향인지 바다 냄새인지 분간하기 어려웠다. 또다시 점심 식사에 늦었다는 걸 알았지만 아무렇지도 않았다. 그제야 트립 씨네 아이들은 조용해졌고, 터너와 리지는 아이들의 머리 너머로 서로를 바라보며 싱긋 웃었다.

아까 터너의 손을 잡았던 아이 가운데 한 아이가 터너의 발가락을 밟고 일어섰다. 아이가 자신을 소개했다.

"나는 애비야. 오빠가 자기 코에 돌멩이를 던진다는 그 오빠야?"

터너가 리지를 노려보았고, 리지는 억지로 웃음을 꾹 참았다.

"리지가 너희한테 그런 말을 하고 다니니?"

"응, 항상 그래."

이번에는 터너의 다른 쪽 손을 잡고 있던 트립 씨네 아이가 터너의 무릎 위로 올라왔다.

"쟤는 펄리야. 별로 말을 안 해."

애비가 가르쳐 주었다. 터너가 펄리의 배를 살살 간질였다.

"간지럼도 잘 안 타. 내일 낮까지 웃겨도 쟤는 하나도 안 웃

---

* 생선이나 조개에 우유, 절인 돼지고기, 양파 등을 섞어 끓인 수프

을걸."

애비가 덧붙였다.

"안 웃는다고, 정말?"

터너가 물었다.

터너는 접시를 내려놓고 애비와 펄리를 밀어내더니 동그란 돌멩이 하나를 주워 공중으로 던졌다. 터너는 돌멩이가 그냥 얼굴 위로 떨어지게 내버려 두고는 고래고래 소리를 질렀다.

펄리가 깔깔거리며 웃음을 터뜨렸다. 애비도 웃었고, 트립 씨네 아이들이 모두 다 따라 웃었다. 아이들의 웃음소리는 점점 더 커졌고, 아이들은 어느새 양팔을 활짝 벌려 원을 그리며 달리기 시작했다. 아이들은 우르르 바닷가로 내려가더니 어느 순간 소나무 숲으로 사라져 버렸고, 맨 끝에 있던 펄리는 뒤를 돌아 터너를 바라보며 자기 코를 쥐었다.

터너는 보스턴의 야구 시합만큼이나 즐거웠다. 아니, 어쩌면 훨씬 더.

그들은 접시를 한데 모아 집 안으로 가지고 들어갔다. 집 안은 어둡고 따뜻하며 아늑했다. 벽에는 주전자들이 놓인 선반이 하나 달려 있고, 선반 아래에는 책들이 늘어서 있었다. 무척 낡았지만 다 쓸모가 있어 보였다. 배가 불룩 나온 작은 난로가 한쪽 구석을 차지하고 있었고, 그 옆에는 바다가 내다보이는 창문 아래로 싱크대가 보였다. 리지의 할아버지는 접시들을 가져다 싱크대에 차곡차곡 쌓고는("설거지는 나중에 해도 돼.") 문간 벽에 죽 걸려 있는 빛바랜 사진들을 손으로 가리켰다.

"저것들이 우리의 가계도란다."

할아버지는 사진 하나하나를 손으로 어루만졌다. 할아버지의 할아버지, 할아버지의 아버지, 소년 시절 어머니와 함께 찍은 할아버지의 모습, 리지의 엄마, 그리고 리지의 엄마 아빠가 방금 탄 일등상이라도 되는 듯 리지를 소중하게 안고 있는 또 다른 사진 하나.

"이분들은 어디 계세요?"

"엄마는 아까 봤잖아. 저 아래 묘지에서."

리지가 대신 대답했다.

세 사람은 잠시 아무 말이 없었다. 그때 트립 씨네 아이들이 끼룩대는 소리가 들려왔다. 어쩌면 진짜 갈매기가 우는 소리인지도 모른다.

터너와 리지는 남은 오후를 대부분 물결치는 파도 위로 물수제비를 뜨며 보냈다. 터너가 리지보다 잘했다. 또 소나무에 기어올라 몸을 흔들어 댔다. 리지가 더 높이 올라갔다. 그리고 싫지만 어쩔 수 없이 배로 되돌아와 각자 노를 하나씩 잡았다. 처음에는 둘이 같이 노를 젓는 게 어색해서 배가 제자리에서 빙글빙글 돌다 파도를 맞고 기우뚱 기울어 버렸다. 파도가 조금만 더 높았더라면 두 사람을 삼켜 버렸겠지만 다행히 균형을 잡고는 나란히 노를 저어 뉴메도우즈 강을 건넜고, 마침내 바닷가에 닿았다.

"또 와, 터너 어니스트 벅민스터."

"또 올게, 리지 브라이트 그리핀."

리지는 바다로 배를 되미는 터너에게 빙긋 웃어 주었고, 터너는 말라가 섬으로 가볍게 노를 저어가는 리지에게 손을 흔들어 주었다. 이윽고 섬에 도착한 리지는 한 번, 두 번 터너에게 손을 흔들고는 곶을 돌아 달려갔다. 터너는 천천히, 규칙적으로 숨을 내쉬었다. 하지만 리지도 자신과 똑같이 숨을 내쉬고 있다는 사실은 알지 못했다.

마을 위에서 자신의 아버지 역시 그렇게 숨을 내쉬고 있다는 사실 또한 알지 못했다.

터너는 때맞춰 집에 도착했고, 새하얀 셔츠 차림이 아니었기 때문에 더러움이 생각보다 눈에 띄지는 않았다. 터너는 오는 내내 달려왔다. 그런데 솔직히 말하면, 그전까지는 신이 나서 잠깐씩 폴짝폴짝 뛰다가 파커 헤드 거리에 이르자, 집집마다 창문 뒤에서 감시하는 눈빛들을 의식해 목사의 아들로 돌아왔다. 그리고는 점잖은 척 걸었다. 그러다가 도저히 참을 수가 없으면 다시 한 번씩 폴짝거렸다. 터너는 자신이 미치광이처럼 웃고 있다는 걸 잘 알았지만 그 정도에 법석을 부릴 사람은 아마도 없을 터였다. 아마도.

집 가까이에 이르렀을 무렵에는 늦은 오후라서 날이 더 차가워졌다. 여기저기 구름이 떠 있었는데, 바람이 거세 구름의 아랫부분은 벌써 조각조각 잘려 나가고 있었다. 터너는 다가오는 겨울 동안 리지와 할아버지가 어떻게 섬에서 겨울을 날지 걱정스러웠고,

혹시 뉴메도우즈 강이 꽁꽁 얼어붙으면 걸어서 강을 건널 수도 있을까, 아니면 리지가 마을로 나오지는 않을까, 이런저런 생각에 잠겼다. 아무래도 리지는 마을로 나오지 않을 듯싶었다. 설령 나온다 해도 그 횟수가 많지는 않으리라 짐작했다. 그러다 잠시 월리스 허드를 떠올렸고, 그러자 폴짝거리는 걸 최대한 자제해야겠다는 생각이 사라졌다.

그리고 집에 도착했을 때는 그런 생각이 완전히 사라져 버렸다.

현관문을 열었을 때, 터너는 자신이 기도 모임에 들어온 줄 알았다. 응접실에는 아버지와 허드 집사, 엘웰 보안관과 스톤크롭 씨, 그리고 그밖에 핍스버그의 퀄리티 리지에 저택을 소유한 부유한 남자가 한 사람 있었다. 응접실의 가구는 그들에 비해 너무나 왜소해 보였다. 그들에게는 응접실도 좁아 보였다. 응접실 안은 시가 냄새와 풀 먹인 냄새와 땀 냄새로 가득했다. 스톤크롭 씨는 무대에 선 배우처럼 늠름하게 서서 한 손은 주머니에 넣고 다른 한 손은 천장을 향해, 아니 어쩌면 하늘을 향해 손짓을 해 댔다.

"……우리 마을에 대한 목사님의 의무라 이 말입니다, 목사님. 다시 말하지만 우리 마을에 대한 목사님의 의무 말입니다."

터너는 최대한 조용히 문을 닫으려고 안간힘을 썼지만 문은 터너의 존재가 죄의 공범자라는 걸 경고라도 하는 듯 커다랗게 삐걱거렸다. 그 소리에 모두가 몸을 돌려 터너를 쳐다보았다. 스톤크롭 씨는 그 순간을 놓치지 않았다.

"오, 이럴 수가! 목사님, 여기 아드님을 생각해 보십시오."

스톤크롭 씨는 터너에게 손짓을 해 자신을 바라보는 사람들의 눈길을 터너에게 이끌었다.

"이 마을은 지금 경제적 몰락의 위기에 봉착해 있습니다. 조선소들이 무너지고 있습니다, 하나씩 하나씩. 수십 년 동안 조선소에서 일했던 가족들, 그들은 하느님이 온 세상을 지어 올리기 위해 그들에게 주는 게 합당하다고 생각하셨던 바로 그 손으로 열심히 일했지만, 아마도 그 손은 빈손으로 남게 될 겁니다. 그러면 이 마을은 어떻게 되겠습니까? 그때는 어린 터너 군에게 무슨 기회가 남겠습니까? 저는 장사꾼이라서 목사님처럼 감동적인 문장을 만들어 낼 수 없을지 모릅니다. 하지만 저는 이렇게 말하고 싶습니다. 이 마을이 파멸하는 날이 다가오고 있으며, 어린 벅민스터 군에게는 아무것도 남지 않게 될 거라고 말입니다. 아무것도요."

터너는 본보기로 이용되는 게 아무래도 쉬운 일은 아니라고 생각했다. 그래서 어서 계단으로 올라가야겠다고 마음먹었다.

하지만 뜻대로 되지는 않았다. 스톤크롭 씨가 터너를 불렀다.

"이리 오너라, 벅민스터 군. 이리 와서 네 아버지께 말씀을 드리려무나."

스톤크롭 씨는 마치 무대 위로 연극의 소도구가 전달되기를 기다리기라도 하는 듯 터너에게 팔을 내밀었다.

터너는 어떻게든 안으로 들어가고 싶은 마음이 간절했지만 어쩔 수 없이 천천히, 조심스레 스톤크롭 씨에게 다가갔다.

스톤크롭 씨가 말을 이었다.

"여러분, 이 아이가 바로 우리가 이야기를 들었던 그 소년입니다. 얘야, 사실이냐, 네가 콥 부인 댁에서 벌거벗고 뛰어다녔다는 게?"

스톤크롭 씨는 터너의 어깨에 팔을 두르더니, 자신의 완력과 능력과 영향력 안으로 터너를 바싹 끌어당겼다. 터너는 자신이 마치 거대한 산 옆으로 가까이 다가가고 있는 기분이었다. 하지만 눈을 들어 스톤크롭 씨의 얼굴을 쳐다보고는 온몸이 오싹해졌다. 스톤크롭 씨는 껄껄 웃었고 입가에는 미소를 띠었다. 하지만 눈은 대리석처럼 냉혹하고 무정했으며, 두 눈 뒤로는 아무것도 존재하지 않는 것처럼 보였다. 마치 유령 이야기에서 튀어나온 사람인 듯해서 터너는 어떻게든 몸을 빼려 애를 썼다.

스톤크롭 씨가 터너를 꼭 붙들었다.

"아들아, 어떠냐, 사실이냐?"

터너는 아버지를 쳐다보았다. 아버지는 웃는 척했지만, 얼굴에는 미소가 보이지 않았다.

"스톤크롭 씨, 그건 사실이 아닙니다. 제가 들은 바는 좀 다르더군요."

허드 집사가 껄껄 웃으며 끼어들었다.

"내가 들은 바로는 말이다, 네가 셔츠에 묻은 피를 닦으려고 했다지? 알겠지, 아들아, 메인 주에서 살다 보면 저 아래 낙낙한 도시들보다는 훨씬 더 남자답게 사는 법을 배울 게다. 하지만 그러려면 영리해져야 한다. 벌써부터 너보다 한참은 더 큰 사람에게 주먹을 날리기 시작할 생각은 없겠지, 바닥에 뻗고 싶지 않다면 말이다."

터너는 자신도 모르게 양손 주먹을 꼭 쥐었다. 터너는 주머니 속으로 두 손을 숨겼다. 응접실에 있는 신사들이 터뜨린 웃음소리가 조그만 게 위로 거품을 일으키며 찰싹찰싹 밀려드는 파도처럼 자신을 휩쓸고 지나가는 걸 느꼈다. 터너는 아버지를 쳐다보지 않았다. 다른 신사들처럼 아버지도 웃고 있는지 알고 싶지 않았다. 하지만 허드 집사는 똑바로 쳐다보았다.

"윌리스 코는 좀 어때요?"

"윌리스 코? 괜찮다."

허드 집사의 목소리가 굳었다.

"지난번에 제가 봤을 때는 코가 한쪽으로 찌그러져 있던데요."

응접실에서는 더 큰 폭소가 터져 나왔지만 허드 집사는 웃지 않았다.

"윌리스 코는 괜찮다."

스톤크롭 씨가 다시 말문을 열었다.

"여러분, 다시 본론으로 돌아갑시다. 벅민스터 목사님, 마을을 구할 수 있도록 부디 목사님께서 도와 주십사 부탁을 드리고자 우리는 이곳에 왔습니다. 여러분은 말라가 섬의 천박함을 두 눈으로 직접 보셨습니다. 그 섬에는 주정뱅이나 도둑이 아닌 자가 한 사람도 없습니다. 우리는 그들을 교육시키려고 노력했습니다. 학교를 세웠고, 선생도 채용해 주었습니다. 전부 다 마을 돈으로요.

하지만 그래 봤자 아무런 소용이 없었습니다."

"게다가 말입니다, 그자들을 가르치는 건 개한테 뒷다리로 서서 걸으라고 하는 것과 다를 바가 없지요. 그자들이 가진 재주라고는 남들한테 빌붙어 사는 게 전부입니다."

엘웰 보안관이 거들었다.

"그들을 어디 안전한 곳으로 이주시키는 게 과연 하느님의 소명에 어긋난다고 말할 수 있을지 모르겠습니다. 어디든 그들에게 좋은 곳으로 말이지요."

스톤크롭 씨가 말했다.

"게다가 그들 중에는 어느 누구도 증서를 가진 사람이 없으니, 못 할 이유도 없지요."

엘웰 보안관은 미소를 지었고, 일부러 옷깃을 열어 터너가 자신의 권총을 볼 수 있도록 했다.

터너가 다시 한 번 몸을 빼내려고 시도했지만 스톤크롭 씨는 터너를 놔주지 않았다. 아직은 자신을 써먹을 때가 되지 않았다는 듯 스톤크롭 씨의 팔이 한층 더 육중하게 자신에게 다가오는 걸 느꼈다.

"마을에는 우리가 말라가 섬의 학교를 계속 유지해야 하며, 심지어 지금보다 더 많은 돈을 써야 한다고 생각하는 사람들이 있습니다. 의도는 좋을지 모르나 어리석기 그지없는 그런 계획들에 말이죠. 기독교의 자애니 이웃 사랑이니 하는 말들 들어보지 않은 사람이 어디 있습니까. 우리는 이미 할 만큼 했지만 소용이 없습니다. 하지만 몇몇 사람들은 찾아올 겁니다, 목사님. 숭고한 뉴턴 씨네처럼 말입니다. 일종의 세력을 되찾기 위해서 말입니다. 목사님은 당연히 마을의 이익 편에 서실 것이며, 말라가 섬 주민들이 나타내는 위험에 반대할 뜻임을 처음부터 분명히 하지 않으신다면 말입니다."

터너는 스톤크롭 씨의 손이 자신의 어깨에서 팔로 내려가고 있다는 걸 느꼈다. 터너를 이용할 때가 가까워지고 있었다.

"저는 아직 입장이 확실하지가 않습니다, 스톤크롭 씨."

터너는 거대한 산이 움직이며 자신을 앞으로 떠미는 걸 느꼈다. 마침내 기다리던 때가 왔다.

"터너, 선하신 너희 아버님께 오늘 아침에 야구 방망이와 글러브를 어디에 두고 왔는지 어서 말씀드리려무나."

"현관 앞에 있었습니다."

터너의 아버지가 말했다. 그때 허드 집사가 끼어들었다.

"제 아들 윌리스가 가져다 놨지요. 바닷가에서 찾은 것 같더군요."

터너는 응접실의 모든 눈이 자신에게 쏠리는 걸 느꼈다.

"말라가 섬에 갔었어요."

터너가 솔직히 털어놓았다.

"말라가 섬에서 무얼 했지?"

벅민스터 목사가 입술을 핥았다.

자신이 무어라 말할 수 있을까? 리지와 야구 연습을 했고, 조개를 캤으며, 나중에는 그 조개들로 차우더 수프를 만들어 먹었는데, 너무나 맛이 좋아서 에덴동산과도 바꿀 정도였다고? 트립 씨네 아이들과 함께 양팔을 벌리고 자유롭게 돌아다녔다고? 바닷가에 가만히 앉아서 많은 걸 꿈꾸었다고? 우리 집보다 더 집 같은 곳을 찾아냈다고?

"나룻배를 탔어요."

"누구 배에?"

"그리핀 목사님 배요."

벅민스터 목사는 마치 자신의 아들이 예수님을 막 배반하려는 베드로라도 되는 양 터너를 노려보았다. 터너는 그리핀 목사의 배를 타고 나간 게 뭐 그리 끔찍한 일인지 의아했다. 목사의 아들에게는 자신이 미처 모르는 새로운 규칙이 몇 가지 더 있는 건가. 또 다른 규칙이 아직도 남아 있을 수 있다는 게 가능하기만 하다면.

"너는 흑인의 배를 타고 나갔어. 무슨 일이 생길지 어떻게 알고?"

"아무 일도 없었어요."

"그건 저 아이의 잘못이 아닙니다, 목사님."

스톤크롭 씨가 유창하게 말을 풀어 가기 시작했다.

"그건 전혀 저 아이의 잘못이 아닙니다. 그들이 그런 자들입니다. 교활하고 약삭빠르죠, 언제나 바보 같은 척 거짓으로 꾸미면서 말입니다. 하지만 그들은 생각하고 생각하고, 계획을 꾸미고 또 꾸밉니다. 그들은 생각하겠죠, 여기 목사의 아들이 있다, 저 아이를 우리 편으로 끌어들이면 목사를 얻을 수 있다. 그리고 목사를 얻으면 교회도 얻는다. 그리고 교회를 얻으면…… 이런 식인 겁니다. 그렇게 그들은 목사님의 아들을 이용한 겁니다. 게다가 그들이 너에게 보낸 건 늙은 그리핀 목사가 아니었어, 안 그러냐, 애야? 아니었습니다, 목사님. 늙은 목사가 아니었습니다. 오늘 누구와 함께 있었는지 어서 말씀 드리지 그러니?"

"리지요."

"더 크게. 아버지한테까지 네 목소리가 들리지 않을 것 같구나."

"리지 그리핀이요."

터너는 자신이 정말 나쁜 짓을 하다 걸린 사람이라도 된 듯한 모욕감을 느꼈다. 터너는 스톤크롭 씨의 말이 명백히 거짓말이라는 사실을 잘 알았다. 불결하고, 냄새가 고약하고, 명백한 거짓말. 하지만 터너는 왜 그것이 거짓말인지 도저히 말로 표현하지 못했다.

"리지 그리핀. 검둥이 여자애죠, 목사님, 딱 터너 또래입니다. 이 마을에서 본 적이 있는 유일한 요나*의 딸입니다. 오, 세상에, 아들아, 부디 네가 그 아이의 집에 들어가지 않았기를 바란다. 너에 대해 떠도는 이야기는 지금도 충분하니까."

터너의 침묵. 벅민스터 목사가 한숨을 내쉬었다.

---

* 성경 속 인물로, 히브리의 예언자이자 불행을 가져오는 사람이라는 뜻이 있다. 원래는 이름이 '다대오'지만 마을 사람들은 요나라고 부르는 듯하다.

"그러니까 들어갔단 얘기로구나. 이런, 목사님의 아들이라면 알아야 한다. 소문이란 근처를 떠도는 듯하다가 어느 순간 완전히 자리를 잡지. 그래서 어느 정도 시간이 흐르면 그것이 사실인지 아닌지 묻는 사람은 아무도 없는 법이란다. 그냥 진실이 되어 버리지. 너에 대한 진실, 너와 연관된 모든 것들에 대한 진실."

스톤크롭 씨가 말을 마치자, 벅민스터 목사가 천천히 입을 뗐다.

"여러분, 제가 미처 예상치 못했던 진짜 위험이 도사리고 있음이 분명해졌군요."

벅민스터 목사는 터너를 바라보았고, 터너는 아버지의 눈을 쳐다보았다. 불신이었다.

"하느님께서 수고하시는 여러분을 인고하고 계신 듯합니다. 그러할진대, 제일회중교회의 목사가 여러분의 노고와 함께하겠다는 말 외에 달리 무슨 말을 할 수 있겠습니까?"

스톤크롭 씨가 반색을 했다.

"목사님, 우리가 부탁드리고자 하는 게 바로 그겁니다. 핍스버그가 탐욕에서 자유로워질 날도 멀지 않았고, 우리는 스스로를 재건하기 시작할 겁니다. 머지않아 말라가 섬에는 더 이상 그 누구도 살지 않게 될 겁니다."

그 순간, 터너는 음모의 실체를 깨달았다. 그런데도 자신은 오히려 그 음모를 부추기는 말 외에 아무런 할 말이 없었다.

문득 허드 할머니의 말이 떠올랐다.

"처음에는 코, 다음에는 눈."
스톤크롭 씨는 자신의 소도구를 가차 없이 내버렸다.

제5장

터너에게 새로운 계율이 내려왔다. 너는 말라가 섬에 너의 발을 들이지 말지니, 그리하여 네가 심히 고초를 당하거나 고초를 당하는 일이 없도록 벅민스터 목사가 말하노라. 하지만 터너가 우연히 바위 턱을 내려가서 질척질척한 바닷가에 이르고 리지 브라이트가 우연히 조개를 캐러 배를 타고 온다면……. 뭐, 벅민스터 목사는 리지와 말을 하지 말라거나 리지와 공을 던지지 말라거나 청록빛 바닷가에서 리지와 앉아 있지 말라는 말을 한 건 아니지 않은가.

그래서 터너는 그렇게 했다. 거의 날마다.

그리고 마을로 돌아오는 길에 터너는 아버지에게 할 말을 생각해 냈다. 벅민스터 목사는 터너에게 조류 관찰이라는 새롭고도 끈질긴 관심사가 생겼다는 사실에 깜짝 놀랐다. 아버지의 말에 따르면 터너는 어린 찰스 다윈과 관심사가 같았다.

터너는 찰스 다윈에 대해서는 금시초문이었기 때문에 한쪽 눈썹을 치뜨고 고개만 끄덕였다. 그냥 그런가보다 싶었다. 그렇다는 사실이 좋았다. 그리고 아버지가 웃는 모습을 보니, 어쩌면 자신도 가치 있는 사람일지도 모른다는 생각이 들었다. 자신이 거짓말을 하고 있다는 사실을 기억해 내기 전까지는.

터너는 찰스 다윈이 목사가 아니기를 바랐다. 찰스 다윈이 미지의 세계에 살고 있기를 바랐다. 또 야구를 하는 사람이기를 바랐다. 만약 야구 주간이라는 게 있다면 파란 하늘과 따스한 바다, 수평선 위를 빈둥거리는 높은 구름들이 떠 있는 요즘 같이 눈부시게 아름다운 여름날이 아닐까. 그리고 아침마다 바닷바람이 재촉하며 부를 때면 터너는 바람을 따라 리지가 기다리는 바닷가로 나갔고, 리지의 양동이에는 벌써 조개가 절반쯤 채워져 있었다.

둘이서 바닷가를 걸으며 만들어 낸 쌍둥이 발자국들을 파도가 다가와 씻어 내던 푸르른 날들. 가장자리가 날카로운 홍합들 사이를 조심조심 걷다가 주홍빛 속살을 간질이려고 어렵사리 검푸른 껍데기들을 열어 보곤 하던 푸르른 날들. 바닷바람을 가르며 달음질치고 갈매기들을 쫓다가 드디어, 드디어, 드디어 갈매기의 꼬리 깃털에 손이 닿던 푸르른 날들. 바위 턱에 앉아 다리를 대롱거리며 발밑으로 거대한 대륙을 느끼던 푸르른 날들.

그리고 그 사건은 그들이 올라가던 나무들 가운데 하나에서, 푸르른 날들 가운데 하루, 하늘이 강렬한 구릿빛으로 물들어 가던 바로 그날에 일어났다. 터너는 위로 몸을 뻗어 축축하고 끈적거리며 질척질척한 무언가를 집어 손에 올려놓았다. 그런데 그것이 갑자기 살아서 움직이자 움찔하며 비명을 질렀고, 그 바람에 바로 밑에 있던 리지가 깜짝 놀랐다. 리지는 버텨 보았지만 결국 균형을 잃고 개펄로 곤두박질치다 그만 튀어나온 바위에 머리를 부딪치고 말았다.

"리지!"

떨어지다시피 바위 턱을 타고 내려간 터너는 리지에게 달려갔다. 터너는 리지의 머리 밑에 손을 대었다가 자신의 손이 온통 리지의 피로 물들자 흠칫 몰랐다.

"리지!"

"그러면 안 돼……."

리지가 말을 하다 그쳤다.

"무슨 일이 있어도……."

리지가 다시 말을 이었다.

"셔츠에 피를 묻히지 마."

이마로 손을 가져다 대는 리지의 손이 벌벌 떨렸다.

"우리 할아버지한테 데려다 주면 좋겠어. 너무 어지러워."

리지는 일어서려고 애를 썼다. 터너의 부축을 받고도 발이 마음대로 움직이지 않아서 지그재그로 비틀비틀 걸었다. 터너가 방향을 잡아 주어야만 했다. 리지의 손가락 사이를 비집고 나온 피가 모래 위로 뚝뚝 떨어졌다.

"조금만 더 가면 돼."

"앞이 잘 안 보여."

리지는 천천히 말을 했다. 터너는 아랫배가 팽팽히 당겨오는 느끰을 받았다.

나룻배에 다다랐지만 리지는 어찌할 바를 모르고 우두커니 서 있었다. "타."라고 터너가 말은 했지만 직접 리지의 한 발을 올려주어야 했다. 일단 배에 타자, 리지는 몸이 풀려 뱃머리에 풀썩 쓰러지며 눈을 감았다.

터너는 리지가 깨어 있는 게 좋을 것 같아서 큰 소리로 이름을 불렀다. 그래도 리지가 눈을 뜨지 않자, 얼굴에 대고 마구 바닷물을 흩뿌렸다. 마침내 리지가 푸푸 소리를 내며 눈을 떴다.

"눈 감지 마. 그러면 또 물 뿌릴 거야."

"또 나한테 물 뿌리면 셔츠에서 핏물 빼는 거 안 도와 줄 거야."

"눈이나 떠, 리지 브라이트."

터너는 먼저 뱃고물을 밀어 뉴메도우즈 쪽으로 방향을 잡았다. 자신과 말라가 섬 사이에서 파도가 공중제비를 넘었고, 이미 커다랗게 물결이 일렁였다. 터너는 마음을 가다듬고 노를 잡아 노걸이에 고정시킨 다음, 물속에 노를 담가 보았다가 거침없이 노를 잡아당기는 바닷물의 위력에 깜짝 놀라 하마터면 노 하나를 휩쓸려 보낼 뻔했다. 둥둥 떠내려가는 노를 지켜보는 자신의 모습을 머릿속에 떠올리니 정말로 그런 일이 일어난다면 어떻게 바다를 건널까 싶어 온몸을 부르르 떨었다.

터너는 틈틈이 몸을 돌려 리지를 살펴보았다.

"눈 뜨고 있어? 리지, 눈 떠. 빌어먹을, 눈 좀 뜨라고."

"목사님 아들이…… 목사님 아들이 함부로 그런 말 하면 안 돼…… '빌어먹을' 같은 말 하면 안 돼."

리지는 힘이 빠졌는지 느릿느릿 말했다. 그러자 터너는 배가 점점 더 단단히 조여 왔다.

"눈 감으면 안 돼."라고 말한 다음 터너는 다시 몸을 돌렸고, 뱃머리가 섬에서 벗어나지 않도록 어떻게든 고물을 일정한 방향으로 유지하려고 안간힘을 썼다. 각오는 했지만 생각보다 훨씬 더 힘들었다. 훨씬 더. 바닷물은 터너를 거스르며 흘러갔고, 물마루는 끊임없이 뱃전을 치고 들어오며 배 안으로 바닷물을 들이부었다. 배는 서툴게 헤매며 가야 할 곳으로 방향을 잡지 못하고 있었다. 얼마 안 가 북쪽 곶을 포기하고 목표를 남쪽 곶으로 바꾸었지만, 섬을 향해 노를 저을 때마다 배는 오히려 섬에서 멀어지며 아래쪽으로 떠내려갔다.

터너는 두 개의 노로 엉성하게 바닷물을 가르며 미친 듯이 노를 저었다. 하지만 거센 파도 탓에 뱃머리는 말라가 섬에서 끝없이 멀어져 갔다. 노는 계속해서 노걸이 밖으로 미끄러졌고, 어떻게든 붙잡아 도로 노걸이에 받쳐 놓고 나면 배는 이미 완전히 비뚤어져 파도의 골을 따라 아무렇게나 위아래로 출렁거렸다.

"배가…… 배가 파도를 타게 해."

리지가 힘없이 말했다.

터너는 대답하지 않았다. 바위 턱이 옆으로 지나쳐 가고, 바위 턱 위로는 바람을 따라 고개를 숙인 소나무들이 보였다.

"파도를 타."

다시 한 번 리지가 말했다.

터너가 몸을 돌렸다.

"나도 알아, 리지. 그럴 거야. 눈이나 떠. 두 눈 다."

둘은 이제 말라가 섬에서 한참을 벗어났고, 배는 뉴메도우즈 강 하류로 향하고 있었다. 파도가 거세게 밀려와 그들은 만으로, 다시 만을 넘어 바다로 정신없이 밀려 나왔다. 결국 어떻게든 섬으로 방향을 돌려야겠다는 생각을 포기하고 말았다. 대신 앞머리를 조수의 반대편으로 돌려 본토 가까이로 배를 움직였고, 본토로만 가면 배를 댈 만한 개펄을 찾을 수 있을 듯싶었다. 하지만 이제는 뉴메도우즈 강 하류까지 바위 턱들이 튀어나와 있었고, 그곳에는 널따란 개펄이 보이지 않았다. 파도는 점점 더 기운차게 밀어닥쳤고, 벌써 두 번이나 배 밑바닥이 튀어나온 바위와 충돌했다. 두 번째는 어찌나 세게 부딪쳤는지 뱃전이 부서져 버리지 않을까 두려울 정도였다. 터너는 하는 수 없이 뱃머리를 먼 바다로 되돌렸다.

바로 밑에서 바위와 충돌했다는 걸 느낀 리지가 머리를 들었다.

"섬을 놓쳤구나."

"응."

"섬을 놓쳤어. 어떻게 섬을 놓칠 수가 있지?"

"조수가 너무 강해. 조수에 휩쓸려 가고 있어."

리지가 손을 이마에 가져다 댔다. 터너는 리지가 토하려는 게 아닌가 걱정했다.

"잠이 들 것 같아."

리지가 중얼거렸다.

"자면 안 돼, 리지. 눈 감으면 안 돼."

"곶에 다다르면…… 볼드 헤드에 도착하면……."

"볼드 헤드에 도착하면?"

터너가 따라 말했다.

"조수가 좀 약해질 거야. 배를 댈 수 있어…… 조수가 좀 약해질 거야."

리지는 다시 조용해졌다.

터너는 앞을 바라보았다. 옆으로는 줄지어 늘어서 있는 바위 턱들과 굽이진 바닷가가 보였다. 터너는 배를 육지 가까이로 움직였고, 뱃머리가 파도를 타도록 하는 것 외에는 노 젓기를 그쳤다. 두 팔에서 힘이 스르륵 풀렸고, 정작 조수가 약해진다 해도 과연 생각대로 해낼 수 있을지 자신이 없었다. 하지만 기다리며 지켜보았고, 계속해서 소리를 질러 리지가 깨어 있는지 확인하는 것도 잊지 않았다.

하지만 리지는 대꾸가 없었다.

구릿빛 하늘은 차츰 검붉은 색으로 짙어져 갔고, 검붉은 하늘은 다시 초저녁의 자줏빛으로 물들어 갔다. 어깨 너머로 보이는 동쪽 하늘 위로는 이미 대여섯 개나 되는 별들이 하품과 함께 잠에서 깨어나 기지개를 켜고 있었다. 바위 턱 위로 농가가 한 채 보이더니 또 한 채, 다시 또 한 채가 지나갔고, 농가의 창문 밖으로 노란 불빛이 반짝였다. 터너는 대기가 빠르게 차가워져 가는 걸 느꼈다.

그때 파도의 리듬이 바뀌었다. 거세게 일렁이던 파도는 아주 천천히 끈끈하게 바뀌며 기다란 여울이 되어 멀리 뻗어 나갔다. 배는 안정을 되찾아 미끄러지듯 앞으로 나아갔고, 뱃머리를 때리던 파도가 낮아져 뱃머리를 잡기가 한결 수월해졌다.

터너는 이제 곶에 다다른 게 틀림없다고 생각했다. 눈으로 해안을 더듬어 보았지만 굽이져 보이지 않는 것인지, 아니면 단지 모여든 어둠에 가려진 것인지 분간하기가 어려웠다. 하지만 터너는 어쨌든 해안으로 들어가기로 작정하고는 힘이 풀려 버린 두 팔에 남은 힘을 모두 모아 노를 저었다. 노를 당길 때마다 끙 하는 소리와 함께 두 다리를 한껏 뒤로 빼서 버티었다. 심지어는 리지의 이름조차 부르지 않았는데, 도저히 두 가지를 한꺼번에 할 수 없었기 때문이다. 터너는 파도를 탄 배가 미끄러지듯 내달리고 있다는 걸 느꼈다. 배는 파도의 리듬에 맞추어 마침내, 마침내 제대로 진로를 잡고 나아갔다.

자줏빛 하늘이 서쪽을 지나 온 사방으로 퍼져 나갈 때, 터너는 노를 저었다. 점점 더 많은 별들이 잠에서 깨어날 때, 터너는 노를 저었다. 바람이 일어나 물살과 씨름을 벌일 때에도 터너는 노를 저었다.

그러다 문득 배가 곶을 지나쳐 만 밖으로 한참을 벗어났다는 사실을 깨달았다.

터너는 그제야 노 젓기를 멈추었다.

이제 자줏빛은 수평선에서 수평선 끝까지 퍼져 있었고, 동쪽 하늘에 옹기종기 모여 있던 별들은 떠오르는 달의 이른 달빛에 그 빛이 바래져 갔다. 물살은 훨씬 더 넓게 퍼져 배는 아주 가볍게 흔들릴 뿐, 해안선을 따라 이어진 농가의 불빛이 없었다면 배가 움직이고 있다는 사실조차 알기 어려울 정도로 잔잔했다.

터너는 두렵지 않았다. 자신이 두려워하지 않는다는 사실을 깨달곤 스스로도 깜짝 놀랐다. 해안선의 불빛이 파도 속에 묻히지 않는 한, 배가 해안가에서 멀지 않는 곳에 있다는 걸 잘 알았기 때문이다. 그리고 언젠가는 조수가 흐름을 멈추고 뉴메도우즈 강으로 되돌아갈 거라는 사실 또한 잘 알았다. 물속에 노를 담가만 봐도 이미 조수가 약해지는 게 느껴졌다. 어쩌면 지친 두 팔이 완전히 힘을 다하기 전에 해안으로 다가갈 수도, 아니면 처음 출발했던 곳으로 되돌아갈 수도 있었다. 목이 마르고 배가 고팠지만 절망의 공포는 없었다.

리지가 깨어 있기만 하다면……. 이것은 터너가 오래도록 꿈꾸어 왔던, 꿈속에서 그리던 바로 그런 장면이었다. 하지만 리지를 보자, 배 속 깊숙한 곳에서부터 기운이 쫙 빠져나갔다. 이제는 하다못해 반만이라도 눈을 뜨고 있도록 하기가 갈수록 힘들어졌고, 출혈은 그쳤지만 리지는 터너로부터 점점 희미해져 갔다.

터너는 노를 배 안에 싣고 리지에게 얼굴을 돌렸다.

"리지? 리지 브라이트?"

터너가 리지의 한쪽 무릎을 흔들었다.

"리지?"

"거의 다 온 거야?"

"응. 거의 다."

"터너?"

"응?"

"전에 노 저어 본 적 있어?"

터너는 망설였다. 퍼블릭 가든*에서 백조 보트의 노를 저어 본 것도 포함이 될까 생각하다가 그건 아닐 거라고 생각했다.

"없는 것 같아."

"살면서 지금까지 한 번도?"

"오늘이 처음이야."

"그런 줄 알았어."

"눈 감으면 안 돼, 리지."

터너는 노를 잡은 다음 뱃머리를 해안으로 틀어 다시 노를 저었다. 물결이 잔잔해져 그리 어렵지 않았다. 터너는 천천히, 길게 노를 저었다. 그런데 뱃머리를 완전히 돌리고 보니 바닷가 불빛이 조금 더 가까워졌을 뿐 생각만큼 가깝지는 않았다. 처음에는 일정한 속도를 유지하며 앞으로 나아갔지만 결국 근육이 뒤틀려 아예 노를 배에 실어 놓고는 아주 천천히 다시 물러나는 불빛을 가만히 바라보았다.

바로 그때 멀지 않은 바다에서 거센 물결이 일어나는 소리가 처

---

* 미국 보스턴의 오래된 공원

음으로 들려왔다.

 달은 완전히 잠에서 깨어나 바다 위로 온통 은빛 시트를 드리우고 있었다. 터너는 이런 달빛 속이라면 어떠한 바위라도 분간해 낼 수 있으리라 확신했다. 하지만 수면 위로는 그 무엇도 돌출된 물체가 보이지 않았다. 꼼짝 않고 앉아 귀를 세운 터너에게 다시 한 번 거센 물결 소리가 들려왔다. 그런데 아까와 달리 이번에는 뒤였다가, 바닷가 쪽이었다가, 다시 앞으로 바뀌었다. 불현듯 달빛 속에서 다이아몬드 가루가 쏟아지는 듯 은빛 물보라가 공중으로 확 뿜어졌다. 그러더니 한 번 더, 다시 또 한 번, 이제는 거의 배 옆까지 다가와 얼굴에까지 물보라가 느껴졌다. 위대한 임재*로 해수면이 갈라지기라도 하는 듯 새롭게 나타난 물결의 리듬에 맞춰 배가 출렁이는 순간, 터너는 바로 그것이 고래들의 광대함이라는 것을 알았다, 아니 느꼈다.

 터너는 엄청난 공포에 휩싸였다. 만에 하나 고래들 가운데 한 마리라도 밑에서 치고 올라와 나무토막처럼 배를 가볍게 뒤집어 버린다면 터너는 뒤집힌 배와 리지를 붙잡고 망망한 바다 위를 떠다녀야 한다. 리지 혼자서는 붙잡을 힘조차 없을 게 분명할 테니, 다시 말해 배가 뒤집혀 버리기라도 하면 자신이 직접 리지를 꼭 붙잡아야 한다. 리지를 찾아낼 수만 있다면.

 그런데 거대한 물살에 배가 앞뒤로 출렁이기는 했지만 고래들

---

* 기독교에서 하느님이 인간에게 나타나는 일

은 배가 뒤집힐 만큼 가까이 다가오지는 않았다. 온 사방에서 고래들이 물살을 가르는 소리가 들렸다. 터너는 환한 달빛 속에 다이아몬드 같은 물보라가 신의 은총처럼 자신에게 쏟아져 내리는 걸 느꼈다. 터너는 자신보다 훨씬 더 거대한 무언가의 한가운데에 있다는 사실을 알았다. 그것은 단지 크기만이 아니었다. 순식간에 자신을 가라앉힐 수도 있지만 그럴 생각이 없는, 소용돌이치는 우주의 한가운데에 있는 것만 같았다. 어쩌면 직접 손을 내밀어 그 소용돌이의 일부가 될 수도 있을 듯싶었다.

하지만 잔잔한 물결 속에서 나룻배보다 다섯 배는 더 커다란 고래가 자신의 옆을 따라 가만히 움직이는 모습을 지켜보고 있었기에 터너는 감히 손을 내밀지 못했다. 터너는 숨조차 쉬지 못했다. 고래는 꼬리를 살짝 위로 들어 올리더니 마치 지구가 도는 것처럼 거대하고 거대한 움직임으로 몸뚱이를 좌우로 굴리기 시작했다. 이윽고 은빛으로, 달빛을 받아 다시 하얀색으로 빛을 내며 빙그르르 돌아 기다란 지느러미로 물결을 찰싹 내리쳤다. 터너는 배를 꼭 붙잡고는 한때는 산과 드넓은 바다의 유역을 스치며 헤엄쳤을 이 거대하고 광대한 동물과 함께 좌우로 몸을 흔들었다. 그렇게 그들은 함께 몸을 흔들었고, 터너는 그 흔들림이 제발 멈추지 않기를, 달빛이 비추는 이 순간이 영원히 끝나지 않기를 빌었다.

하지만 서서히 고래는 흔들거림을 멈추었고, 바다는 고요해졌으며, 파도의 리듬도 다시 잔잔해졌다. 터너는 두려운 마음으로 노를 가만히 바닷물 속으로 미끄러뜨린 다음, 부디 고래가 바다 밑에서 가만히 기다려 주기를 바라며 부드러운 손길로 배를 살살 앞으로 움직였다.

고래는 기다려 주었다. 터너는 고래의 눈을 보았고, 둘은 서로를 마주보았다. 그들은 서로를 오래도록 바라보았다. 은빛 달 아래에서 바다 위를 뒹구는 두 영혼이 서로의 눈을 응시했다. 터너는 지금껏 가졌던 그 어떤 소망보다 더 큰 소망으로, 자신의 영혼을 떨게 만드는 고래의 눈 속에 담긴 의미를 알고 싶었다.

터너는 배가 기울어지지 않도록 조심하면서 배 옆을 가로질러 최대한 멀리까지 손을 뻗어 보았다. 하지만 고래는 둘 사이에 검푸른 물결의 공간을 유지했기에 둘은 닿지 않았다. 그러다가 고래가 천천히 바다 밑으로 가라앉았고, 고래의 검고 하얀 등을 따라 바닷물 역시 조용히 잠겨 들어갔다.

그렇게 고래는 사라졌다.

"리지."

터너가 작은 소리로 불렀다.

아무런 대답이 없었다. 터너는 뒤로 다가가 리지의 다리를 흔들고 어깨를 흔들었다. 결국 터너는 바닷물을 한 움큼 떠서 리지의 얼굴에 뿌렸다. 바닷물은 어디에든 다 좋으니까.

"리지, 눈을 떠야 돼."

"뜨고 있어. 네가 나한테 물을 뿌렸잖아."

리지가 대답했다.

"리지, 고래들이 왔었어."

리지는 대답이 없었다.

"리지, 고래라고."

"만져 봤어?"

"만져 보려고 했어."

리지는 깊게 숨을 내쉬었다.

"자기들이 하는 말을 네가 알아들으면 아마 만지게 해 줄 거야."

"고래들이 뭐라고 하는데?"

"때가 되면 알게 될 거야…… 고래들이 허락해 줄 때. 아직 멀었어?"

터너는 다시 노를 저었다. 두 사람이 얼마나 오랫동안 고래와 함께했는지 알 수 없었다. 백 년 아니면 이빠 년. 하지만 그 시간이 얼마나 길었건 터너는 배가 해안의 불빛으로부터 그리 많이 흘러가지 않았다는 사실을 알았고, 계속해서 노를 저어 가자, 등불이 정말로 점점 가까이 다가왔다. 고래를 만나기 전에 그랬던 것만큼이나 목이 마르고 배가 고팠지만 아까만큼 피곤하지는 않았다.

이제 낮아진 물살을 가르며 배가 움직이는 게 느껴졌다. 새롭게 바뀐 조수를 따라 뱃머리가 확실히 뉴메도우즈 강으로 빠르게 되돌아가고 있다는 걸 직감하자, 터너는 두근거리는 가슴으로 노를 저었다.

하지만 이제 고래들은 사라지고 없었다.

* * *

머지않아 불빛이 훨씬 더 커졌고, 때때로 누가 잠시 창문을 지나 걸어가기라도 한 것처럼 불빛이 깜빡거렸다. 터너는 곧장 볼드 헤드로 치고 들어갈지, 아니면 뉴메도우즈 강어귀를 찾아 바로 말라가 섬으로 들어갈지 갈피를 잡지 못했다. 하지만 어디가 됐든 처음 보이는 육지로 들어가 배를 댄 다음 도움을 청하기로 마음먹었다.

터너는 자신의 두 팔이 강하게 느껴졌다. 마음속에 두려움은 없었다.

터너는 고래의 눈을 들여다보았다.

마침내 불빛 하나가 해안에서 떨어져 나와 어둠 속에서 불쑥 나타나더니 위아래로 움직였다. 불빛은 아주 먼 곳에서 지그재그로 움직이다가 다시 다른 각도에서 지그재그로 움직이더니 바닷바람과 함께 뒤로 물러났다. 터너는 상관하지 않고 다시 노를 저었다.

터너는 파도의 골을 타고 고래와 함께 굽이쳤다.

그때 휘파람 소리가 들려오더니 고요한 물결 위로 강렬하게 울려 퍼졌다.

"여기요!"

터너가 소리 치며 팔을 흔들었다.

"얼른 벌떡 일어나서 배를 뒤집어 버리는 게 어때?"

"리지, 이제 눈 감아도 돼."

다시 휘파람 소리가 들려왔고, 터너는 있는 힘껏 큰 소리로 외쳤다.

"여보세요, 여기예요, 여보세요! 여보세요, 여기예요!"

갑자기 배 한 척이 이물을 좌우로 흔들며 그들에게 다가왔다. 절반 남짓 가까이 다가온 그 배를 달이 환한 빛으로 가득 채웠다. 배는 마치 물에 젖기 싫다는 듯 파도 위로 높이 솟구치며 달렸다.

"여보세요, 여기예요!"

터너가 다시 한 번 외쳤다.

그때 갑판에서 외치는 소리가 들렸다.

"터너 벅민스터! 터너 벅민스터!"

허드 집사의 목소리였다.

"여기요! 여기요!"

터너가 외쳤다.

배가 돛을 내렸다. 터너가 노를 저어 나아가자, 마침내 바다 위로 흔들어 대는 등불 속에 윌리스 허드의 얼굴이 나타났다.

"터너 벅민스터!"

허드 집사가 어둠 속 어딘가에서 다시 한 번 고함을 질렀다.

"여기 있어요!"

윌리스가 어깨 너머로 크게 외쳤다.

"뱃머리 바로 앞에요. 그리고 사실이었어요. 정말로 검둥이도 같이 있어요."

"오, 하느님! 도대체 이 세상이 어디로 가고 있단 말입니까?"

터너의 귀에 허드 집사의 탄식이 들려왔다.

"나는 눈 감고 있을게."

리지가 말했다.

터너는 당장이라도 바다 밑으로 가라앉아 버리는 게 좋을지, 아니면 어둠 속으로 다시 노를 저어 가서 둘만의 길을 가야 할지 고민스러웠다.

"고물 아래로 닻을 내려!"

허드 집사가 소리쳤다.

"윌리스, 터너에게 밧줄을 던져라. 터너, 윌리스가 너를 끌어당길 거다, 알겠니?"

"먼저 리지부터 태워야 해요. 다쳤어요."

"다쳤든 말든, 요나 딸은 이 배에 한 발짝도 못 붙여. 우리는 너를 끌고 갈 거다. 자, 우리가 너를 끌어당길 테니 밧줄을 꽉 붙잡아. 너희 둘이 여기서 뭘 하고 있었는지 제대로 이야기를 지어내는 게 좋을 거다. 오, 주여, 너는 생각이라는 게 있는 애냐?"

터너는 윌리스가 던져 주는 밧줄을 붙잡아 뱃머리에 달린 링에 최대한 세게 매듭을 지어 묶었다. 하지만 마음처럼 잘 되지 않았고, 얼마 못 가 매듭이 빠지며 밧줄이 풀려 버렸다.

"밧줄이 풀렸어요!"

윌리스가 아버지에게 소리쳤다.

"하느님 맙소사, 이런 제기랄!"

허드 집사가 외쳤다.

터너는 밤이 깊어갈수록 허드 집사가 점점 더 신성 모독적으로 변해 간다고 생각했다.

허드 부자는 배를 반대 방향으로 돌려 다시 돌아왔고, 윌리스가 다시 한 번 터너에게 밧줄을 던졌다.

"결삭*해서 묶어야 해. 너 결삭할 줄 알지, 어?"

윌리스가 큰 소리로 외쳤다.

"나도 결삭할 줄 알아."

터너가 큰 소리로 맞받아쳤다.

터너는 링에다 다시 매듭을 묶었다. 또다시 매듭이 느슨해져 손으로 붙잡을 수 있도록 밧줄을 길게 늘였다. 터너로서는 필사적이었다.

"너 결삭할 줄 모르지, 맞지?"

리지가 물었다.

"눈이나 감아."

터너가 대답했다.

그리하여 터너는 밧줄을 꽉 붙잡았고, 배는 허드 씨네 범선 뒤에서 파도를 헤치며 덜컹거리며 끌려갔다. 그런데 등불이 뱃머리에 있어서 터너 쪽에서는 허드 부자의 모습이 전혀 보이지 않았다. 하지만 달빛이 범선 위를 노닐고 있어서 나룻배는 우아하게 움직이는 살아 있는 생물 같았다. 지금 이 순간이 아닌 다른 곳 다른 순간이라면, 싫다는 개를 억지로 끌고 가는 듯한 괴로운 상황만

---

* 새끼나 밧줄 따위를 꼬거나 동여매는 일

아니라면 고요한 항해의 아름다움에 감탄사가 절로 나왔을지도 모른다.

터너는 고래의 눈을 들여다보았다.

두 사람이 탄 배를 이끄는 허드 부자의 범선이 케네벡 강에 도착하자, 등불을 밝힌 다른 배들을 향해 허드 집사가 큰 소리로 외쳤다.

"찾았습니다!"

"멀리 나갔습니까?"

"그리 멀지 않았습니다."

"사실입니까?"

"네, 같이 있습니다."

"세상에, 놀랠 노자로군."

터너와 리지는 이런 똑같은 대화를 각오했던 것보다 더 많이 들어야 했다.

그들은 폽햄을 지나, 콕스 헤드를 벗어나 해협을 통과하여, 파커 헤드의 불빛을 지나 드디어 핍스버그에 이르렀다. 항해가 계속되면서 바닷물은 점점 더 완만해졌다. 부둣가를 밝힌 수십 개도 넘는 등불과 구름처럼 몰려나온 사람들의 모습에 조용히 빠져나가야겠다는 터너의 희망은 물거품이 되었다.

"찾았습니까?"

"물론입니다."

허드 집사가 외쳤다.

"배 안에 몇 명이 있습니까?"

몰려든 사람들이 물었다.

허드 집사는 극적인 순간을 연출하기 위해 잠시 망설이듯 뜸을 들였다. 이윽고 모두가 잠잠해지자, 마치 하느님의 말씀을 전하는 듯한 목소리로 크게 외쳤다.

"둘입니다."

"세상에."

사람들이 탄식했다.

그리고 다시 한 번 이어지는 탄식의 말.

"세상에."

그렇게 그들은 부둣가에 다다랐다. 필요 이상의 손들이 달려들어 뱃머리를 이끌어 고물에 달린 밧줄을 잡더니, 다시 필요 이상의 손들이 가세해서 예선 밧줄을 잡아당겼고, 또다시 필요 이상의 손들이 달려들어 재빨리 밧줄을 묶었다. 리지를 부축한 터너가 모습을 드러내자, 사람들이 일제히 뒤로 물러섰다. 리지는 기운이 없었지만 눈을 뜬 채로 사다리를 타고 부두로 올랐다. 뉴턴 씨가 가까이 다가와 리지의 손을 잡아 위로 올려 주었다. 리지의 할아버지가 다가오자, 사람들이 길을 비켜 주었다. 할아버지는 리지를 두 팔에 안았다. 리지는 할아버지의 가슴에 얼굴을 묻고 울음을 터뜨렸다. 그렇게 두 사람이 조용히 부두 밖으로 걸어 나가자, 사람들은 행여 몸이라도 닿을 새라 몸을 피했다.

터너는 부두 끝에 홀로 서 있었다.

터너는 고래를 떠올렸다. 가까우면서도 캄캄한 바다 건너 닿을락말락한 거리에 있던 고래. 고래는 달빛을 받아 살갗이 하얗고 검은색으로 반짝반짝 빛났고, 거대한 지느러미들은 바다를 철썩철썩 때렸으며, 그리고 그 눈은…… 그 눈은.

하지만 지금 자신을 바라보고 있는 것은 핍스버그 제일회중교회의 무수한 교인들의 눈이었다. 터너는 죄책감이 짙은 안개처럼 자신에게 움직이고 있다는 걸 알았다. 정말로 눈에 보이는 듯했다. 정의롭고 완벽한 월리스 허드가 아무렇지도 않게 터너의 옆을 지나갔지만 안개는 뱀파이어처럼 자신을 휘감으며 이렇게 속삭였다.

"너는 우리와 어울리지 않아."

부두 끝에서 터너의 아버지가 군중을 뚫고 다가왔다. 아버지는 마치 거기에 아무도 없다는 듯 천천히, 의미심장하게 다가왔다. 터너는 꼼짝 않고 서서 아버지를 기다렸다. 터너는 부두 위를 걷는 아버지의 발소리를 느낄 수 있었다.

"그래, 무사하구나."

벅민스터 목사가 말했다.

"네."

"너와 같이 있던 아이는?"

"다쳤어요. 지금 그 애 할아버지와 같이 있어요."

벅민스터 목사가 고개를 끄덕였다.

"네 어머니가 화가 많이 났다. 집으로 가자."

그들은 부두를 걸어 나갔다. 터너는 아버지의 조금 뒤에서 걸었지만 뱀파이어 안개는 해변 위까지 터너를 따라왔다. 두 사람은 제일회중교회를 지나 파커 헤드 거리를 건너 목사관에 이르렀다. 목사관 앞 현관 맨 위 계단에서 어머니가 기다리고 있었다. 어머니는 서둘러 터너를 집 안으로 데리고 들어갔고, 지금껏 한 번도 들어 본 적이 없는 커다란 소리로 울음을 터뜨렸다.

온갖 질문 공세가 이어졌고, 대답을 하는 내내 어머니는 터너를 어루만져 주었다. 부모님의 말로는 터너가 탔던 나룻배가 볼드 헤드를 돌아나가는 모습이 목격되었고, 그 숨 막힐 듯한 소식이 핍스버그로 전해진 뒤로 어둠이 내리기 전에 두 사람을 찾아내기 위해 핍스버그 부두에 정박해 있던 배들의 절반 이상이 찾아 나섰으며, 그 모든 것이 허드 부자의 신실한 노력 덕분이었다고 했다.

마침내 침묵이 찾아왔고, 벅민스터 사모가 자리에서 일어섰다.

"그만하면 됐어요. 터너 배고프겠어요. 우리도 뭐든 먹어야 하잖아요. 이제 소동은 끝났어요."

어머니는 잠시 터너를 돌아보았고, 주방으로 들어가기 전에 다시 한 번 뒤돌아 터너를 바라보았다.

"터너."

벅민스터 목사가 조용히 불렀다.

터너는 아버지를 바라보았다. 터너는 속으로 생각했다. 아버지는 폭발할 거야. 온 힘을 다해 참고 있지만 이제 곧 폭발하실 거야.

"터너, 그 흑인 여자애랑 대체 뭘 하고 있었던 거냐?"

"그 애가 다쳤어요. 그래서 섬에 데려다 주려고 했어요."

"아버지 말은 그게 아니야. 무슨 말인지 알잖아. 애초에 뭘 하고 있었어?"

아버지에게 무어라 말할 수 있을까? 둘이서 함께 바닷바람을 뒤쫓았으며, 등 뒤로는 온 대륙을 맞대고 있었다고 어떻게 설명할 수 있단 말인가?

"터너, 그 섬에는 목사의 아들과 어울릴 만한 자가 아무도 없다. 단 한 사람도. 섬에서 무슨 일이 일어나는지는 아무도 몰라. 하지만 무슨 일이 있든 간에, 제대로 된 정신을 가진 사람들은 아니라는 거다. 아버지 말 알겠니, 터너? 알겠어?"

"리지는 안 그래요. 제대로 된 정신을 가진 사람들이 무슨 생각을 하는지 몰라도, 리지는 안 그렇다고요."

"너는 어려, 터너. 그자들이 어떤 식으로 너를 끌어들이고, 어떻게 자기들 생각대로 조종하려고 하는지 너는 몰라. 너는 오늘밤 하마터면 목숨을 잃을 뻔했다."

"그럼 그 애가 바닷가에서 피를 흘리게 내버려 둬야 했나요?"

"애초에 바닷가에 가지 말았어야지. 뭐가 됐든 이곳에서 다른 남자애들이 하는 걸 해야지. 야구를 해도 좋고, 수영을 해도 좋고, 뭐든 그 애들이 하려는 일을 해야지. 헌데 너는 바닷가로 내려가 흑인 여자애랑 놀다가 조류에 휩쓸려 가지 않았느냐."

"그런데 아버지를 자기들 생각대로 조종하려고 하는 사람들이 오로지 말라가 섬 사람들뿐인지 모르겠군요."

터너가 천천히 말했다.

"이제는 버릇없기까지 하구나."

터너는 자리에서 벌떡 일어섰다. 문득 아버지가 전보다 훨씬 더 작게만 느껴졌다. 터너가 기억하던 아버지의 모습은 얼마 남아 있지 않았다.

그 어색한 순간을 거북함으로 마저 채워 줄 이는 바로 전지전능한 존재인 스톤크롭 씨였다. 스톤크롭 씨는 자신의 역할을 해내고도 남았다. 스톤크롭 씨는 마을에서 차지하는 자신의 중요성, 교회에서의 중요성, 그리고 자신이 수행하는 임무의 중요성을 감안한다면 주일마다 십일조와 헌금을 바치는 목사의 집에 언제든 들어올 권리가 있다고 생각하며 문을 두드림과 동시에 현관문을 덜컥 열어젖히고 달려 들어왔다.

"벅민스터!"

스톤크롭 씨가 큰 소리로 외쳤다.

"벅민스터!"

주방 밖으로 나오지는 않았지만 늦은 저녁을 준비하는 사모의 쇠 냄비에서 쨍하는 소리가 날카롭게 두 번 울렸다. 동시에 스톤크롭 씨의 존재가 응접실을 가득 채웠고, 벅민스터 목사와 터너 둘 다 무슨 말을 하기도 전에(심지어 두 사람 다 무슨 생각이라는 걸 하기도 전에) 스톤크롭 씨는 출항했던 배가 모두 부두로 되돌아왔으며, 검둥이 여자아이는 펠햄 박사에게 갔는데 대여섯 군데 꿰매기는 했지만 그게 전부이며, 진료비는 마을 앞으로 청구

될 예정인데 적은 돈은 아닐 거라며 탄식을 늘어놓았다. 스톤크롭 씨가 분개했다.

"늘 이런 식이지 뭡니까. 하느님은 말라가 거지한테 무슨 일이 일어나든지 가만 내버려 두시고, 결국 그 비용은 핍스버그가 다 떠맡지 않습니까. 그건 치욕입니다."

"진료비는 제가 낼 겁니다."

벅민스터 목사가 말했다.

"그래야 마땅하지요. 제일회중교회에서는 목사의 아들이 검둥이 여자애와 대체 배 안에서 뭘 하고 있었는지 하나같이 의아해 하고 있습니다."

스톤크롭 씨가 말했다.

"그 애가 다쳐서 섬으로 데려다 주고 있었답니다. 조류에 휩쓸릴 거라고는 생각하지 못했겠지요."

스톤크롭 씨가 한쪽 눈썹을 치떴다.

"신도단에서는 애초에 바닷가에서 그 애와 뭘 하고 있었는지도 의아해 할 겁니다."

"글쎄요, 순리대로 생각하겠지요."

벅민스터 목사가 대답했다.

"목사, 신도단에서는 곧 의견을 표명할 것이며, 목사에게 바라는 바 또한 전달할 겁니다."

스톤크롭 씨는 이렇게 쏘아붙였고, 그 말은 가시철조망처럼 벅민스터 가족을 옥죄었다.

주방 문이 열렸다.

"파이 드실 분?"

벅민스터 사모가 떨리는 목소리로 물었다.

그들은 블루베리 파이를 앞에 두고 앉았다. 스톤크롭 씨는 고맙다고 인사하고는 가정 교육에 대해 훈계를 했다. 예로부터 배는 단단히 주조해야 하고, 말썽꾸러기는 붙들어 매어 놓아야 하며, 달아난 망아지는 우리에 가둬 놓아야 한다고.

"목사님 댁이 질서가 잡혀야 교회도 질서가 잡힙니다. 목사님 댁이 혼란스러우면 교회도 혼란스럽습니다."

스톤크롭 씨는 종교적 신조를 담은 어투로 한바탕 연설을 늘어놓았고, 스스로도 만족스러운 듯 미소를 지었다.

내일 아침에 펠햄 박사의 진료비 청구서를 보내 주겠다는 말을 남기며 마침내 스톤크롭 씨가 집에서 나갔다. 그러자 식구들 모두 천천히, 조용히 한숨을 내쉬었다.

"파이를 다 먹었네. 자기 혼자서 반이나 먹었잖아."

터너의 어머니가 말했다.

"목사, 신도단에서는 곧 의견을 표명할 것이며, 목사에게 바라는 바 또한 전달할 겁니다."

벅민스터 목사가 되풀이해 말했다. 터너의 어머니가 목사의 팔꿈치를 잡았다.

"목사, 신도단에서는 목사에게 '바라는' 바 또한 전달할 겁니다."

141

목사는 오래도록 아들을 바라보았다. 벅민스터 목사는 아들의 어깨에 한 손을 올렸다. 그러더니 이렇게 말했다.

"이런 세상에, 터너, 너 요즘 정말 많이 컸구나."

그날 밤 터너가 잠자리에 들었을 때는(남은 블루베리 파이를 해치운 다음 간단히 저녁을 먹고 나서) 이미 은빛 달이 진 뒤였다. 질주하는 별들은 저마다 타는 듯한 하얀 가슴을 부풀렸다. 터너는 창문 너머로 별들을 바라보았다. 별들이 부풀어 오르는 모습이 정말로 눈에 보이는 듯했다. 어둠 속에서 뱃사람의 뿔피리 소리가 들려왔고, 조금 있으니 더 높은 음조의 또 다른 뿔피리 소리가 이어졌다. 앞뒤로 번갈아 가며 들려오는 두 개의 뿔피리 소리는 광대한 어둠에 용감히 맞서며 서로에게 이야기했다.

바로 그날 밤 터너는 고래를 만질 뻔했다.

제6장

이튿날 아침, 말라가 섬이 다시 한 번 금지 구역으로 선포되었지만 터너는 놀라지 않았다.

아버지가, 그리고 어머니가 아침을 먹는 동안 '금지'라는 말을 네 번이나 되풀이해서 말할 때에도 놀라지 않았다.

아버지가 제일회중교회에서 주일 아침 예배의 '마을 소식란'을 유심히 들여다보고, '우리 마을의 경제적 번영을 증진시킬 새로운 사업'을 조사할 핍스버그 모임을 구성하겠다고 발표할 때에도 터너는 놀라지 않았다.

하지만 아버지의 설교 제목을 보고 그만 깜짝 놀랐다. '여리고의 몰락*', 터너가 보기에는 새로 온 목사의 첫 번째 설교 제목으로는 어울리지 않는 듯싶었다.

터너는 야곱의 돌베개**만큼이나 딱딱한 맨 앞줄 좌석에 앉아

---

* 성경에서 '여리고의 몰락'은 죄 또는 죄의 왕국의 기반이 허물어 내렸다는 뜻으로 해석된다.
** 나그네가 되어 먼 길을 가는 이삭의 아들 야곱이 들길에서 돌베개를 베고 자다 꿈을 꾸었다. 하늘의 천사들이 사다리를 오르내리는 가운데 하느님께서 축복을 베풀어 주신 꿈으로. 야곱은 잠에서 깨어나 그 자리에 돌단을 쌓았다고 한다.

있었고, 가끔씩 몸을 들썩여 굳어진 엉덩이를 풀어 주었다. 제단 둘레는 지난 며칠간의 끈적끈적한 열기를 그대로 머금고 있었다. 빳빳이 풀을 먹인 새하얀 칼라에 빳빳이 풀을 먹인 새하얀 셔츠를 입고 있는 사람이라면 그 누구라도 질식시키고도 남을 정도였다.

터너는 제일회중교회의 모든 신도들의 눈이 빳빳이 풀을 먹인 자신의 목을 뚫어져라 응시하고 있다는 걸 느꼈다. 콥 할머니의 분노를 느꼈다. 스톤크롭 씨의 경멸을 느꼈다. 부디 허드 할머니의 파리한 눈빛을 느낄 수 있기를 간절히 바랐지만 허드 할머니는 교회에 나오지 않았다. 하지만 허드 집사 가족은 통로 건너 다른 열의 맨 앞줄에 앉아 있었다. 터너가 앉은 자리에서는 윌리스의 코가 멀쩡한지 잘 보이지 않았다.

터너는 그 반대이기를 바랐다.

예배 중인 모든 신도들이 제발 안내인들이 시원한 레모네이드라도 한 잔씩 돌려 주었으면 하고 바랄 때까지도 설교는 끝나지 않았다. 그때 작고 노란 호박벌 한 마리가 윙윙거리며 설교대 둘레를 무심히 날아다니는 모습이 눈에 띄었다. 목사는 히브리 군대의 제사장들이 행군을 조직한다는 부분을 한창 설교 중이었다. 무심히 날아다니던 호박벌은 장미창 하나에 자리를 잡고 앉아 잠이 들었다. 터너는 만약 잠에서 깨어난 호박벌이 어떤 중요한 순간에, 이를 테면 여리고의 뿔나팔 소리가 울려 퍼지는 순간 아버지를 쏘기로 마음먹는다면 과연 어떤 일이 벌어질까 혼자 상상해 보았다. 그러다 방향을 틀어 허드 집사에게 달려들면, 호박벌에 쫓긴 허드 집사가 통로를 따라 달아나며 고함을 지르다 허공에 대고 손으로 쳐 대며 야단법석을 피우는 광경을 머릿속으로 그려 보았다.

터너는 허공에 대고 손으로 쳐 대는 장면, 바닷가에서 바위에 대고 쳐 대는 장면, 리지 브라이트 그리핀, 야구공을 주고받는 장면, 조개를 캐는 장면, 그리고 바닷가에 앉아 고래의 거대한 호흡처럼 파도가 들어왔다 나가는 풍경을 바라보는 장면을 차례로 상상해 보았다.

그 모든 게 다 거짓이라는 말인가?

터너는 고래를 만질 뻔했다.

어느덧 여리고의 고난에 다다른 설교는 이제 본격적인 궤도에 오르고 있었다. 벅민스터 목사가 높이 외쳤다. 하느님의 선과 완전한 목적을 이루어 내기 위해, 당신의 손이 되도록 히브리의 제사장들을 여리고의 성벽으로 불러 모으셨습니다. 목사는 잠시 숨을 돌린 다음 목청을 가다듬었다. 벅민스터 목사는 조금 더 뜸을 들였다가 다시 한 번 목청을 가다듬었다. 목사는 사모를 내려다보았다. 하지만 이내 다른 곳으로 시선을 돌렸다.

"이와 똑같이 하느님은 당신의 손이 되도록 핍스버그의 선민들을 부르십니다. 이는 우리들 안에 자리 잡은 타락과 부패를 괴멸하기 위함이며, 당신의 백성들을 당신이 말씀하시는 그곳으로 불러 모으기 위함입니다. 여리고가 파괴되어 인간 역사 속으로 사라져 버린 것과 똑같이, 믿음의 신도들이 약속의 땅을 차지한 것과 똑같이 우리는 유익이 되지 않는 것, 선하지 않은 것, 기쁨을 주지 않는 것을 괴멸시켜야 하며 우리 자신의 약속된 미래를 차지해야 할 것입니다."

터너는 옆에서 어머니의 몸이 굳어지는 걸 느꼈다. 어머니는 손을 뻗어 터너의 손을 잡았다.

"아멘."

벅민스터 목사가 말했다.

"아멘."

터너와 터너의 어머니 뒤에서 스톤크롭 씨가 따라 말했다.

오르간은 대단히 느리게 마지막으로 우울한 찬송가를 연주했다. 네 소절이 끝나자, 한두 악구를 더 연주하다 회중들 뒤에서 한숨짓듯 잦아들었다. 벅민스터 목사는 설교대를 내려와 통로를 따라 앞으로 나아갔다. 벅민스터 사모와 터너가 뒤를 따랐고, 목사 옆에 나란히 서서 달갑지 않은 악수와 아는 척하는 눈빛들을 견뎌 냈다. ("쟤가 정말 검둥이하고 만으로 들어갔단 말이야?")

윌리스는 터너를 쳐다보지도 않고 지나갔다. 사실 대부분의 회중 또한 마찬가지라서 터너는 더 이상 손을 내밀지 않았다. 그리고 모든 게 끝났을 때, 터너는 쑥덕거리는 무리들을 뚫고 목사관으로 내달렸다. 목사관에서는 푸른 바닷바람이 깔깔거리고 빙그르르 돌며 터너를 바다로, 바닷가로 초대했다.

오, 하느님, 부디 말라가 섬이 모두 거짓이 아니기를!

하지만 메인 주 핍스버그에 사는 목사의 아들은 안식일에 바닷바람을 따라 바닷가로 나갈 수 없다. 금지된 바닷가로는 더더욱.

그래서 터너는 점심을 먹는 내내 조용하고 차분하게 보냈다. 그리고 오후 내내 더욱 더 조용하고 차분하게 그대로 자리를 지켰다.

야구가 야구다운 보스턴에 있었더라면 홈 플레이트에 서서 코로는 잔디와 가죽 냄새를 맡고, 두 손에는 방망이의 끈끈한 송진을 느끼며, 날아오는 하얀 공을 기다리고, 기다리고, 기다려 1루수를 지나 신나게 달음질쳤을 텐데.

그 대신 터너가 책을 좀 읽고, 집 안을 좀 활보하고, 창밖을 좀 내다 보며 하느님은 왜 주일 오후를 이토록 따분하고 끔찍하게 만들어 놓으셨을까 의아해 하는 사이 느릿느릿한 찬송가처럼 조용하고 차분한 오후가 지나갔다.

집 안에서 뱅뱅 도는 터너를 보다 못한 어머니가 결국 터너를 밖으로 내보냈다. 어머니는 '금지'라는 말을 딱 한 번밖에 쓰지 않았다. 터너는 양손을 주머니에 넣고 아무 데나 쏘다녔다. 그러다 목사의 아들은 주머니에 손을 넣고 다니면 안 된다는 사실이 떠올라 얼른 주머니에서 손을 빼고 말라가로 이어지는 파커 헤드 거리로 내려갔지만, 그곳은 금지 구역이라는 사실을 잘 알고 있었다. 혹시 세이어 초원에서 야구 시합이라도 있는지 알아볼까 잠시 망설였다. 한 번의 끝내주는 안타를 위해서라면 안식일을 어기는 위험도 감수할 터였다. 좌익수 방면으로 날아가는 1루타에 불과할지라도. 하지만 윌리스와 그 무리들로부터 받을 대접을 생각하니, 그런 마음이 순식간에 사라져 버렸다. 그런데다가 어느새 바닷바람이 다시 뛰어올라 와 터너를 말라가 섬으로 잡아끌었다.

몰래 빠져나가려는 자신을 기다리기라도 한 듯, 당신의 할아버지가 만든 울타리 문 옆에 버티고 서 있는 콥 할머니가 아니었더라면, 지난밤의 매미나방들처럼 그 얼마나 많은 '금지'라는 단어가 이리저리 떠돌아다녔을지 모를 일이었다.

"어머니가 핏자국을 다 빼주셨구나."

"네, 할머니."

"네가 그렇게 밖으로 나다니며 난리를 피우고 다니니 네 어머니가 고생이 많구나. 더구나 목사님 아들이."

터너는 오늘 하루를 되돌아보았다. 그리고 오늘 하루, 하느님의 기대에 부응하기 위해 감당해야 했던 많고 많은 시련들의 목록에 한 가지를 더 추가했다.

"그래, 목사님 말씀이 네가 오르간을 칠 줄 안다던데, 들어와서 연주해 주면 좋겠구나."

"할머니, 저는 그러려고 온 게 아니라……."

"뭐라고? 네가 발칵 뒤집어 놓은 집 할머니한테 평화를 가져다주려고 찾아온 게 아니란 말이냐? 네가 온 이유가 그게 아니야?"

터너는 한숨을 내쉬었다. 터너는 손가락 끝으로 셔츠 깃을 매만지며 할머니를 따라 감옥 같은 집으로 들어섰다. 아버지는 왜 괜찮은 직업을 택하지 않으셨을까 그저 안타까울 따름이었다. 아버지가 열차 차장이었다면. 식구들과 함께 기차를 타고 미지의 세계를 찾아 떠나는 열차 차장이라면.

콥 할머니는 말 털 의자에 앉아 조급하게 오르간을 가리켰다.

터너는 오르간 의자에 앉았다. 의자에 등을 기대는 할머니의 뼈에서 삐걱대고 딱딱거리는 소리가 들려왔다. 터너가 오르간의 페달을 밟자, 오르간 속 후덥지근한 공기가 터너 주변에 먼지를 뿌렸다.

"잊지 않았겠지? 내가 마지막 말을 하면 네가 받아 적기로 했잖니."

콥 할머니가 말했다.

"네, 할머니. 할머니가 말씀하시는 대로 받아 적을게요."

"오르간 위에 종이가 있다. 옆에 펜과 잉크도 있어. 따로 꾸밀 필요는 없을 거야, 근사한 말일 테니까."

터너는 고개를 끄덕였다. <조용히 흔들려라, 사랑스런 마차여>*는 연주하지 않을 생각이었기 때문에 대신 <우리 강가에서 만납시다>**를 골랐다. 그런데 혹시 할머니가 이 곡을 '죽음에의 초대'로 간주할 수도 있겠다는 걱정이 뒤늦게 들었다. 하지만 할머니가 노래에 맞추어 콧노래를 부르는 소리가 들리자 계속해서 2절을 연주했고, 이어서 3절, 그리고 마지막 후렴을 연주할 때에는 몸을 돌려 할머니를 바라보았다. 할머니는 눈을 감은 채 콧노래를 불렀고, 다문 입에는 미소를 머금고 있었다. 터너는 '한때는 할머니에게도 행복했던 시절이 있었겠구나.'라고 생각했다.

---

* 구약 성경 시대의 예언자인 엘리야가 불의 마차를 타고 승천한 것을 묘사한 흑인 영가. 미국 흑인들의 장례식에서 흔히 불리던 노래이다.
** 미국의 로버트 로리(Robert Lowry)가 1864년도에 작사, 작곡한 성가로 장례식에서도 불리지만 희망적인 내용도 담고 있는 곡이다.

콥 할머니는 그날 오후에 유언을 남길 필요가 없었다. 터너는 계속해서 찬송가를 연주했다. 할머니가 후렴구를 따라서 흥얼거리면 서너 절을 되풀이해서 연주했고, 되도록 험난한 세상을 떠나는 기쁨을 나타내는 곡들은 피하려고 조심했다. 발을 구르는 소리가 들리자, 속도를 높여 보았지만 할머니는 절대로 박자를 놓치는 법이 없었다. 마침내 리듬이 경쾌한 <물살이 빠른 강이 흐를 때>로 연주를 마무리 지었다. (반음이 네 개나 되는 곳을 틀리지 않고 경쾌하게 연주하기란 쉽지 않았다.) 그러자 할머니는 진짜로, 정말로, 진심으로, 마음에서 우러나오는 박수를 보냈다.

터너는 인류의 종말이 온다 해도 그보다 더 놀라지는 않았으리라.

콥 할머니네 집에서 나올 무렵, 태양은 여전히 높이 떠 있고, 터너의 그림자는 여전히 작았으며, 장난기 많은 바닷바람도 대문 옆을 맴돌며 아직 터너를 기다리고 있었다. 이제는 자신을 가로막을 콥 할머니도 없었다. 터너는 바닷바람을 따라 파커 헤드 거리를 걸어 내려갔지만 바람은 해변을 앞두고 차츰 잦아들었다. 소나무들을 지나 덤불을 통과하는 내내 코로 바다 냄새가 풍겨오고, 귀로는 말라가가 거짓이 아니라는 것을, 메인 주를 통틀어 자신을 바보 취급하지 않는 어떤 한 사람이 있다는 걸 말해 주는 희망의 노랫소리가 들려왔다.

해변으로 내려갔을 때는 밀물이 밀려들고, 갈매기들이 원을 그리며 맴돌고 있었으며, 뉴메도우즈 강이 높고 거세게 흘러 마땅히

서 있을 만한 곳이 없었다. 바다 건너에서는 말라가의 소나무들이 터너를 향해 가지를 흔들어 주었다.

하지만 섬 해변에는 아무도 보이지 않았다.

말라가 섬이 그토록 멀어 보인 적은 처음이었다.

터너는 혹시나 리지가 곶 주변으로 나오지 않을까 싶어 기다려 보았다. 터너는 파도를 세며 파도가 스물다섯 번 들어오면 돌아가야겠다고 혼잣말로 중얼거렸다. 파도를 센 다음에는 물수제비를 떴고, 이번에는 일곱 번을 팅기면 돌아가야겠다고 혼잣말로 중얼거렸다. 터너는 열한 번을 팅겼다. 다음에는 갈매기 쉰 마리를 세었다. 거의 한꺼번에 날아왔을 때만 빼고. 더 이상 셀 게 없자, 터너는 땅거미만큼이나 무거운 외로움을 등에 이고 바위 턱으로 기어 올라왔다.

바닷바람이 이미 그날의 열기를 서둘러 몰아낸 뒤라 터너가 다시 파커 헤드 거리로 돌아왔을 때는 몸이 부들부들 떨렸다. 허드 할머니가 현관 앞에 나와 터너에게 손을 흔들었다. 터너는 문득 이제부터는 이것이 자신의 삶이 되는 건가 하는 생각이 들었다. 파커 헤드 거리를 내려가 콥 할머니를 만난 다음, 텅 빈 말라가 섬으로 가는 해변으로 걸어 내려갔다가, 도로 걸어 올라와 허드 할머니를 만나는. 그러한 날들은 지독히도 길게 이어지리라.

"길 건너에서 오르간 소리가 들리더구나."

허드 할머니가 큰 소리로 말했다.

"네, 할머니. 콥 할머니 댁에서요."

"별 볼일 없는 릴리안 우드워드보다 네가 훨씬 낫더구나. 남북 전쟁 이래로 그 여자가 장송가보다 빠르게 연주하는 곡을 들어 본 적이 없으니, 원."

"교회에서 못 뵀는데요."

허드 할머니는 빙그레 웃으며 터너에게 한쪽 눈을 찡긋했다.

"머리칼이 이렇게 세기 전에는 주일을 꼭 지켰지만, 세월만 흘렀지 좋은 설교가 없더구나."

그러면서 터너 앞에서 딱 하고 두 손가락을 튕겼는데, 팍팍하면서도 부드러운 소리가 났다.

"그래서 어느 날 아침, 잠에서 깨어나 앞으로는 교회에 가지 말아야겠다, 이렇게 마음을 먹었단다. 생각해 봐라, 터너 3세. 소중한 주일을 굳이 그렇게 끔찍하게 보낼 이유가 없지 않니?"

터너는 자신의 머리가 하얗게 세어 버린 뒤라야, 끔찍한 일요일에서 해방되는 걸까 생각했다.

허드 할머니가 재빨리 덧붙였다.

"네 아버지가 끔찍하다는 얘기는 아니야. 난 그냥 안식일을 집에서 지내는 게 습관이 됐을 뿐이란다."

허드 할머니는 손을 동그랗게 말아 주먹을 쥐고는 가슴을 톡톡 쳤다.

"여기가 하느님이 말씀하시는 곳이란다. 여기가 내가 하느님의 말씀을 듣는 곳이지."

갑자기 따스한 바람이 불어와 두 사람을 감쌌다. 하지만 허드 할머니의 늙고 창백한 손을 지켜보며, 그 놀라운 주먹을 지켜보며 터너는 온몸이 떨렸다. 그는 아버지라면 허드 할머니에게 무어라 응답할지 생각해 보았다. 아버지는 자신이 허드 할머니와 나누는 말들을 과연 믿을지, 진정으로 믿을지 의심스러웠다.

"너는 내가 사악하다고 생각하니?"

할머니가 물었다.

"아무리 노력해도 할머니는 사악해질 수 없을 것 같아요."

"이런, 그건 그렇게 어렵지 않단다. 전혀 노력할 필요가 없지."

"허드 할머니, 제가 콥 할머니 댁에 연주하러 올 때마다 할머니를 위해서도 연주한다고 생각해 주세요."

할머니가 터너를 보며 빙긋 웃었다.

"터너, 그렇게 해 준다면 나한텐 아주 커다란 선물이 되겠구나. 그럼 〈이 세상 떠나도 나에게는 친구들이 있다네〉를 연주해 주렴."

"콥 할머니에게 죽음에 대한 찬송가는 연주해 드리지 않으려고 하는데요."

"오, 하느님! 터너 3세, 콥 부인은 나와 나이가 엇비슷하단다. 한시도 죽음을 떠올리지 않을 때가 없지. 그리고 어차피 부인한테는 친구도 없단다."

"하지만 제가 오르간을 연주하는 동안에는 콥 할머니가 죽음을 생각하지 않으셨으면 좋겠어요."

허드 할머니는 터너의 말을 듣고 잠시 생각에 잠겼다. 할머니가 마침내 동의했다.

"그래, 네가 연주하는 사이에 콥 부인이 죽기를 바라지는 않겠지. 그렇게 죽으면 곤란하지. 그런데 만약에 말이다, 네가 〈이 세상 떠나도 나에게는 친구들이 있다네〉를 연주하는 동안 부인이 죽더라도 꼭 후렴구까지 다 마친 다음에 부인의 얼굴을 덮어 주어야 한다."

"허드 할머니! 그건 사악해요!"

"뭐, 그럼 잠깐 연주를 멈추고 얼굴을 덮어 주면 되겠구나. 하지만 다시 돌아가서 꼭 후렴구까지 연주해야 한다."

설령 약속을 해도 그럴 가능성은 희박할 것 같아 터너는 그렇게 약속했다.

"봐라, 터너 3세, 너도 나만큼이나 사악하잖니. 연습할 필요도 없다."

터너는 미소를 지었고, 우울한 주일의 우울한 오후 가운데 어느 정도는 보상을 받은 기분이었다.

터너는 현관 계단을 오르며 하마터면 휘파람을 불 뻔했다. 현관문을 열고 들어갈 때는 확실히 휘파람을 불고 있었다. 하지만 아버지가 앞으로 두 걸음 성큼성큼 걸어와 손을 들어 자신의 뺨을 세게 내리쳤을 때는 휘파람을 불고 있지 않았다.

터너는 어안이 벙벙하여 그대로 서 있었다. 몸이 점점 뻣뻣하게 굳어 왔고, 놀라움과 수치, 그리고…… 분노로 온몸이 부들부들 떨렸다.

"바로 그 기분이다. 매번 네가 아버지에게 창피를 줄 때마다 느끼는 기분이 바로 그 기분이란 말이다. 너는 '금지'라는 게 무슨 뜻인지 알고는 있냐, 터너? '금지'란 말을 제대로 이해는 하냔 말이다. 너는 말라가 섬에 가는 것을 '금지' 당했다. 절대 금지. 그보다 더 확실한 말은 없지. 그런데 윌리스 허드가 와서 아버지에게 부탁하는 말이, 네가 섬에서 돌아오면 언제든 환영이니 자기와 다른 친구들이 있는 부둣가로 오라고 전해 달라더군. 그래서 내가 말했지. '아니, 터너는 섬에는 갈 수 없다.' 하지만 윌리스 말이 네가 파커 헤드를 내려가는 걸 봤다고 하더구나. 파커 헤드는 말라가로 이어지니까, 자기 생각에는 네가 거기로 가고 있는 것 같다고 말이야."

아버지가 말했다.

터너는 윌리스의 코가 완전히 오른쪽으로 찌그러져서 코를 후빌 수도 없을 정도가 됐으면 좋겠다고 생각했다.

"사실이냐, 터너? 말라가 섬에 갔었어?"

"바닷가에 갔었어요. 섬으로 건너가지는 않았어요."

터너가 대답했다.

"너는 아버지의 말을 어겼다."

터너는 이 부분은 변명의 여지가 없다고 생각했다.

"네."

"이유를 물어도 될까? 새로 온 목사를 난처하게 만들 작정이 아니라면 무슨 다른 의도라도 있는 거냐?"

"사실인지 알고 싶어서 그랬습니다."

"뭐가 사실이라는 말이냐?"

"리지가 정말 저한테 거짓말을 하고 있는 건지 알고 싶었어요. 리지가 원했던 게 오로지 나를 자기편으로 끌어들여서 섬을 떠나지 않아도 되게 하려고 한 건지 알고 싶었다고요."

벅민스터 목사는 한숨을 내쉬었다.

"사실이고 아니고는 중요하지 않아. 마을 사람들이 그것을 어떻게 생각하느냐가 중요해. 내 아들이 말라가 섬으로 흑인 여자애를 만나러 갔을 때, 신도들이 그것을 보며 무슨 생각을 하고, 아버지에게 와서 무슨 말을 하느냐가 중요하다 이 말이다. 그 애가 너한테 무슨 생각을 가졌느냐는 하나도 중요하지 않아."

"저한테는 중요해요."

터너가 조그만 소리로 중얼거렸다.

"큰 소리로 말해!"

"저한테는 중요해요!"

열에 들뜬 호랑이처럼 사나운 침묵이 방 안을 동그랗게 감쌌다. 호랑이는 탐욕스레 찰싹찰싹 꼬리를 때리며 두 사람을 향해 빙빙 돌고, 돌고, 또 돌았다. 터너는 호랑이가 발톱을 잔뜩 내민 채 언제든 덤벼들 준비를 마친 것처럼 느껴졌다.

그리고 마침내 호랑이가 덤벼들었다.

"'금지'는 '금지'다. 앞으로 이 주간 외출 금지다, 터너. 네가 섬에 가지 않을 거라는 사실을 아버지가 믿을 수 없으니, 직접 내 눈으로 너를 감시할 수밖에 도리가 없지. 예배드릴 때 말고는 집 밖으로 한 발짝도 나가지 마. 그 말은 오늘처럼 바닷가에도 가면 안 된다는 뜻이다."

"걔네들 오늘 바닷가에 안 나왔어요."

"큰 소리로 말해, 터너. 벌 받는 꼬마처럼 중얼거리지 말고."

"걔네들은 오늘 빌어먹을 바닷가에는 안 나왔다고요!"

다시 한 번 침묵.

"자기 입도 깨끗하게 관리하지 못하는 아이라면, 윌리스 허드의 말을 믿는 편이 나을 것 같구나!"

벅민스터 목사는 호통을 친 다음 응접실 밖으로 사라졌다.

그날은 결국 최악의 일요일로 기록되었다. 당분간 오늘을 능가할 만큼 끔찍한 일요일을 만나기는 힘들 듯싶었다.

* * *

터너는 미지의 세계로 떠날 가능성이 점점 줄어드는 것 같았다. 하지만 날이 갈수록 차츰 감금 생활에 적응하면서 한 가지 사실에 위안을 받았다. 딱히 어째서라고 설명하기는 힘들지만, 어쨌든 리지는 절대로 자신에게 거짓을 말하지 않았고, 말라가도 진실 그 자체라고 터너는 점점 더 확신했다.

그리고 또 하나의 위안거리가 있었는데, 그것은 예기치 못했던 곳에서 찾아왔다. 사흘이나 터너가 찾아가지 않자, 콥 할머니가 직접 목사관으로 찾아와 터너가 아팠냐고 물었다. 터너가 아프지 않다는 사실을 알고 나자, 콥 할머니는 터너가 오르간을 연주해 주러 와도 괜찮은지 물었다. 터너의 어머니는 승낙했다. 터너는 아버지가 이 문제를 어떻게 허락했는지에 대해서는 아무 말도 듣지 못했고, 묻지도 않았다.

터너는 매일 오후 어슬렁거리며 콥 할머니네 집으로 내려갔다. 구경거리가 많은 건 아니었다. 하지만 바닷바람이 있었고, 노랗고 붉은 빛으로 물들어 가기 시작하는 나무들이 있었다. 그렇게 느릿느릿 할머니네 집 울타리에 이르면, 콥 할머니는 매일같이 문 앞에 나와 언짢고 불편한 낯으로 터너를 기다렸다. 처음 한두 곡 연주할 때까지도 불편한 기색을 감추지 않다가 차츰 곡을 따라 흥얼거리기 시작했고, 〈공화국 찬가〉*에 이르면 마침내 노래를 불렀으며("영광, 영광, 할렐루야!") 떨리는 목소리는 계속해서 높아졌다. ("영광, 영광, 할렐루야! 주의 진리로써 진군하는도다.")

'영광, 영광, 할렐루야'가 끝나면 터너는 흘깃 눈을 돌려 할머니의 건강 상태를 확인했고, 할머니가 여유 있고 기운이 넘치면 〈이 세상 떠나도 나에게는 친구들이 있다네〉를 연주했다. 처음에는 천천히 시작했다가 차츰 소리를 높여 길 건너편에 사는 허드 할머니까지 들을 수 있게 최대한 큰 소리로 연주를 마쳤다.

그렇게 매일 오후 연주가 끝나면 할머니는 언짢은 기색은 온데간데없이 사라지고, 의자에 등을 기대며 미소를 지었다.

---

* 남북 전쟁 당시 북군의 군가로 쓰였던 성가로, 우리나라에서 〈영광 영광 대한민국〉이 된 노래이다.

"또 하루를 무사히 보냈구나."

콥 할머니가 말했다.

"아직 마지막 말씀은 없으셨어요."

터너가 동의했다.

"알고 보니 너도 괜찮은 구석이 있구나, 터너 벅민스터. 내 마지막 말은 네가 들었으면 좋겠구나."

그러면 터너는 특권이라도 얻은 듯 왠지 모를 기쁨에 고개를 끄덕이며(반드시 그래야겠다는 마음이 크지는 않았지만) 집을 나섰다. 터너는 허드 할머니에게 손을 흔들어 주곤 했다. 허드 할머니는 때로는 현관 앞 흔들의자에 숄을 걸치고 앉아서, 때로는 창가에 앉아서 자신을 지켜보았다. 그러면 터너는 머리 위로 비늘구름이 펼쳐진 늦은 오후, 차가운 기운이 마을에 내려앉을 무렵 천천히 집으로 돌아갔다.

어느 날 오후, 또 한 번의 우울한 주일이 끝났다. 터너는 콥 할머니네 집에서 나와 터너를 말라가 섬으로 밀고 가기로 마음먹은 바닷바람을 외면한 채 집으로 걸었다. 바람은 터너의 주변을 뛰어다니며 귀를 끌어당겼다. 바람은 도로에서 먼지를 일으켜 터너의 얼굴에 뿌리며 돌아서라 재촉했고, 터너가 몸을 기대자, 갑자기 몸을 빼더니 깔깔거리며 터너를 등 뒤에서 밀어 댔다. 하지만 터너는 '금지'라는 말이 무거운 종소리처럼 귓가에 울려 도저히 말라가 섬으로 갈 수 없었다. 그러자 바닷바람은 느닷없이 마지막 발길질을 퍼붓고는 몸을 휙 돌려 잠시 주변을 맴돌다 터너를 떠나갔다. 터너는 바람이 파커 헤드를 내려가 바닷가로 황급히 줄달음치는 모습을 지켜보았다.

"가서 리지를 찾아!"

터너가 작은 소리로 바람에게 전했다.

그리고 바람은 터너의 말을 들었다.

그날 밤, 터너가 조용하고 차분하게 저녁을 먹고 자기 방 창가에 앉아 자줏빛으로 땅거미 지는 하늘을 바라보는데, 별안간 바닷바람이 다시 나타나 낄낄거리고는 파커 헤드 거리를 구르다가 제일회중교회 주변을 세 번이나 휘감고 돌더니 까불거리며 길을 건너 터너에게 다가왔고, 머리칼을 살랑이고 셔츠 뒷자락을 펄럭이게 만드는 바람에 터너는 몸을 떨며 웃음을 터뜨렸다.

"거기 위에, 미치광이처럼 웃는 게 너니?"

리지. 리지 브라이트.

터너는 창밖으로 고개를 쑥 내밀었다.

"여기서 뭐 해?"

터너가 아래를 내려다보며 물었다.

"글쎄, 나도 네가 보고 싶었어. 닭을 훔치는 중이야."

"우리 집에는 닭 없는데."

"그럼 개라도."

"개도 없어."

"그럴 줄 알았어. 기둥 붙들고 말하는 격이지. 목사한테는 훔칠 게 뭐가 있니?"

"책. 설교 책들."

리지는 잠시 말이 없었다.

"그런 건 너나 가져. 나는 다른 데를 알아볼게."

"아냐, 잠깐만, 그대로 있어."

터너는 목사관을 몰래 빠져나가는 게 목사의 아들로서 적합한 행동이라고는 생각지 않았지만 성경에 '너는 몰래 빠져나가지 말라.'라는 말은 한 번도 나오지 않으니 그걸로 충분했다. 터너는 아버지가 제발 서재에 있고(그곳에 있었다.) 어머니는 제발 응접실에 없기를 바라면서(그곳에 없었다.) 계단을 내려와 제아무리 달래도 끼익거리는 현관문을 열고 밖으로 나왔다. 터너가 집 밖으로 나오자, 바람이 금세 터너를 찾아내고 달려와 턱 밑을 가볍게 어루만져 주었다.

바람을 따라 집 뒤로 돌아가 보니, 서재 창문에서 쏟아져 나오는 불빛에서 조금 떨어진 곳에 한 손을 허리에 댄 채 초조하게 발을 구르며 서 있는 리지의 모습이 보였다.

"너희 집엔 왜 개가 없어?"

리지가 물었다.

"우리는 한번도 개를 기른 적이 없어."

"그런 건 개를 기르지 않는 이유가 못 돼. 나한테 이렇게 멋진 집이 있다면 나는 개를 기를 거야. 똥개라도. 하루 종일 개와 함께 달리다가 집으로 돌아와 이리저리 공을 던지고 놀 거야. 공 한 개도 던질 힘이 없어질 때까지."

"그럼 나도 개 한 마리 키울래. 그래서 네 팔이 얼마나 오래 버티는지 한번 볼 거야."

터너가 말했다.

"너보단 오래 버틸걸."

"아마 그럴 거야."

"아는구나."

리지가 씩 웃었고, 터너도 마주 웃어 주었다. 오, 하느님! 리지를 만나니 참으로 좋았다.

"어떻게 나를 찾았어?"

"핍스버그에 여기 말고 교회가 또 있는 줄 아니, 터너? 네가 어디 사는지 알아내는 것쯤은 식은 죽 먹기지. 내가 왜 왔는지 아니?"

"그래야 내가 너를 태우고 다시 뉴메도우즈 강을 건널 테니까."

리지는 나머지 한 손을 다른 쪽 허리에 마저 올리더니 터너를 가만히 바라보았다.

"야, 당분간 너하고 배 타고 노 저을 일은 없을 거야. 나는 너한테 절대 믿을 수 없다는 말을 하러 왔어."

"뭘 못 믿는데?"

"엘웰 보안관이 한 말."

"뭐라고 했는데?"

"너는 항상 질문으로 대답하는구나, 터너."

"보안관이 뭐라고 했는데?"

"맞지?"

"리지, 뭐라고……."

"월리스 허드가 너더러 가서 검둥이하고 말할 테면 해보라고 했다든대. 섬으로 가볼 테면 가 보라고 했다나. 그러자 너는 이렇게 말했다고 하던대. 너는 나나 우리 할아버지한테는 눈곱만큼도 관심 없다고. 그리고 우리가 섬에서 나가기를 손꼽아 기다리고 있다고. 다른 사람들이랑 똑같이."

"보안관이 그렇게 말했어?"

리지가 터너를 노려보았다.

"리지, 맹세컨대, 하늘에 맹세코, 그건 다 거짓말이야. 전부 다. 한 마디도 빼놓지 않고."

"할아버지도 거짓말이라고 하셨어."

리지는 고개를 한쪽으로 갸웃하고 터너를 계속 쳐다보았다.

"그런데 섬에는 왜 안 왔어?"

"그럼 지금 그거 물어보러 온 거야?"

"응."

리지는 대답을 기다렸다.

"섬에 못 간 건, 네가 나를 이용해서 말라가 섬을 떠나지 않으려고 한다고 우리 아버지가 믿고 계시기 때문이야."

"이런, 이런."

리지가 천천히 말을 이었다.

"나도 그런 말 안 믿어."

바닷바람이 또다시 함께 놀자고 숨을 할딱이며 두 사람의 발치를 맴돌았다.

"우리 할아버지는 아기였을 때부터 말라가 섬에 사셨어."

리지가 캄캄한 어둠만큼이나 차분하게 말했다.

"할아버지는 떠나지 않으실 거야. 할아버지는 절대 우리 할머니를 떠나지 않으실 거야. 우리 엄마를 떠나지 않으실 거야."

"떠날 필요 없어. 떠나지 않아도 돼."

"트립 아저씨도 그렇게 말했어. 아저씨가 율리시스 S. 그랜트* 처럼 엽총을 흔들면서 우리의 집을 지키기 위해 싸우겠다며 그렇게 말했어. 아저씨는 이제 곧 독립을 선언할 준비를 마칠 거야."

그들은 어둠 속에, 차가운 밤기운이 깊어가는 어둠 속에 가만히 서 있었다. 바닷바람은 두 사람을 포기하고 어둠 속을 노닐었으며, 고요를 뚫고 파도 소리가 들려왔다. 밤하늘에는 마치 머나먼 곳에서 터지는 폭죽처럼 별들이 툭툭 튀어나왔고, 별들 너머로는 하늘에서 내려온 은하수가 거대한 줄무늬를 이루며 멀리 대양 속으로 기다란 천을 드리우고 있었다. 터너는 마치 온 세상이 자기 발밑으로 미끄러져 내리는 듯한 느낌이 들었다. 리지도 같은 느낌을 받았다. 리지는 손을 뻗어 잠시 터너의 손을 잡았다가 다시 놓았다.

"할아버지가 나더러 섬 밖에 오래 나가 있으면 안 된다고 하

---

* Ulysses Simpson Grant(1822~1885), 남북 전쟁 말기에 북군 총사령관을 지냈으며, 미국의 18대 대통령이 되었다.

셨어."

"리지, 요즘도 조개 잡아?"

"조금."

"야구는?"

"조금."

"트립 씨네 꼬마들하고 비행기 놀이는?"

"조금보다 많이. 너는?"

"대부분 집에 있어. 예배드리러 가고, 책도 읽고, 오후마다 콥 할머니 댁에 오르간 연주하러 가."

"너 오르간 쳐? 정말? 터너 벅민스터, 네가 오르간을 쳐?"

"야구보다 잘해."

"와, 생각해 보니 잘할 것 같기도 하네."

리지가 빙그레 웃으며 말했다.

"너도 들으러 와."

"당연하지. '콥 할머니, 제가 들어가서 잠시만 터너가 할머니의 오르간을 치는 것 좀 들어도 될까요? 아, 네, 고맙습니다. 제가 할머니가 제일 아끼는 의자에 앉을게요. 둘론이죠. 차를 주시면 고맙게 마실게요. 아니, 괜찮아요, 케이크는 됐어요. 고맙습니다, 네, 정말 즐거운 시간이었습니다, 콥 할머니. 터너는 대단히 연주를 잘하네요.'"

"글쎄, 그 정도는 아닐 거야."

"그래, 그렇지는 않겠지."

165

"어쨌든 와."

리지는 터너에게서 무언가를 알아내려는 듯 한쪽으로 고개를 갸웃하고는 한동안 터너를 바라보았다. 리지는 정말로 그런 생각을 하는 중이었다.

"너는 특이한 애야, 그거 아니, 터너 벅민스터? 나는 네가 뭘 똑바로 보기나 할까 싶어. 우리 둘이 지금 여기에 서 있는 걸 너희 아버지가 보시면 뭐라고 말씀하실 것 같아? 네가 치는 오르간 소리를 듣겠다고 내가 콥 할머니 댁에 나타난 걸 알면 뭐라고 하실 것 같아?"

"지옥과 천벌을 말씀하시겠지. 그래서 올 거야?"

"갈게. 밀물 때. 그때는 어차피 조개를 캐지도 못하니까."

"그럼 내일 밀물 때 보자, 리지 브라이트."

"그래, 그러자."

리지는 이렇게 대답하고는 조용히 휘파람을 불며 뒷마당으로 향했다. 바닷바람이 나뭇잎에서 풀쩍 뛰어내려 리지를 뒤따라가다 이따금씩 뛰어올라 사방을 맴돌며 까불어 댔다.

터너는 밀물을 생각하며 최대한 조용히, 살금살금 집 안으로 들어갔다.

＊＊＊

이튿날 아침이 되자, 먹빛 구름이 바다 위로 몰려와 파도 소리를 에워싸며 바닷바람을 옴짝 못 하게 만들었다. 하지만 그것은 시작에 불과했다. 정오 무렵에는 화이트 산맥 뒤에 모여 있던 구름이란 구름이 죄다 풀려나와 비스듬하게 내려치는 비와 함께 수면 위로 닿을 듯 낮게 깔리더니, 그곳에 머무르며 바다 풍경을 즐겼다. 계속되는 빗줄기는 산꼭대기에서 내려온 한기와 더불어 떠나갈 기미를 보이지 않았다. 터너는 마을이 흠뻑 젖어 드는 모습을 지켜보았다.

어머니는 조용하고 차분한 점심을 먹으며, 내키지 않으면 오늘은 콥 부인 댁에 가지 않는 게 어떻겠냐고 말했다. 하지만 벅민스터 목사는 콥 부인이 터너를 기다릴 거라며, 목사의 아들이라면 날씨가 어떻든 약속을 지키는 게 마땅하다고 강조했다. 터너는 좀 더 기다려 보면 날씨가 개일지도 모르니 밀물 때쯤 가겠다고 말했다. 터너의 어머니는 한쪽 눈썹을 치뜨며 조수와 날씨를 생각하는 걸 보니 어느덧 터너가 진짜 메인 주의 소년이 다 되었나 보다고 새삼 놀라워 했다. 터너도 그런 것 같았다.

그리고 점심을 마칠 때까지 더는 아무 말도 오가지 않았다.

느지막한 오후가 되어서야 밀물이 들었지만 날은 개지 않았다. 콥 할머니는 터너가 왜 여태 오지 않는지 의아해 하며 언짢고 불편한 낯으로 집 안에서 터너를 기다리는 중이었다.

"날씨가 개기를 기다렸어요."

"차라리 아마겟돈*을 기다리지 그러니."

---

* 신약 성경의 요한 계시록에서 세계의 종말에 선과 악이 싸우는 대(大)결전장

바로 그때 뒷문을 똑똑 두드리는 소리가 들렸다. 주저하는 듯 아주 작은 노크 소리.

콥 할머니는 듣지 못했다.

"이런 날은 마지막 말이 편하게 나올 성 싶구나. 저 구중중한 냉기가 폐 속까지 내려앉으니 말이다."

다시 한 번 이어지는 노크 소리. 이번에는 더 크게.

"냉기를 몰아낼 수 있게 뭔가 경쾌한 곡으로 시작하는 게 좋겠구나. 내가 오후를 넘겨서까지 살지 어쩔지 모르니 말이다."

노크 소리. 대단히 거슬리는.

"무슨 소리지?"

"뒷문에 누가 있어요."

"가서 누군지 보고 오너라."

그래서 터녀는 그렇게 했고, 그곳엔 리지가 서 있었으며, 양손을 다시 한 번 허리춤에 댄 채 바다에 내던져졌다가 물기를 짜내고, 한 번 더 내던져진 듯 온몸이 흠뻑 젖어 있었다. 리지의 얼굴에서 빗물이 뚝뚝 흘렀다.

터녀는 문을 반쯤 열고 섰다.

"너 귀에 무슨 문제 있니?"

"무슨 말이야?"

"내가 물에 빠진 생쥐 꼴로 서 있는 걸 좋아하는 줄 아나 본데, 그리고 질문에 질문으로 대답하는 것 좀 그만하지."

터녀는 주변을 살펴 행주 하나를 찾아냈다. 터녀로서는 그것이 최선이었다. 리지는 터너를 계속 노려보면서 행주를 받아 얼굴과 팔을 닦았고, 다리에 있는 물기까지 최대한 닦아 낸 다음 행주를 접어 되돌려 주었다.

"고마워."

리지가 말했다.

리지는 윤을 낸 거무스름한 마룻바닥 위로 삐걱거리는 소리를 내며 터너를 따라 집 안으로 들어왔다. 터너는 두 팔로 몸을 감쌌고, 뒤를 돌아다보니 복도를 벗어나 집 안을 살피는 리지의 두 눈이 왕방울만큼 커져 있었다.

"여기서 혼자 산단 말이야?"

리지는 고개를 설레설레 흔들었다.

"세상에, 할아버지는 이걸 보고도 근사하다고 생각하지 않으실까?"

"거기 누구냐?"

두 사람이 응접실로 들어서자, 콥 할머니가 의자에서 몸을 돌리며 큰 소리로 물었다.

"콥 할머니, 얘는……."

"하느님, 맙소사!"

콥 할머니가 기겁을 하며 말했다.

"우리 집에 검둥이 여자애가 들어오다니."

제7장

비는 차가운 잿빛으로 변해 쇠붙이같이 단단한 손가락으로 콥 할머니네 응접실 창유리를 후드득후드득 두들겨 댔다. 리지의 몸에서 빗물이 줄줄 마룻바닥으로 흘러내렸다. 빗소리를 제외하면 응접실을 채운 유일한 소리였다.

터너는 콥 할머니와 리지 사이에서 이리저리 시선을 옮겼고, 두 사람 모두 마지막 한 방울의 눈물을 닦아 주는 새로운 희망을 발견한 것만큼이나 서로에게 놀란 듯했다. 콥 할머니는 숨을 가쁘게 몰아쉬었고, 두 손으로는 의자의 팔걸이를 꽉 붙잡았다. 터너는 설마 지금이 할머니의 마지막 말을 듣게 될 그때인가 염려스러웠다.

"얘는 리지 그리핀이에요, 할머니."

"저 애가 누군지는 나도 알아. 저 애의 아버지가 누군지도 알고. 그리고 아버지의 아버지도."

"정말요?"

"당연하지. 그리고 너처럼 그렇게 묻는 건 예의에 어긋나는 행동이야."

리지가 터너를 보며 피식 웃었다.

"이 분은 콥 할머니셔."

터너가 말했다.

리지는 아무런 응답이 없었다. 비는 여전히 쇠붙이 같은 손가락으로 창유리가 부서질 듯 기세 좋게 창문을 두드려 댔다. 터너는 세상에 찬송가가 필요한 때가 있다면 바로 지금이라고 생각했다. 그래서 오르간 앞에 앉아 오르간으로 식식 공기를 불어 넣었다. 처음에는 〈공화국 찬가〉를 연주할까 생각했지만 군대를 불러내는 것은 좋은 생각이 아니라는 결론을 내렸다. 그래서 비록 사후 세계에 대한 곡이기는 하지만 자신이 알고 있는 가장 평화로운 찬송가인 〈우리 강가에서 만납시다〉를 치기 시작했다. 그렇지만 콥 할머니는 하느님 보좌 옆에 흐르는 강에는 그다지 관심이 없는 듯했다. 첫 후렴구가 끝나자, 할머니는 "바로 우리 집에 검둥이 여자애가……."라며 다시 한 번 혼잣말로 중얼거렸다.

터너는 계속해서 4절까지 오르간을 연주했다. 매번 후렴을 빼놓지 않았으며, 마지막 4절에 이르러서는 목청껏 노래를 불렀고 ("머잖아 행복에 찬 심령들은 감동으로 몸을 떨리라, 화평의 노래로.") "아멘."과 함께 연주를 끝냈다.

터너는 오르간에서 손가락을 떼며, 마지막 순간 건반의 떨림이 공기를 타고 방 안으로 퍼져 나가게 내버려 두었다. 뒤를 돌아보자, 리지는 다리를 옆으로 꼰 채 바닥에 앉아 있었다. 콥 할머니는 여전히 팔걸이를 꼭 붙들고 있었지만 이제는 등을 기대었고, 호흡도 그리 힘겨워 보이지 않았다.

콥 할머니가 입을 열었다.

"터너, 노래로 음악을 망치지 말거라."

리지의 눈이 신이 나서 춤을 추었다. 터너는 리지도 할머니와 똑같은 마음이라고 짐작했다.

"사 절까지는 가사를 다 모르실 줄 알았는데요."

"나는 네 아버지가 태어나기 전부터 그 찬송가를 불렀어. 이번에는 좀 더 빠른 곡을 쳐 보거라."

터너는 다시 페달을 밟아 〈공화국 찬가〉를 연주했고, 이어서 길 잃은 주정뱅이들의 관심을 끌기 위해 작곡된 선교 찬송을 두어 곡 연주한 다음(그 곡들은 꽤나 재미있었다.) 금주를 권하는 경쾌한 찬송까지 한 곡 더 연주했다. 그런 다음 비브라토*가 아름다운 찬송가들로 흥분을 가라앉혔다. 그러는 내내 터너는 한 번도 뒤를 돌아보지 않았지만 콥 할머니와 리지가 숨을 죽이고 있다는 걸 느낄 수 있었다.

이윽고 〈이 세상 떠나도 나에게는 친구들이 있다네〉의 연주를 마치고 고개를 돌려 보니, 콥 할머니의 두 손엔 이미 긴장이 풀려 있었다. 할머니는 두 손을 얌전히 포개 무릎 위에 올려놓고 있었다. 머리는 살짝 기울인 채 의자에 기대었고, 눈을 감지는 않았

---

* 기악이나 성악에서, 음을 상하로 가늘게 떨어 아름답게 울리게 하는 기법. 또는 그렇게 내는 음. 연주상의 한 기교로 쓴다.

지만 딱히 어딘가를 쳐다보지는 않았다. 그리고 리지, 리지 브라이트는 어딘가 깊은 곳에 행복이 자리 잡고 있음을 보여 주는 흐뭇한 미소를 지어 보였고, 이곳에 있다는 게 즐거워 보였다.

"너는 꼭 그 마지막 곡을 지나치게 큰 소리로 연주하더구나."

콥 할머니가 투덜댔다.

터너는 어깨를 으쓱했다. 지금은 거짓말을 해도 하느님이 흔쾌히 용서하실 만한 바로 그런 때라고 생각했다.

"이 곡은 큰 소리로 쳐야 좋은 곡 같아서요."

"장례식 때 쓰는 곡이다. 죽은 자를 깨우고 싶다면 모를까, 영결 찬송을 크게 연주하는 사람이 어디 있어."

"저도 그럴 생각은 없는데요."

"그래, 너는 그러고 싶지 않겠지."

할머니가 리지를 힐긋 쳐다보며 덧붙였다.

"죽은 자를 깨워서는 절대 안 되지."

할머니가 몸을 앞으로 숙였다.

"내일 밀물 때 다시 오너라."

"네, 할머니. 그런데 밀물 때인지 어떻게 아셨어요?"

"너는 늙은 노인네는 아주 바보인 줄 아느냐? 나는 네 아버지가 태어나기도 전부터 조수를 꿰고 있었다. 오늘은 두 시 사십 분에 왔지. 내일은 그보다 한 삼십 분 늦을 거다. 그때 와. 그리고 네 친구에게도 원한다면 와도 좋다고 해. 한 번도 생각은 안 해봤다만…… 뭐, 와도 좋다고 해. 자, 너희 둘 다 얼른 가라. 좀 편히 쉽게."

그래서 둘은 얼른 자리를 떴고, 리지는 아직도 여기저기에 물을 뚝뚝 흘렸다. 그리고 주방에서 나와 그날 들어 처음으로 보이는 햇살 아래 잠시 서 있었고, 만면에 미소를 가득 머금은 터너가 자신이 정말로 근사했다는, 자신의 연주가 참으로 근사했다는 리지의 칭찬을 기다리는 동안, 리지는 터너를 가만히 바라보았다.

그리고 리지도 정말로, 정확히 그렇게 말할 뻔했다. 하지만 꾹 참고 대신 이렇게 말했다.

"네가 노래를 하지 않으니까 훨씬 낫더라."

그러더니 폴짝폴짝 뛰며 뒷마당으로 나가 모습을 감췄다.

터너는 폴짝폴짝 뛰며 앞마당을 가로질러 울타리 밖으로 나왔다. 터너가 허드 할머니를 보고 반갑게 손을 흔들자, 할머니도 창문 너머로 손을 마주 흔들어 주었다. 터너는 다시 폴짝거리며 파커 헤드를 내려오는데 멀리, 아주 멀리서 천둥소리가 들렸다. 폴짝거릴 때마다 진흙이 튀겨서 목사관에 이르렀을 즈음에는 아마도 제일회중의 교구민들이 목사의 아들에게 마땅히 기대하는 것보다는 몸이 더 많이 젖고, 진흙도 더 많이 묻어 있을 테지만 터너는 아랑곳하지 않았다.

그 주의 나머지 날들도 그렇게 지나갔다. 매일같이 하늘은 구름으로 뒤덮인 듯 우중충했고, 핍스버그의 집들은 덜덜 떨며 서로를 부둥켜안았으며, 이미 젖어서 축 늘어진 갈색으로 물든 나뭇잎 위로 비가 주룩주룩 흘러내렸다. 이제는 밀물 때가 너무 늦어졌기 때문에 터너는 오후가 되면 제일회중의 종이 세 번 울릴 때를 기다렸다. 종이 울리면 목사관에서 나와 콥 할머니네 집으로 줄달음질쳤고, 할머니네 집에선 리지가 빗물을 뚝뚝 흘리며 주방에서 터너를 기다리고 있었다. 콥 할머니는 이제 리지를 위해 뒷문을 열어 두기 시작했다. 응접실에는 각자의 자리가 있었다. 터너는 오르간 앞에, 리지는 다리를 접은 채 맨바닥에 앉았고, 그리고 마지막으로 콥 할머니가 안락의자에 앉으면, 터너는 바람을 불어넣어 오르간을 소생시켰다.

터너는 되도록 노래를 삼갔다.

하지만 리지는 노래했다.

터너가 〈다니엘을 구하신 주여〉를 연주하자, 리지가 무릎을 톡톡 치며 리듬을 맞추기 시작했다. 1절이 끝날 때쯤에는 고개를 까닥이더니, 2절이 끝날 때쯤에는 흥얼흥얼 콧노래를 불렀고, 3절이 끝날 무렵에는 소리 내어 노래를 불렀다. "나는 복음선에 올랐네, 배가 항해를 시작했네. 나를 가나안 바닷가에 내리셨지. 다시는 돌아가지 않으리." 마지막 절 가사를 미처 알지 못했던 터너는 행여 콥 할머니가 가나안* 해변에 마음을 빼앗기지 않을까 싶어 불안했다. 하지만 할머니를 쳐다보니 다행히 손으로 가슴을 부여잡지도, 의자 팔걸이를 꽉 붙잡고 있지도 않았다. 할머니는 머리를 뒤로 하고 시선은 리지에게로 향한 채, 마치 새봄의 첫날인 양

---

* 팔레스타인 요단 강 서쪽 지역의 옛 이름. 기원전 13세기경 먼저 거주하던 가나안 족을 정복하고 고대 이스라엘이 정착한 지역으로, 성경에서는 하느님이 아브라함과 그 자손에게 주겠다고 약속한 땅이다.

곱고도 높은 리지의 목소리에 귀를 기울였다.

그 다음부터 리지는 항상 자기가 아는 찬송가를 따라 불렀고, 터너는 리지가 쉽게 노래할 수 있게 높은 음정의 곡들은 되도록 줄였다. 그러면서도 리지는 콥 할머니에게 절대로 말을 걸지 않았고, 콥 할머니 또한 마찬가지였다. 하지만 터너는 콥 할머니가 뒷문을 열어 두는 것만으로도 충분히 고마웠다.

마침내 2주에 걸친 터너의 벌이 끝났고, 터너는 자유가 되었다. 아니 최소한 여느 목사의 아들에게 허락된 만큼은 누릴 수 있게 되었다. 말라가 섬은 여전히 '금지' 구역이라서 핍스버그 위쪽 숲으로 이어지는 오솔길들을 탐험하기 시작했고, 반도의 케네벡 해안을 따라 걷다가 만각류로 뒤덮인 바위들을 타고 기어 내려가기도 했다. 가다 보면 이따금은 세이어 초원에 이르기도 했다. 홈 플레이트에 서면 터너의 눈앞에 강하고 빠르게 날아오는 공이 보였고, 어찌나 분명히 보이는지 회전하는 공의 솔기는 물론, 어느 방향으로 커브를 그릴지까지 알아낼 정도였다.

교회 밖에서는 전혀 윌리스 허드를 보지 못했는데, 그럴 수밖에 없었다. 그렇지만 너무 외로울 때에는, 특히나 초원에 서면, 미지의 세계에 닿을 수 없을 바에야 차라리 복음선을 타고 가나안 해변으로 떠나 버릴까 싶기도 했는데, 이곳으로 다시 돌아오고 싶지 않다는 것만은 분명했다.

＊＊＊

가을이 되자, 핍스버그는 상당히 추워졌다. 터너는 매일 아침 한 시간 남짓을 집 옆에 있는 곁채로 땔감을 옮기고 장작을 쪼개는 데 보냈다. 메인 주를 통째로 불태울 정도로 장작이 충분하다고 여겨질 때까지. 단풍나무들은 추위에 떨며 화려한 옷으로 갈아입었다. 떡갈나무 잎사귀들은 잎가가 쭈글쭈글 주름이 지기는 했지만 상당히 오랫동안 제자리를 지켰다.

터너는 떡갈나무 잎사귀를 보면 왠지 모르게 서글퍼졌지만 친근감을 느끼기도 했다.

여전히 교회 종이 세 번 울릴 때면 터너는 장작들을 놔두고 콥 할머니네 집으로 향했고, 리지 또한 매일 오후 그 자리를 지켰다. 콥 할머니는 더 이상 밀턴이나 애디슨을 읽어 달라는 말을 꺼내지 않았다. 대신 터너는 오르간을 연주하고, 리지는 노래를 불렀다. 그런 다음 리지는 뒷마당으로 사라졌고, 터너는 허드 할머니에게 손을 흔들었다. 터너가 조용한 저녁을 먹고 나면 더욱 더 조용한 밤이 터너를 기다렸다. 터너는 학교에 다니지 않았지만 핍스버그는 개학을 앞두고 있었다. 벅민스터 목사는 목사의 아들은 아버지의 감독 하에 가정 학습을 받아야 한다고 믿었다. 터너는 이제 곧 자신의 교육 과정 가운데 하나가 될 신학, 즉 나다니엘 에몬스*의 『진정한 종교의 중요한 제1원리와 교리에 관하여』를 이미 읽기 시작했다.

---

* Nathaniel Emons(1745~1840), 미국의 신학자

터너는 그 책을 집어 들며 '오, 하느님, 우리 모두를 구원해 주소서.'라고 마음속으로 중얼거렸다. 이제 곧 서리가 찾아올 것임을 예고한 어느 날, 터너는 핍스버그 위편의 숲 밖으로 나서고 있었다. 숲속에서는 사시나무들이 칙칙한 누런 담갈색으로 물들어 그 빛을 잃었고, 소나무들은 눈에 띄는 푸르름으로 이미 그 도도함을 뽐내기 시작했다. 터너는 서둘러 콥 할머니네 집으로 가야겠다고 생각했다. 전속력으로 달렸기에 파커 헤드 거리를 활보하는 메갈로사우루스와 부딪치는 황당한 사건이 일어난다면 모를까, 약속 시간에 늦은 적은 없었다.

그런데 허드 할머니네 집의 현관문과 덧창들이 온통 초록색으로 바뀌어 있었다.

터너는 길을 건너 현관으로 올라섰다. 페인트는 아직도 반짝거렸다. 터너는 철망 문을 열고 문을 똑똑 두드려 보았지만 아무런 대답이 없으리라는 걸 금세 알아차렸다. 집은 답답하고도 외로이 자리를 지켰고, 낮인데도 커튼이 모두 내려져 있었다. 옆문으로 돌아가 보았지만 마찬가지로 덧창이 모두 닫혀 있었다. 그런데 딱 한 군데 커튼을 내리지 않은 창이 보였다. 안을 들여다보니 북극한 모퉁이가 핍스버그로 내려와 응접실에 툭 떨어진 듯 가구마다, 심지어는 카펫 위에도 기분 나쁜 하얀 시트가 뒤덮여 있었다. 때마침 바람까지 더 차갑게 불어 닥쳐 터너는 온몸을 덜덜 떨었다.

터너는 오래도록 그렇게 서 있었다.

콥 할머니는 양손을 허리춤에 올린 채 터너를 기다리는 중이었다. 할머니는 버럭 역정부터 냈다.

"세 시다. 두 시가 아니라. 네 시도 아니고. 세 시야. 우리 집에 저 애를 들여놓고 응접실에 앉아 있는데, 나는 저 애랑 한 마디도 할 말이 없고, 맹세코 저 애도 나한테 단 한 마디도 하지 않았다."

"죄송해요, 할머니. 그런데 허드 할머니네 집 문이 꼭 닫혀 있어요."

"내가 아는 거라고는 그 끔찍한 덧창들이 괴인다운 색깔로 바뀌었다는 것뿐이다."

응접실로 들어가자, 짜증이 날대로 난 리지의 모습이 보였다. 입은 굳게 닫혀 있었지만 눈이 말해 주었다.

"터너 어니스트 벅민스터, 만약 이 응접실에서 단 일 분이라도 더 할머니와 단둘이 앉아 있어야 했다면 나는 창문 밖으로 뭐든지 내던져 버렸을 거고, 그런 사태가 벌어졌다면 그건 다 네 탓이야."

터너는 곧바로 연주를 시작했다.

하지만 눈앞에 초록 덧창이 걸려 있어서 오르간을 치는 내내 손가락들의 절반가량은 제 위치를 놓쳐 버렸고, 후렴 끝부분에 이르러서는 아예 페달을 놓쳐서 마지막 소절이 끝을 맺지 못하고 질식할 듯한 고요 속을 떠돌다 사라져 버렸다.

"터너 벅민스터, 찬송가에 집중해라."

터너는 노력했다. 정말 노력했다. 하지만 콥 할머니는 점점 화가 치밀어 올랐다.

"지금 당장 내 유언을 듣고 싶은 게냐?"

드디어 할머니가 고함을 질렀다. 리지의 눈이 등잔만 해졌다. 터너는 눈앞에서 할머니가 죽기를 바라지는 않았다. 그래서 서너 곡의 남북 전쟁 찬송가로 속도를 끌어올려 보았지만 결국 할머니는 그만하라며 손사래를 쳤다. 그러면서 오르간을 연주하는 것과 오르간에서 연주하는 것은 완전히 다르다고 일침을 놓았다. 오르간에서 연주하는 게 듣고 싶으면 그냥 끔찍한 릴리안 우드워드만 들으면 그뿐이라고 했다. 그러는 사이에 어느덧 터너가 귀 밝은 노부인을 남겨 두고 집으로 돌아가야 할 시간이 되었다.

리지 브라이트는 자리에서 일어나 터너에게 걸어갔다. 리지는 터너의 손을 붙잡아 터너를 데리고 뒷문 밖으로 나왔다. 그들은 늘 그랬듯 나란히 뒷문 베란다에 걸터앉았지만 터너는 리지의 손에서 예전에는 전혀 알아차리지 못했던 부드러운 감촉을 처음으로 느꼈다. 터너는 손을 놓지 않았다.

"네가 올 때쯤에는 내가 막 창문 밖으로 뭐든지 던져 버리려고 했던 거 아니?"

"알아."

"할머니와 한 마디도 하지 않고 저 안에 앉아 있는 게 어떤 건지 네가 알아? 하느님, 맙소사, 아무것도 훔칠 생각이 없다는 걸 증명하려고 눈 둘 곳을 찾느라 내가 얼마나 힘들었는지 알아?"

"널 그렇게 의심했다면 매일같이 문을 열어 놓지도 않았을 거야. 그냥 너한테 뭐라고 할지 몰라서 그러시는 거야."

"알아. 가끔 내가 너한테 뭐라고 해야 할지 모를 때처럼."

"리지, 너는 나한테 뭐라고 해야 하나 고민한 적 한 번도 없었어."

"글쎄, 터너 어니스트 벅민스터, 지금 당장은, 오늘 같으면 야생 칠면조가 너보다 오르간을 더 잘 쳤을 것 같은데. 너한테 그 이유를 어떻게 물어봐야 하나 고민하는 중이야."

"아직도 어떻게 물어볼지 고민하고 있어?"

"이젠 아니야. 그냥 입 밖으로 나와 버렸잖아."

"모르겠어. 보스턴을 떠났던 일, 너와 말라가 섬 사람들에게는 앞으로 무슨 일이 일어날지, 바로 지금은 허드 할머니네 집, 그리고 한 마디 말도 없는 집에서의 저녁 식사. 단 한 마디도 없지. 나는 그냥 한 가지라도 변하지 않았으면 좋겠어. 딱 한 가지라도."

"글쎄, 네가 아직도 보스턴에 있다면 나에 대해선 듣지도 못했을걸."

터너가 빙그레 웃었다.

"어떤 변화는 나름대로 괜찮은 것도 같다."

"터너 어니스트 벅민스터, 정말 말조심하라."

리지는 잡고 있던 터너의 손을 놓고 사라졌다.

터너는 거리로 나와 허드 할머니네 집의 초록색 덧창들을 물끄러미 바라보다가 목사관으로 돌아왔다. 외투를 갖춰 입은 바닷바람은 터너가 목사관 현관에 이를 때까지 뒤를 졸졸 따라왔다. 그러다가 터너가 문을 닫고 들어가자, 바람은 빨갛게 태울 만한 단풍나무나 하얗게 바랠 만한 너도밤나무를 물색하며 이리저리

하늘 위를 쏘다녔다. 그러다 마침내 마땅한 단풍나무를 찾아 작업에 들어갔다. 터너가 문밖을 내다보았더라면 아마도 제일회중 바로 너머에 있는 단풍나무가 으스스 떨다가 결국 붉은 빛으로 차갑게 타들어가는 광경을 보았을 것이다.

하지만 터너는 밖을 내다보지 않았다. 터너는 방으로 올라가 아버지 서재에서 들려오는 타자기 소리에 귀를 기울이다 노란 덧창과 새빨간 문들, 허드 할머니, 메사추세츠 주 의회 의사당 지붕보다 더 높이 쳐올린 야구공, 그리고 리지 브라이트를 생각했다. 그러다 문득 말라가 섬으로 돌아갈 방법을 찾아야겠다는 생각이 머리를 스쳤다.

그리고 허드 할머니가 어디로 사라졌는지도 알아내야만 했다.

그래서 그날 저녁, 고요한 식탁에서 음식이 담긴 접시를 나눈 뒤 15분이 흘러 서가의 시계가 울릴 때, 터너는 용기를 내어 침묵을 깨어 보기로 결심했다.

"허드 할머니네 집이 완전히 닫혀 있어요."

터너는 자신의 목소리가 어찌나 커다랗게 식당의 침묵을 갈랐는지 스스로도 깜짝 놀랐다. 마치 목소리가 전기를 일으켜 벽에 불똥이라도 일으킨 듯했다.

"게다가 덧창은 하나같이 초록색으로 칠해져 있고요."

"그래, 알고 있다."

벅민스터 목사가 쳐다보지도 않고 대답했다. 벅민스터 목사는 느긋하게 양고기를 한 조각 잘라 접시에 담긴 박하 젤리에 찍었다. 그러고는 천천히 입으로 가져가 가만히 씹었다.

시계가 다시 15분이 지났음을 알렸다.

"할머니가 어디로 갔는지 아세요?"

벅민스터 목사는 천천히 고기를 씹었다. 긴 침묵이 흘렀고, 침묵이 너무 길어서 터너는 다시 한 번 시계 종이 울리지 않을까 생각했다. 이윽고 아버지가 말했다.

"그래, 안다. 하지만 목사의 저녁 식탁에서는 쓸데없는 잡담은 하지 않는다."

터너의 어머니가 포크를 내려놓았다.

"말해 주세요, 여보. 허드 부인이 어디로 갔는지 터너한테 말해 주세요."

"그건 그 집안 문제야."

다시 잠시 침묵이 이어지다 어머니가 낮은 소리로 말했다.

"터너, 허드 부인은 포날에 있는 심신박약자 요양원으로 보내지셨단다. 그게 무슨 뜻인지 아니?"

터너는 고개를 저었다.

"그곳은 정신병자 수용소란다, 터너. 거기에서는 기다란 병동에서 사람들을 하얀 철 침대에 묶어 놓고 살게 하는 곳이다. 힘센 간호사들이 지키고 있고, 그 사람들이 시키는 대로 하며 사는 곳이지."

터너는 와락 토할 뻔했다. 박하 젤리 냄새가 식당 안을 가득 채웠고, 속을 뒤집어 버릴 듯 진하고 지독한 단내가 터너의 주변을 맴돌았다.

"애를 겁줄 필요는 없소."

"하지만 부인은 심신이 박약하지도, 미치지도 않았어요. 저는 부인을 알아요, 부인은 심신이 박약하지도 미치지도 않았다고요."

"그건 부인의 아들이 결정할 문제요. 어쨌든 집사가 아니오."

벅민스터 목사가 말했다.

터너의 어머니가 목사를 뚫어지게 바라보며 따지듯 물었다.

"부인의 아들이 결정할 문제라고요? 부인이 법적으로 위탁이 되려면, 핍스버그에 사는 다른 고상한 두 주민의 동의가 필요한데, 두 고상한 주민 가운데 한 사람이 바로 스톤크롭 씨고, 그 자는 마침 새 호텔을 짓기 위한 자금을 물색하는 중이었지요. 그런데 정확히 이 시점에서, 그 선한 허드 집사가 정신 나간 어머니의 집을 누구나 좋아하는 색깔로 칠해서 팔려고 내놓다니, 정말 때도 잘 맞추지 않았어요? 일단 팔리기만 하면, 허드 집사는 투자할 거액을 손에 쥐게 될 테니 참 때를 잘도 맞추었군요."

"터너, 허드 집사는 예전부터 어머니가 정신이 온전한지 걱정이 많았고, 안전을 위해선 홀로 내버려 둘 수가 없었단다. 제정신이 아닌 여자를 돌본다는 것은 쉬운 일이 아니야."

"입원 서류에 서명한 나머지 고상한 신사분이 누군지는, 네 아버지가 잘 말씀해 주실 거다."

그러고 나서 어머니는 자신의 접시를 모아 주방으로 나갔다.

터너는 아버지에게 나머지 고상한 신사가 누구인지 묻지 않았다. 식당에는 다시 무거운 침묵이 감돌아 뻐꾸기 시계의 똑딱거리는 소리만이 점점 더 커졌으며, 터너 역시 접시들을 챙겨 식탁 끄트머리를 붙잡은 채 꼼짝 않고 앉아 있는 아버지만 남겨 두고 주방으로 나왔다.

어머니는 이미 주방 밖으로 나가고 없었다. 터너는 어머니의 접시 위에 자기 접시들을 쌓아 놓은 뒤 현관 밖 계단에 앉았다. 날은 이제 더 빠르게 어두워지고 있었지만 아래쪽 파커 헤드 거리의 허드 할머니네 집은, 아니 허드 할머니네 집이었던 그곳은 아직까지 알아볼 수 있었다. 터너는 조그맣게 〈이 세상 떠나도 나에게는 친구들이 있다네〉를 불러 보았지만 어찌나 외롭고 처량하게 들리던지 후렴에 이르기도 전에 노래를 그쳤다. 혼란과 두려움 속에 끔찍한 환자복 차림으로, 머리도 빗지 않고 허옇게 풀을 먹인 이불을 가슴 위까지 꽉 조이게 덮고 누운 허드 할머니의 모습을 떠올리며, 그런 할머니의 머릿속에는 오로지 한 가지 생각뿐이라는 걸 터너는 잘 알고 있었다. 미지의 세계로 떠날 수 있다면 좋으련만. 아, 떠날 수만 있다면.

* * *

이튿날 아침, 터너는 처음으로 아버지에게 정식 교육을 받기 위해 서재로 들어섰다. 터너는 주일 학교 소풍날 낮게 드리운 어두운 구름만큼이나 뚱한 표정이었다. 터너는 가만히 서서 아버지가 그날 공부할 내용의 윤곽을 잡는 모습을 말없이 지켜보았다. 목사의 목을 에워싼 깃은 빳빳하고도 완벽했다. 웃옷은 대리석 조각만큼이나 정확하게 접힌 채 늘어져 있었다. 풀 먹인 셔츠의 양쪽 소매 끝은 은빛 커프스 단추를 자랑하기에 알맞은 정도로 양쪽이 똑같이 웃옷 밖으로 삐져나와 있었다. 그리고 손톱은 딱 적당한 길이만큼 단정하게 깎여 있었다.

아버지도 한때는 야구를 한 적이 있었을까, 눈이 시릴 정도로 파란 하늘로 공을 쳐올려 본 적이 있었을까 문득 궁금해졌다. 아버지도 한때는 우스갯소리를 하며 놀았을까, 대놓고 거짓말을 했을까, 싸움에 휘말려 남의 코를 찌그러뜨린 적이 있을까, 소나무 높이나 되는 절벽 위에서 포말을 일으키며 다가오는 파도 위로 뛰어내린 적이 있을까.

아마 없었으리라.

아버지가 고개를 들었다.

"Arma vinumque cano아르마 비룸꿰 까노."*

그날 아침 아들에게 던진 첫 마디였다.

"무구(武具)들**을 노래한다."라고 터너가 말했다……. 한참 뒤에.

"무구들과 한 남자를 나는 노래하노라. Troiae qui primus ab oris Italiam트로야애 퀴 프리무스 압 오리스 이탈리암."

---

* 로마의 시인 베르길리우스(기원전 70~19)의 서사시 『아이네이스』(아이네이아스의 노래라는 뜻)의 첫 구절. 『아이네이스』는 트로이의 영웅 아이네이아스가 트로이가 함락당한 후, 이탈리아에서 로마의 기초를 이룰 때까지의 행적을 읊은 서사시로 라틴어로 쓰인 최고의 걸작으로 손꼽힌다.
** '무구들'이란 전쟁을 뜻한다.

"최초로 이탈리아에서⋯⋯."

"아니."

"트로이야에서, 트로이야의 해변에서."

"Fato Profugus 화토 프로후구스."

"운명의⋯⋯."

"터너, 이 구절은 벌써 끝냈잖아."

"운명에 의해. 운명에 의해 망명해."

"Laviniaque venit litora 라비니아꿰 베니트 라토라."

"라비니움 해안에 닿았으나."

벅민스터 목사는 터너에게 불길하리만치 커다란 책을 건네주었다.

"첫 백 행을 번역해라."

그러면서 서재 모퉁이를 지키고 있는 할아버지의 시계를 쳐다보았다.

"한 시간 반이면 충분할 거다."

그래서 터너는 창가의 작은 책상에 앉아 『아이네이스』의 첫 백 행을 번역하기 시작했다. 단단히 닫힌 창문은 운명에 의해 망명한 바닷바람을 오만하게 막아서고 있었다. 터너는 한숨을 쉬지 않으려고 애를 썼다. 너무 자주 몸을 긁지 않으려고 애를 썼다. 빌어먹을 '베르길리우스'가 어찌나 성질이 고약한지 문장을 마치기 직전까지 절대로 자신의 동사들을 포기하지 않으려 하고, 느닷없이 방향을 바꾸는 고양이처럼 휙휙 말을 바꿔 대는 것을 흡사 대단한 놀라움처럼 여기는 것을 두고, 어찌 터너에게 잘못이 있다 하겠는가.

하지만 터너가 잘 아는 것도 있었다. 자신이 사랑했던 곳으로부터 운명에 의해 망명한 사람. 완전히 내던져진 사람, 해안에 내던져진, 그리고 자신이 이해하지 못했던 무언가에 의해 바다에 내던져진 사람.

터너는 이것이 무엇을 뜻하는지 이해하고도 남았다.

두 시간이 지났다. 터너는 땀을 뻘뻘 흘리고 있었다. 아버지는 그렇지 않았다. 아버지는 시계의 똑딱거리는 리듬에 맞춰 펜을 톡톡 두드렸다. 아이네이아스의 싸늘한 사지가 공포로 풀리고 있을 때쯤(만약 'extemplo aeneae solvuntur frigore membra 엑스템플로 아에네아에 솔분투르 흐리고레 멤브라.'가 '싸늘한 사지가 공포로 풀리고 있다.'는 뜻이라면) 터너는 운명이 목사의 아들을 어딘가 다른 곳으로 망명시키기를 바라고 있었다.

"이제 다 했겠지?"

아버지가 확인했다.

"네, 아버지."

벅민스터 목사가 시계를 쳐다보았다. 오랫동안.

"번역한 걸 읽어 보거라."

번역문을 읽는 내내 아버지는 가만히 펜을 톡톡 두드렸다.

"그건 싸늘한 사지가 아니야."

터너가 읽기를 마치자, 아버지가 지적했다.

"'싸늘한 공포'라고 해야지."

나는 고래를 만질 뻔했어, 라고 터너는 속으로 생각했다.

"그 절을 요약해서 써라, 150단어로."

벅민스터 목사가 다시 시계를 쳐다보았다.

"삼십 분이다."

그리고 다시 자신의 글로 되돌아갔다. 모르긴 해도 지옥의 고통에 관한 설교문이 아닐까 생각했고, 30분 안에 요약문 쓰기도 분명 지옥의 고통 가운데 하나일 듯싶었다.

터너는 요약문을 쓰기 시작했다. 터너는 아이네이아스에게 폭풍이 닥쳐 그의 사지를 싸늘하게 하든 싸늘한 공포로 덮든 어찌든 간에 기필코 30분 내에 끝내고야 말겠다고 굳게 다짐했다. 온 제국이 일어났다가 무너지고, 대륙이 흔들리고 지구가 거꾸로 뒤집힌다 해도 반드시 30분 안에 끝낼 작정이었다.

할아버지의 시계가 26분을 똑딱였을 때, 터너는 아버지의 책상으로 다가가 종이를 내밀었다.

아버지가 종이를 흘깃 쳐다보았다.

"한 번 더 요약해라. 유노의 관점에서."

"네?"

"신들의 여왕 말이다, 터너. 유노가 자신의 이야기를 하고 있다고 생각하고 써라. 여기 유노가 있구나, regina deum 레지나 데움*,

---

* the queen of gods. 신들의 여왕이라는 뜻이다.

구 행에. 삼십 분이면 적당할 듯싶다."

나는 고래를 만질 뻔했어, 터너는 마음속으로 생각했다.

터너는 다시 요약하기 시작했다. 잘못을 용납하지 않는 유노의 잔혹성, 동굴의 바람을 끌어내 결국 폭풍우를 일으키고 마는 부분, 'ruunt et terras turbine perflant룬트 엣 테라스 투르비네 페르플란트'부터 시작했다. 백 행을 벌써 세 번째 반복하며 터너는 조금 여유를 부렸지만 유노가 트로이 인들의 눈에서 하늘과 낮을 앗아갈 때, 온 바다를 뒤집어 그들 위로 덮칠 때, 터너는 유노의 악의를 느꼈다. 터너는 유노를 보며, 울타리 뒤에서 분노에 불타는 눈으로 튀어나와 돌멩이를 던진 목사의 아들에게 회오리바람을 내려 달라고 비는 콥 할머니를 떠올렸다.

터너는 24분 뒤 요약을 끝냈다. 콥 할머니의 급습이 자신의 요약문에 일종의 영감을 던져준 듯했다.

"이번에는 아이올루스*의 관점에서 요약해 보거라."라는 벅민스터 목사의 말을 듣는 순간, 터너는 바람의 신의 음침한 동굴 속에 있었다. 유노의 뜻에 따라 풀어 놓기 전까지 바람을 가둬 놓았던 바로 그 동굴 속.

"다음은 아이네이아스의 관점에서."

벅민스터 목사가 또다시 이렇게 주문하자, 터너는 고통으로 신음하며 폭풍 속을 내달리는 배에 탄 채 영웅과 함께 절망에 빠졌

---

*그리스 신화에 나오는 바람의 신

다. 아니 신음하고 내달리는 것은 배가 아닌 아이네이아스일까. 분간하기가 어려웠다.

터너는 결국 힘겨웠던 그날 아침을, 연습을 통해 라틴어 실력이 나아지면 누구라도 통과할 수 있는 보통의 아침이라고 마음 편히 생각하기로 했다.

아버지는 책상 위에 네 개의 요약문을 나란히 놓고 하나하나를 각각 두 번씩 읽었다. 가끔씩 밑줄을 긋고, 여기저기 동그라미를 치면서 펜을 톡톡 두드렸다. 그러다가 시계의 똑딱이는 소리만큼이나 커다란 소리로 펜으로 탁탁 두드리더니, 마침내 네 개를 모두 모아 깔끔하게 정리하고 나서 다시 터너에게 되돌려 주었다.

"아이네이아스(Aeneas)의 철자가 틀린 것만 빼면, 여름에 쉬고 다시 라틴어 수업을 시작한 것 치고는 번역도 괜찮고, 요약도 꽤 잘했다. 네가 상상력을 발휘했을지 모르겠다만 베르길리우스에 따르면 아이네이아스에는 유(u)가 들어가지 않는다. 이야기를 서로 다른 관점에서 보는 게 얼마나 중요한지 이제 알겠느냐?"

터너는 고개를 끄덕였다. 터너는 해방의 순간을 기다렸다. 고요한 바닷바람이 집 밖에서 꿈틀거리며 창문으로 집 안을 엿보았다.

벅민스터 목사는 자리에서 일어나 서가로 향했다. 아버지가 한 손가락을 입술에 대고 서가를 위아래로 훑어보자 터너의 심장은 조용히 뛰었고, 바닷바람은 숨을 고르며 부르르 떨었다.

목사는 책 한 권을 뽑아 대충 훑어보고 도로 꽂아 놓더니 다시 다른 책을 꺼냈다. 가죽 제본에 대리석 무늬의 테두리가 온 세상을 통틀어 이 세상 어떤 인간이 쓴 책보다 더 지루한 책이라는 걸 선언하고 있었다.

"로버트 바클레이*의『진정한 기독교 신성에 관한 변호 : 퀘이커교라고 부르는 원칙과 교리에 관한 설명과 변명』이다. 첫 두 명제를 읽은 다음 저녁 먹고 나서 요약해라."

목사가 말했다.

창밖에서는 바닷바람이 고개를 떨구며 살그머니 달아났다.

따분한 오후에 이어 따분하고 조용한 저녁 식사였다. 『아이네이스』는 다르다. 『아이네이스』에는 최소한 폭풍우와 흔들리는 배들과 바닷속으로 휩쓸려 들어가는 사람들이 있었다. 하지만 '지식의 진정한 토대'에 관한 명제는 콥 할머니가 주방에서 속옷 차림의 자신을 목격한 것만큼이나 끔찍했다. 완전히 막상막하였다.

터너는 만약 핍스버그의 학교 책상에 앉아 있다면 과연 로버트 바클레이의 명제들을 읽고 있을지 생각했다. 아마 아닐 테지만, 대신 학교에는 윌리스 허드가 있었다. 그래서 바닷바람은 어딘가에서 까불며 돌아다니고, 리지 브라이트는 트립 씨네 아이들과 양팔을 펴고 비행기 놀이를 즐기고 있을지 모를 그때, 터너는 아버지의 서재에 앉아 바클레이의 명제들을 읽어 내려갔다. 긴 명제들. 그다지 유용할 듯싶지 않은, 게다가 굳이 시간을 들여 건드

---

* Robert Barclay(1648~1690), 퀘이커교의 가장 저명한 작가 중 한 사람. 퀘이커 교는 내세 구원보다는 사회 개혁과 세계 평화에 관심이 많고 과학과 종교와의 대화를 많이 시도한다.

리고 싶지 않은 따분하기 그지없는 명제들. 터너는 한숨을 내쉬었고, 똑딱거리는 시계 소리 너머로 혹시나 자신의 한숨 소리가 들리는 건 아닌지 아버지를 흘깃거리며 신성 추구에 관한 요약문을 쓰기 시작했다.

기나긴 학년이 될 듯싶었다.

최소한 대단히 긴 한 주임은 틀림없었다. 아침마다 『아이네이스』를 백 행씩 번역하고 각각의 관점에서 요약을 마치면, 오후에는 로버트 바클레이의 명제가 두 개씩 이어졌다. 폭풍우가 함대를 부수고 드디어 아이네이아스가 육지에 당도했으며, 신들이 서로를 괴롭히고 법석을 떠는 베르길리우스는 무난한 편이었다. 하지만 창밖에서 재촉하는 바닷바람을 달래며, 아무리 목사의 아들이라도 반드시 읽을 필요 없는 로버트 바클레이와 씨름하는 일은 천하의 아이네이아스도 견디기 어려웠을 것이다. 아이네이우스였나, 빌어먹을 이름자야 어떻든지 간에.

심지어는 벅민스터 목사까지도 터너의 그충을 이해한 듯했다. 금요일, 트로이 인들이 디도 여왕을 습격하고 모든 흥미진진한 부분들이 그 끝을 보일 준비가 되어 가던 그날, 홍해의 갈라짐보다 더 크나큰 기적이 메인 주 핍스버그 마을에 일어났다. 아버지가 터너에게 오후 동안 자유를 허락했다. 앞으로 얼마나 더 놀라운 일이 생길지 모르겠지만, 이보다 더 놀라운 일은 상상하기 어려웠다. 그래서 터너는 로버트 바클레이 혼자 청승맞게 이야기하도록 내버려 두고 현관 밖으로 달려 나갔으며, 대기를 가르며 달리는 바닷바람을 붙잡아 바람과 함께 파커 헤드를 따라 내려갔고, 오후 동안 자유, 자유, 자유가 된다는 게 얼마나 좋은지 온몸으로 느꼈다.

말라가 섬은 여전히 금지 구역이었기 때문에 처음부터 바닷가로 가려는 생각은 없었다. 하지만 바닷바람이 앞서 달려갔기에, 터너는 아이네이아스가 거대한 창 두 개를 손에 쥐고 해변을 탐험하던 광경을 떠올렸고, 혹시나 뉴메도우즈 강 이쪽에서 리지가 조개를 캐는 모습이 보일지도 모른다는 생각이 머리를 스쳤다. 그렇다면 굳이 섬까지 건너갈 필요도 없겠다는 결론에 이르렀다. 금지 구역. 그래서 터너는 바람을 따라 마을을 벗어났고, 소나무들을 통과해 바닷가로 연결되는 바위 턱에 이르렀다. 리지가 조개를 캐고 있나 찾아보려고 아래를 내려다본 순간, 터너는 그날 들어 두 번째로 놀라운 일과 맞닥뜨렸다.

섬 바로 앞바다에서 뗏목 위에 올린 집 한 채가 부드러운 파도를 타고 위아래로 까딱까딱 흔들리고 있었다. 아이네이아스조차도 놀라고 남았을 장면이었다.

지금껏 본 광경 가운데 가장 쓸쓸했다. 그 집은 토하지 않으려고 애를 쓰는 듯 뗏목 위에 버티고 앉아 있었다. 지붕의 들보 한가운데가 축 처졌고, 널빤지는 헐렁하게 매달려 있었으며, 굴뚝 관은 파도가 칠 때마다 이리저리 흔들리며 말쑥해 보이려 애를 썼지만 그다지 소용이 없어 보였다. 뗏목 양쪽에는 원통들이 묶여 있었는데, 서너 개는 바닷가재용 냄비들이었고, 바다로 끌려 나가는 게 못마땅한 듯한 낡아빠진 트렁크도 하나 보였다.

창밖으로 얼굴들이 나타났다. 애비의 얼굴, 펄리의 얼굴, 트립 씨네 가족의 얼굴들.

바닷가에는 말라가 섬에 사는 주민들이 모두 다 나와 있는 듯싶었다. 리지는 할아버지의 손을 꼭 잡고 있었다. 트립 씨가 뗏목을 돌리고 밧줄을 단단히 묶고 원통들의 뚜껑을 확인하며, 아이네이아스가 전함을 만들었을 때처럼 뗏목을 말끔하게 정리하려고 애를 쓰는 모습을 다들 그저 묵묵히 지켜볼 뿐이었다. 그러다가 트립 씨가 바닷가로 올라가 숙연한 가운데 사람들과 악수와 끄덕임을 교환한 다음 다시 뗏목으로 돌아와 밧줄을 풀었다. 파도가 높이 차올랐지만 뗏목 집은 이내 연안을 향해 뉴메도우즈 강 하류로 떠내려갔다. 트립 씨는 한 손으로 문틀을 꼭 붙잡았고, 다른 손을 높이 들어 모두를 축복하는 듯 손가락을 쫙 펼쳐 보였다.

그 순간, 리지 할아버지의 목소리가 떨리지만 커다란 소리로 울려 퍼졌다. 할아버지를 따라 바닷가에 모인 모든 영혼들이 다함께 노래하기 시작했다.

예, 우리 그 강에서 만날 겁니다.
아름다운 강가에서
보좌에서 흘러나오는 강가에서
뭇 성도와 함께 만납시다.*

---

* 〈우리 강가에서 만납시다〉의 한 소절

뗏목은 멀어져 가고, 노랫소리는 희미해졌다. 갈매기들은 마을의 죽음 하나를 널리 알리기라도 하는 양 날아다니며 끼룩거렸다.

바닷가에 모였던 사람들은 차례차례 집으로 되돌아갔다. 터너가 바위 턱을 내려왔을 때, 뉴메도우즈 강 건너편에서는 리지와 리지의 할아버지만이 자리를 지킨 채 멀어져 가는 뗏목을 바라보았다. 섬 뒤편을 지나 뗏목이 시야에서 완전히 사라질 때까지 두 사람은 자리를 뜨지 않았다. 터너는 큰 소리로 리지를 불렀다.

"리지, 리지 브라이트!"

하지만 리지는 대답이 없었다. 대신 두 손으로 얼굴을 감싸고 해변을 따라 뛰어 올라갔다. 그리고 리지의 할아버지는 잠시 터너를 응시하다가 리지를 뒤따랐다.

터너는 더 이상 아이네이아스가 아니었다. 그보다는 오히려 외로운, 이 세상 떠나기 전 친구들과 함께였던 허드 할머니가 된 느낌이었다.

제8장

늦은 9월, 바닷바람은 단풍나무에게서 금빛을, 사시나무에게서는 은빛을 빼앗아 갔다. 떡갈나무는 갈색으로 물들었고, 너도밤나무는 파리해졌다. 그리고 바닷바람은 다른 나무들에게서도 기를 꺾어 버려 잎사귀들이 제멋대로 돌아다니며 나뒹굴고 공중제비를 넘다가 마침내는 잠이 들게 만들었다.

바닷바람은 태양도 차갑게 만들었다. 성숙해지는 구름과 반대로 태양빛은 더욱 더 창백하고 희미해졌다. 심지어 어떤 아침나절에는 나뭇잎을 따라 잠들고 싶어하는 듯 보이기도 했다.

그런 어느 날 아침, 하루가 눈을 비비고 일어나 하품을 마친 지 얼마 되지 않았을 무렵, 터너는 목사관을 쿵쿵 두드려 대는 소리에 눈을 비비고 일어나 하품을 했다. 황급히 슬리퍼를 끌며 계단을 내려가는 아버지의 발소리가 들려왔다. 엄청난 참사가 아닌 다음에야 이른 아침부터 이렇게 목사를 불러낼 일이 없을 듯싶었고, 그런 순간이라면 목사의 아들도 당연히 아버지 옆을 지켜야 할 듯싶어서 터너는 침대에서 벌떡 일어나 가운을 주섬주섬 챙겨 입고 서둘러 아래층으로 내려갔다. 하지만 굳이 침대 밖으로 나오지 않았더라도 그 목소리는 들리고도 남았는데, 어찌나 큰 소리로 떠들어 대는지 뉴메도우즈 강 건너편에 사는 사람들한테까지도 쩌렁쩌렁 울릴 정도였기 때문이다.

"포틀랜드* 신문 보셨습니까, 벅민스터 목사? 읽어 봤어요?"

스톤크롭 씨는 목사의 면전에 대고 신문을 흔들어 댔다.

목사는 오늘 아침 아직 한 글자도 읽지 못했다고 순순히 인정했다.

"그럼 제가 읽어드리죠!"

스톤크롭 씨는 신문을 양손으로 쫙 펼쳐 잡고는 기사를 찾느라 잠시 머뭇거리더니, 사탄의 선동이라도 받은 듯 다급하게 입을 열었다.

"여기 있네. 이 철면피가 말하길, 자기가 고향 섬에서 억지로 쫓겨났다고 하지 뭡니까, 자기 집이라고 주장할 만한 무슨 권리라도 있었던 듯이 말이오. 억지로 집을 뗏목에 얹었답니다. 그리고 여기, 핍스버그는 자신에게 조금도 은혜를 베푼 적이 없었으며, 자신이나 자신의 가족을 도와 주려는 아무런 노력도 기울이지 않았답니다. 마을에서 학교를 지어 준 적도 없고, 교사를 채용해 준 적도 없었다는 듯이 말이오. 또 여기, 그 작자 왈, 자신은 머나먼 길을 떠내려 와 결국 포틀랜드까지 왔으며, 더는 갈 곳이 없다고 주

---

*미국 오리건 주 서북부의 항구 도시

장했소. 그런데 그게 다가 아니오, 벅민스터 목사. 다음에는 트립 씨 가족의 심금을 울리는 무용담이 이어지고 있소. 핍스버그로 들어가는 길이 막힌 뒤로 어찌하여 부시 섬에 뗏목을 정박시킬 수밖에 없었는지, 자신의 아내를 간호하고 의사를 찾으려고 오 킬로미터에 가까운 거리를 노를 젓고 다니며 얼마나 이리저리 헤매고 다녔는지, 그리고 이 모든 것이 어찌하여 핍스버그의 선민들 탓인지 모두 다 적혀 있단 말입니다."

스톤크롭 씨는 그제야 말을 멈추고 숨을 내쉬었다.

"핍스버그 사람들 잘못이라니!"

벅민스터 목사가 외쳤다.

"오만방자하기 짝이 없소!"

스톤크롭 씨가 외쳤다.

"트립 씨 가족이에요!"

터너가 외쳤다.

벅민스터 목사와 스톤크롭 씨가 터너를 쳐다보는 사이 목사관에는 긴 침묵이 흘렀다.

"이 자들을 아니?"

스톤크롭 씨가 물었다.

"이 자들을 알아?"

벅민스터 목사가 재차 물었다.

순간 터너는 괜히 내려왔다며 뒤늦게 후회했다. 터너는 트립 씨 가족을 태운 채 뉴메도우즈 강 아래로 떠내려가던 뗏목 집이 생각났고, 파도에 흔들리지 않도록 단단히 버티고 서 있던 트립 씨를 떠올렸다. 이 사람들을 아냐고? 그들과 함께 두 팔을 펴고 섬을 돌아다닌 사람이 바로 자신 아니었나? 펄리를 까르르 웃게 만든 이는 바로 자신이 아니었나?

하지만 터녀는 이렇게 말했다.

"잘은 몰라요."

"어쨌든 이 자는 우리 마을에 모욕을 안겨 줄 목적으로 의도적으로 떠났던 거고, 결국 이렇게 끔찍한 일을 저질렀소. 오, 주여! 목사님, 만약 이 마을이 살아남으려면 우리는 관광객에게 호텔을 제공해야 할 뿐만 아니라 그들이 우리에게 호의를 갖게끔 해야 합니다. 그런데 이런 일이 일어나면 결코 호의를 불러오지 못해요."

스톤크롭 씨가 말했다.

"글쎄요, 스톤크롭 씨, 당신은 그 일에 너무 지나치게 매달리는 게……"

"글쎄요, 목사님, 만약 목사님이 설교할 마을을 원하신다면, 목사님께서 지니신 영향력을 저희들이 이해할 수 있도록 직접 그 영향력을 행사하셔야 합니다. 우리는 이 사업을 반드시 이루어 내야 하며 시간이 없습니다. 플레이스테드 주지사에게 편지를 쓰세요. 오늘 당장. 주지사에게 상황을 전하세요. 오거스타*에서는 일의 진행이 워낙 느리다는 건 잘 알지만, 오, 주여! 메인 주에서 말라

---

*미국 메인 주의 주도(州都)

가에 대한 판결을 내리겠다고 공표를 한 게 벌써 육 년 전이에요. 육 년입니다! 이제는 일이 진행될 때도 되었습니다. 그 점을 지적해 주세요."

"제가 편지를 쓸 수는 있습니다."

"오늘입니다, 목사님."

"스톤크롭 씨, 관광업은 여전히 미래가 불투명합니다."

"우리에게 남은 유일한 사업입니다. 일단 조선업이 망하고 나면 다른 대안이 없단 말이오, 다들 일 년 안에 그럴 거라고들 합니다만. 어서 편지를 쓰세요."

스톤크롭 씨는 버럭버럭 소리를 지르며 목사관을 나섰고, 터너와 아버지는 자기가 도로의 주인이라도 되는 양 거들먹거리며 걸어가는 스톤크롭 씨의 모습을 지켜보았다. 스톤크롭 씨 가까이에는 바람 한 점 불지 않았다. 만약 있었다 해도 파커 헤드의 먼지와 함께 짓밟혔다가 기껏해야 한두 줌의 바람이 되어 사라지고 말았을 것이다.

벅민스터 목사는 성큼성큼 걸어가는 스톤크롭 씨를 가만히 지켜보았고, 스톤크롭 씨는 허드 할머니네 집 옆에서 잠시 멈춰 서더니 시세를 가늠해 보려는 듯 한참 동안 집을 응시했다. 긴 한숨. 마침내 목사가 말했다.

"가서 아침 먹어라. 아버지는 아침에 편지를 써야 하고, 너는 베르길리우스 백 행을 번역해야 하잖니."

아이네이아스가(터너는 드디어 철자를 제대로 썼다고 생각했다.) 정처 없이 떠돌며 살 곳을 찾는 내용의 백 행은 지루하기 짝이 없었다. 뒤에 버티고 있는 로버트 바클레이는 오후가 오전보다 훨씬 더 지루하다는 사실을 장담했다. 터너는 로버트 바클레이의 괴롭기 그지없는 명제들이라면 이미 할 만큼 했으며, 이 세상 어떤 인간이라도 그 정도면 만족하고도 남을 거라 생각했고, 생각한 그대로를 말했다.

아직도 그날의 기적이 또다시 일어날 수 있음을 증명이라도 하듯 벅민스터 목사도 터너에게 동의했다. 저녁을 먹고 함께 서재로 되돌아왔을 때, 아버지는 서재 문을 닫더니(전에는 문을 닫은 적이 거의 없었다.) 책상 뒤 유리 상자 안에 있는 책으로 손을 뻗었다. 아버지는 책을 손에 든 채 골똘히 생각에 잠겼다. 결심이 서지 않아 망설이기라도 하는 듯 잠시 아들을 가만히 바라보았다.

드디어 아버지가 결심을 내렸다.

"터너, 책은 불이 될 수도 있다."

목사가 말했다.

"불이요?"

"그래, 불. 책은 네 마음에 불을 붙일 수 있다. 책이 전달하는 생각은 불쏘시개가 되고, 문학성은 성냥이 되기 때문이지."

"종의 기원."

터너가 소리 내어 책 제목을 읽었다.

"이게 불이에요?"

아버지가 껄껄 웃었다. 메인 주로 이사 오고 나서 처음 들어보는 아버지의 웃음소리였다. 진짜 처음으로.

"엄청난 불이지."

아버지가 단언했다.

터너는 아버지에게서 눈을 떼지 않았다.

"목사의 아들은 이것을 읽어야 하나요?"

"아니면 누가 읽겠니? 게다가 네 어머니는 아무리 제일회중이라도 우리의 생각까지 속속들이 알 필요는 없다고 하더구나."

아버지가 다시 한 번 껄껄 웃었다.

"네가 찰스 다윈을 읽는다는 걸 알면 허드 집사가 대체 뭐라고 할까?"

터너는 갑자기 세상이 도무지 알 수 없는 곳인 양 느껴졌다. 터너는 한번도 자신이 불을 일으킬 만한 그런 일들을 해야 한다고 생각해 본 적이 없었다. 책장을 펼치고 책을 읽을 때, 터너는 선장의 궤 앞에 선 짐 호킨스*이자 루비 계곡에서 눈을 뜬 신드바드였으며, 미시시피 강에서 처음 보는 강굽이를 보며 잠에서 깨어난 허클베리 핀이었다.

그리고 오래지 않아 터너는 자신이 읽고 있는 게 진정 뜨거운 불이라는 사실을 확신하게 되었다.

미지의 세계로 떠난 것이나 다름없었다.

터너는 오후 내내 머릿속에 불을 품은 채 책을 읽었다. 터너는

---

* 로버트 스티븐슨이 쓴 「보물섬」의 주인공 소년

다음 날에도 어서 그 책을 읽으려고 서둘러 베르길리우스를 끝냈다. 그 주 내내 하루도 빠짐없이 다윈을 읽으며 터너의 마음속에 불이 뜨겁게 달아오르는 사이, 바깥에서는 바닷바람이 점점 더 차가워졌으며, 버티던 단풍나무 잎사귀들이 하나도 남김없이 완전히 시들어 버렸고, 떡갈나무 잎들도 바싹 말라 바스락거렸다. 토요일이 되자, 터너는 다윈과 더불어 오전을 보냈다. 숨가쁘게 읽기를 마친 다음 시계가 세 시를 알리자, 두 손에 불을 지니고 파커 헤드를 내달렸다.

제일회중교회에는 그 불로 덥힐 수 있는 이가 아무도 없었다. 아버지와 미리 약속을 했다.

하지만 리지라면 가능했다.

제일회중교회의 마지막 종소리가 울릴 때, 터너는 콥 할머니네 집에 도착했지만 리지는 없었다. 하지만 불은 터너의 마음속에서 여전히 빨갛게 타올랐다. 기운차게 〈공화국 찬가〉를 마친 다음, 〈조용히 흔들려라, 사랑스런 마차여〉로 내달았는데, 조용하면서도 대단히 빠르게 이어졌다. 터너는 오르간을 치면서도 계속해서 뒷문의 노크 소리에 귀를 세웠다. 노크 소리는 들리지 않았다. 콥 할머니조차 어서 가라고 채근할 정도로 오래도록 연주를 마치고 나서야 터너는 뒷문 베란다로 나와 리지를 기다렸다.

하지만 리지는 오지 않았다.

일요일 오후에도 리지가 오지 않자, 터너의 마음속 불은 차츰 잦아들어 연기만 남았다. 터너가 오르간을 너무 천천히 연주하자, 콥 할머니는 이토록 슬픔에 잠긴 〈우리 강가에서 만납시다〉는 처음 들어본다고 터너를 나무랐다.

"오늘은 마지막 말을 남길 생각이 없단다, 터너 벅민스터."

"그럼요, 할머니."

"그럼 좀 더 활기찬 곡을 연주해라."

터너가 아주 살벌한 곡을 연주하자, 콥 할머니가 짝짝 박수를 쳤다.

"그래. 영원한 불못*에 대한 그런 찬송가들은 늘 그렇게 기운차더구나, 안 그러냐? 한 곡 더."

그래서 지옥행의 영광이 담긴 기운찬 곡을 찾으려 애써 보았지만, 남아 있는 연기조차 점점 사그라지고 있던 터라 곡의 템포를 올리기가 쉽지 않았다.

뉴메도우즈 강에서 풀려난 뗏목만큼이나 기분이 축 늘어졌다.

"그 검둥이 여자애는 어디 있는 게냐?"

별안간 할머니가 물었다.

"모르지요. 그동안 어디에 있었는지도 모르겠고, 저는 내려가서 찾아보면 안 되니까, 그 애가 섬에서 더 이상 살지 않는지, 아니면 섬에 사는 다른 사람들과 함께 몽땅 떠나 버린 건 아닌지도 모르겠고, 맹세코 섬 주민들은 마을 사람들에게 그토록 당하고 자기들 집까지 빼앗길 만큼 나쁜 짓을 절대로 한 적이 없는데, 만약

---

* 신약 성경의 요한 계시록에 나오는 지옥의 유황으로 불타오르는 불의 못

그 애가 떠나 버린 거라면, 저는 작별 인사도 못 했다고요."

터너는 숨이 턱까지 차올랐다. 콥 할머니는 눈이 휘둥그레져 터너를 바라보았다.

"단숨에 그걸 다 말하다니."

"그런 것 같아요."

할머니는 고개를 끄덕이며 무릎을 꼭 쥔 자신의 양손을 내려다보았다.

"나도 그 애가 좋아졌다. 아주 많이."

"그 애를 좋아한다는 말은 하지 않았어요."

"터너 벅민스터, 항상 목사의 아들이 될 필요는 없단다."

항상 목사의 아들이 될 필요는 없다. '항상 목사의 아들이 될 필요는 없단다.' 터너는 자신이 언제든, 다른 무엇이 될 수 있다는 생각을 단 한번도 해본 적이 없었다. 그 생각을 하자, 터너는 온몸이 파르르 떨렸다. 마치 고래에 닿을 뻔했던 그때처럼.

"저는 그 애를 정말로 좋아해요."

터너가 고백했다.

"물론 그럴 게다. 그리고 젠장, 마을에서 누가 뭐라고 쑥덕대건 그런 건 하나도 중요하지가 않아, 그래, 늙은 부인도 욕을 할 줄 안단다. 메인 주를 통틀어 그 누가 뭐라 하건 눈곱만큼도 상관없다."

터너가 고개를 끄덕였다.

"그리고 뭐라 할 거면, 그 대상은 당연히 내가 돼야지!"

"할머니요?"

"그래, 나 말이다, 터너 벅민스터. 그동안 검둥이 여자애를 집에 들여 네 오르간 연주를 같이 들어왔는데, 설마 뒤에서 수군대는 작자가 하나도 없었을 거라고 생각하는 건 아니겠지? 다음은 내 차례일 게다. 나를 끌어내서 포날로 보낼 거야. 그래, 나도 허드 부인에 대해 잘 알아. 부인의 아들, 그 아들이 집을 판 돈을 투자하려고 부인을 포날로 보냈어. 무슨 다른 이유가 있겠니?"

할머니가 단호히 고개를 내저었다.

터너는 오르간에서 벌떡 일어섰다.

"그래. 가서 어떻게든 빨리 그 애에 대해 알아봐라, 되도록 빨리."

터너는 콥 할머니네 집에서 달려 나와 파커 헤드를 내달렸다. 터너는 레이스 커튼이 찢어지는 걸 미처 보지 못했고, 달음질치는 자신의 모습을 콥 할머니가 지켜보고 있다는 것도 보지 못했으며, 콥 할머니가 콧노래로 〈이 세상 떠나도 나에게는 친구들이 있다네〉를 부르는 소리도 듣지 못했다. 하지만 바닷바람이 옆에서 뒹굴고 있다는 걸 느꼈고, 갈매기들이 날아오르는 소리를 들었으며, 두 손에는 다시 불이 타올랐다. 터너는 초록빛 파도가 포효하고 파도 끝에선 노란 포말이 밀려오는 바다 절벽의 끄트머리에 서 있는 듯했다. 터너는 이제 뛰어내릴 준비가 되었다.

반은 달리고 반은 구르다시피 하며 관목 숲을 지나 바위 턱을 넘으면서도 터너는 리지가 자신을 기다리고 있을 거라는 기대감을 버리지 않았다. 그래서 막상 바닷가에 이르러 리지의 모습을 발견하고도 그다지 놀라지 않았다. 리지는 팔꿈치까지 온통 진흙투성이였고, 옆에는 바닷물을 찍찍 내뱉는 조개들이 담긴 양동이가 놓여 있었으며, 해변에는 나룻배가 보였다.

"안녕."

터너가 인사했다.

리지는 머리를 들었다가 다시 내렸다.

"안녕."

터너가 다시 인사하며 가까이 다가왔다.

"안녕."

"며칠 안 보이더라."

"나흘."

리지가 말했다.

"그래, 나흘이구나."

리지는 다시 조개를 캤다.

"같이 캐자."

"그렇게 캐고 싶다면, 배에 갈퀴가 하나 더 있어."

터너는 갈퀴를 가지러 갔다.

"그동안 어떻게 지냈어?"

"늘 하던 대로."

그들은 함께 말없이 갈퀴질을 했고, 조개를 캤다.

그들은 함께 말없이 오랫동안 갈퀴질을 했고, 조개를 캤다.

"리지, 뭐 화난 거 있어?"

"글쎄, 터너 어니스트 벅민스터 군, 내가 왜 화가 나야 하지?"

"나라면 우리 집을 없애 버리려고 하는 사람들이 마을에 있다면 화가 날 것 같아."

"그렇겠지만 그런 일은 일어날 리가 없지."

"그리고 그 이유가 단지 돈 때문이라면 훨씬 더 화가 날 것 같아."

"그럴 거야. 게다가 만약 너한테 할아버지가 있는데 너무 아파서 움직일 수도 없고, 마을에 집사가 들이닥쳐 그런 할아버지한테 이사를 가라고 을러댄다면 너는 훨씬 더 화가 나겠지."

터너는 자신이 방금 갈퀴질을 했던 조개 구멍 위로 벌떡 일어섰다.

"얼마나 아프신데?"

리지 브라이트는 갈퀴를 개펄 건너편으로 던져 버리고는 진흙 바닥에 주저앉아 울음을 터뜨렸다. 터너는 갈퀴를 내려놓고 리지 곁에 앉아 손을 꼭 잡아 주었다.

진흙투성이 손바닥에 손바닥을 겹친 채 둘은 그대로 앉아 있었다. 바닷바람은 고요했다. 갈매기조차 소리 내어 울지 않았다. 그리고 터너는 윌리스 허드가 핍스버그의 온 마을에 두 사람의 이야기를 무어라 떠들고 다닌다 해도 하나도 두렵지 않았다.

"내 손 다 잡았니?"

얼마 뒤, 리지가 물었다.

"아직."

"손 다 잡으면 나한테 말할 거야?"

"그럴게."

리지가 고개를 끄덕였다.

"조금 더 있으면 진흙이 아주 단단히 말라붙어서 우리 둘이 떨어질 수 없게 될걸."

"그래도 나는 괜찮아."

리지가 터너를 바라보았다. 다시 울음을 터뜨릴 것처럼 보였다. 하지만 이번에는 울다가 웃었다.

"나도 괜찮을 것 같아, 터너 벅민스터. 그런데 밀물이 들어오면 어떻게 하지?"

"가서 할아버지를 뵙자."

그리고 두 사람은 그렇게 했다. 밀물이 들어오자, 두 사람은 함께 바닷물에 손을 헹구고 배에 올라타 말라가로 노를 저었다. 곶에 이르자, 두 사람은 함께 조개 양동이를 들고 집으로 올라갔다.

계단에는 파이프 담배를 피우며 앉아 있는 리지 할아버지의 모습이 보이지 않았다. 터너는 그곳이 유난히 쓸쓸하게 느껴졌다. 잠시 트립 씨네 아이들이 숲 밖으로 뛰어나와 양팔을 벌리고 날갯짓하던 모습이 떠올랐다. 하지만 섬 어디에서도 더 이상 그들의 모습을 볼 수 없었다. 터너는 손가락을 쫙 펴 보다 리지의 손이 닿았던 느낌이 벌써 사라지고 없다는 걸 깨닫곤 깜짝 놀랐다. 이토록 빨리 그 느낌을 잊을 수 있단 말인가?

집 안은 터너가 기억했던 것보다 더 어두웠고, 바깥의 시간에 비해서도 많이 어두웠다. 리지의 할아버지는 창밖을 내다볼 수 있도록 침대에 기대어 모난 팔꿈치를 받치고 앉아 있었다.

"리지 브라이트."

그들이 들어서자, 할아버지는 얼굴에 미소를 지으며 축도를 하듯이 리지의 이름을 소리 내어 불렀다.

"그리고 터너 벅민스터. 애야, 우린 이곳에 왔던 네 모습을 그리워했단다. 아니다, 아니야, 설명하려고 하지 말거라. 너는 설명할 필요 없어. 우리는 네가 오늘 여기에 와 준 것만으로도 기쁘단다."

리지가 터너에게 칼을 건네주었다.

"조개껍데기 여는 법 알아?"

"일이 분이면 알지."

"너 혼자서 그냥 알아낼 수 있다고 생각하는 거야?"

"아니, 네가 나한테 가르쳐 줄 거라고 생각해."

"그렇게 생각해?"

"당연히 그렇게 생각하지. 너는 나는 모르고 너만 아는 걸 가르쳐 주지 않고는 못 배기잖아."

"그럼 만날 때마다 엄청 가르쳐 줘야겠네. 왜냐면 너는 모르고 나만 아는 게 엄청나게 많으니까."

터너가 요령을 깨우쳐 칼끝으로 조개껍데기를 열고 살을 슬쩍 갈라 즙과 함께 냄비 안으로 떨어뜨릴 수 있게 된 다음에도, 리지는 터너에게 많은 것들을 가르쳐 주었다. 즈개껍데기에서 조갯살이 빠져나오는 것을 지켜보며, 아파서 침대에 누워서 보고도 알아볼 정도니 이제 그 정도면 됐다고 리지의 할아버지가 말했다. 하지만 터너는 그리핀 목사가 보고 알아보는 것 이상으로는 그리 많은 일을 할 수 없다는 걸 눈치 챘다. 일단 차우더 수프가 끓기 시작하자, 아까부터 몸을 기대고 앉아 지친 리지의 할아버지는 다시 침대에 누웠다. 할아버지는 기침할 기운조차 없는 듯 한두 번 약하게 기침을 하고는 꼼짝도 않고 누워만 있었다.

차우더 수프가 끓는 동안 리지와 터너는 바닷가에 나란히 앉았다. 두 사람은 많은 말을 나누지 않았다. 그럴 필요도 없었다. 뉴메도우즈 강은 고요했고, 조수는 바닷가 바위들에 생채기를 남기지 않으려는 듯 천천히, 조심스럽게 흘렀다. 조수를 탄 갈매기들이 농담 삼아 일부러 그러는 듯 이따금씩 서로를 불렀지만 대부분은 그저 파도를 타고 위아래로, 위아래로 떠다니기를 반복했다. 누군가가 수를 세어 볼 생각을 하기 훨씬 전부터, 아주 오랜 옛날부터 갈매기들은 저렇게 떠다녔겠지. 문득 이런 생각에 잠긴 터너는 다윈이 비글 호*의 브리지**에 서서 갈라파고스의 바닷새들을 지켜보는 장면을 잠시 떠올리며, 어쩌면 다윈도 자신과 똑같은 생각을 하고 있었을지도 모르겠다고 생각했다.

"갈매기들은 어떻게 헤엄치는 법을 배웠을까?"

터너가 리지에게 물었다.

"엄마 새나 아빠 새가 보여 줬겠지. 다른 방법이 있겠어?"

---

* 찰스 다윈이 승선했던 영국 해군의 측량선
** 상갑판의 선장이나 함장의 지휘소

"그럼 엄마 새나 아빠 새는 어떻게 배웠을까?"

"그 새들에게도 엄마 아빠가 있으니까, 터너. 알면서 왜 그래?"

"그럼 맨 처음 새는? 아주 맨 처음에 있던 그 새. 뭘 보고 그렇게 헤엄치기 시작했을까?"

"하느님이 당신의 손에 그 새를 잡고 계시다가 세상으로 던져서 새를 온통 젖게 하신 다음 그 새에게 가만히 있으라고 말씀하셨지. 그래서 갈매기들은 아직도 그걸 두고 투덜대고 있잖아."

"그 얘기를 성경에서 읽은 거야?"

"창세기 어딘가에서. 중간쯤인가."

"글쎄, 내 생각엔 하느님은 가끔씩 불평을 당해도 신경 쓰시지 않는 것 같은데."

터너가 자리에서 일어서며 말했다.

"나도 그랬으면 좋겠어. 요즘엔 나도 불평할 거리가 넘치거든."

리지도 자리에서 일어섰다. 둘은 함께 갈매기들이 파도를 타는 모습을 지켜보다 오두막으로 들어갔다. 터너가 그리핀 목사를 부축해 침대에서 몸을 일으켜 주었고, 리지는 차우더 수프를 한 그릇 떠와 먹여 주었다. 수프를 먹는 내내 목사는 얼굴에 미소가 가득했다. 리지의 할머니가 만들어 주었던 수프 맛과 하나도 다르지 않다며 두 사람을 칭찬해 주었다. 목사를 받치고 있던 터너는 목사의 몸이 어찌나 가벼운지 영혼의 무게조차 지탱해 내지 못할 듯했다. 만약 목사가 정말로 말라가 섬을 떠나야 한다면 대체 어떻게 되는 걸까? 그런데도 목사가 떠날 수 없다면 리지에게는 대체 무슨 일이 닥칠까?

할아버지가 차우더 수프를 다 먹고 나자, 리지는 나룻배에 터너를 태워 다시 뉴메도우즈 강을 건넜다. 배에서 내려 잠시 뱃전을 붙잡고 있던 터너가 배에서 손을 떼자, 조수가 배를 조금씩 앞으로 당겼다. 리지는 노 하나만으로 부드럽게 배를 돌렸고, 천천히 노를 저어 섬으로 되돌아갔다. 리지는 강을 건너 바닷가에 도착해 배를 해변으로 끌어올린 다음 터너에게 손을 흔들어 주었고, 터너는 계속해서 그 모습을 지켜보았다. 리지는 양팔을 쫙 펴고 환한 웃음과 함께 몸을 까딱이며 바닷가를 가로질러 날아가는 시늉을 하며 달려가더니 섬 모퉁이를 돌아 사라졌다. 터너는 집으로 가기 위해 바위 턱을 올랐다.

바위 턱을 오를 때 터너의 마음속에서는 불이 차츰 타올랐고, 다윈의 그것만큼이나, 어쩌면 그보다 더 뜨거웠다. 파커 헤드로 내려섰을 때에도 불의 너울거림을 느꼈고, 텅 빈 허드 할머니네 집을 지나 목사관 현관 계단을 오를 때에도 그 느낌은 사라지지 않았다. 저녁을 먹는 중에도 터너가 내내 불기운에 사로잡혀 있자, 벅민스터 목사까지도 이따금씩 터너를 쳐다보았다. 터너의 어머니는 감히 침묵을 깨고 입을 떼어 터너에게 하루를 어떻게 보냈냐고 물었다.

터너는 "좋았어요."라고 대답했다. 몸이 타는 듯 뜨거워졌다.

아버지가 터너에게 오늘 저녁에 있을 올해의 마지막 야구 시합에 나가겠냐고 물었을 때에도 터너의 몸은 여전히 뜨거웠다. 자신이 야구 시합에 나가서는 안 될 이유가 단 한 가지도 떠오르지 않았기 때문이다. 다시 말하면 야구 시합에 나가지 않겠다고 아버지에게 변명할 이유 또한 단 한 가지도 생각나지 않았기 때문이다. 터너는 한껏 달아올라 야구장으로 갔다. 웃고 떠들며 음료수 병을 돌리고, 서로서로 밀짚모자를 흔들어 인사하는 사람들, 리지와 리지의 할아버지를 말라가 섬에서 몰아낼 준비를 하고 있는 그들과는 눈을 맞추지 않으려고 노력했다. 정말 그런 일이 일어나도 하느님이 가만히 계실지 의심스러웠다.

그때 허드 집사가 터너를 불렀다.

"터너, 다시 한 번 해보겠니?"

허드 집사가 낄낄 웃음을 터뜨렸다. 옆에 있던 윌리스도 따라서 낄낄거렸다. 그리고 빌어먹을 야구장에 있던 모든 사람들이 다 같이 낄낄거렸다. 터너는 고개를 끄덕였다. 자신을 어떤 팀에 끼워 넣든 개의치 않았다. 터너의 마음속에서는 아직도 불이 환하게 타오르고 있었다. 선두 타자는 아니었다. 터너는 9번 타자로 정해졌기에 2회가 끝날 때까지는 타석에 들어서지 않았다. 그러다 3회 투아웃에 홈 플레이트에 들어서서 자세를 잡은 다음 방망이를 낮게 휘둘러 보았다. 낮이 점점 짧아지고 있었다. 야구장 위로 내리쬐는 파리한 햇빛은 차갑기 그지없어서 서리가 내릴 때가 되었다는 걸 짐작하게 했다. 나무들마다 햇빛의 후광으로 축복을 받았다. 터너는 비스듬히 내리쬐며 반짝이는 햇살 속에서 사람들 옆을 쏜살같이 날아가 은빛 후광으로 빛나는 태양 너머로 사라져 가는 야구공을 머릿속으로 그려 보았다.

"아직도 앞다리를 상당히 내밀고 있구나, 아들아. 다시 한 번 생각해 보지 그러니?"

허드 집사가 다시 한 번 낄낄거렸다.

윌리스는 느긋하게 마운드에 올라 터너를 지켜보며 글러브 속으로 공을 툭툭 넣었다 뺐다. 신성한 햇살이 윌리스를 뒤에서 비추고 있었기 때문에 윌리스의 표정이 잘 보이지 않았다. 윌리스는 그냥 환하게 보였다.

"플레이 볼!"

허드 집사가 큰 소리로 외쳤다.

윌리스가 "그럼 간다." 라고 말하고 공중으로 공을 높이 던져 올리자, 공은 은빛 공중을 날며 스스로 햇빛의 후광을 얻었다.

터너에게는 오로지 공과 하늘과 빛과 두 손에 잡은 야구 방망이와 마음속 불뿐이었다. 그리고 리지, 돌멩이를 높이 던져 올리며 터너에게 낮은 데서 높은 데로 휘두르라며 큰 소리로 외치던 그 모습, 끼룩대던 갈매기들과 물마루를 이루며 부서지던 파도, 떨어지는 돌멩이, 그리고 스윙을 하던 순간 자신의 두 손을 간질이던 바로 그 느낌까지.

터너는 스윙하는 순간, 손목을 앞으로 빼면서 마치 공이 멜론만큼이나 커다란 것처럼 자연스레 공을 휘감았다. 공은 은빛 햇살을 따라 미끄러지듯이 빠르게 빙빙 돌며 3루를 넘어 파울 지역으로 날아가더니 핍스버그에 있는 어떤 소나무보다 더 높이, 더 멀리 날아가다 마침내 시야에서 사라졌다.

"스트라이크 원!"

허드 집사가 외쳤다. 아무도 낄낄거리지 않았다.

포수 뒤에 있던 누군가가 윌리스에게 다른 공을 던져 주었다. 윌리스는 글러브를 벗어 공을 쓱쓱 문지르더니 다시 글러브를 낀 다음 얼굴에서 웃음을 지운 채 터너를 뚫어지게 바라보았다. 태양이 지면서 햇살이 비스듬히 올라 윌리스의 얼굴이 까맣게 보였다. 다음 공은 처음 공보다 더 높았고, 윌리스는 공을 던지기 직전 손끝에 스핀을 실어 보냈다. 터너는 앞다리를 조금 더 오른쪽으로 보냈다. 다가오는 공을 지켜보는 터너의 귀에 다시 한 번 갈매기들의 울음소리와 물마루를 이루는 파도 소리가 들려왔다. 이번에는 손목을 뒤로 빼며 공을 휘감아 1루수 라인 옆 파울 지역으로 보냈는데, 공은 햇빛의 후광을 입은 단풍나무들 위를 넘어 멀리멀리 날아가 자갈이 가득한 도로 위를 통통 튀어 가다가 머나먼 도랑 속으로 자취를 감추었다.

"스트라이크 투!"

허드 집사가 외쳤다. 아무도 낄낄거리지 않았다.

다시 새 공 하나가 포수 뒤에서 나왔고, 윌리스는 또다시 공을 쓱쓱 문질렀다. 음료수 병을 건네는 사람도, 밀짚모자를 흔드는 사람도 하나 없이 세 번째 공이 다가왔다. 세 번째 공은 두 번째만큼, 아니 그보다 더 높았다. 터너는 타석에 서서 마음속에서 활활 타오르는 불을 간직한 채 공이 다가오기를 기다리고 또 기다렸다. 드디어 공이 다가온 순간, 터너는 다시 한 번 손목에 힘을 빼고 방망이를 크게 휘둘러 공을 하늘 높이 쳐올렸고, 공은 3루쪽 파울 지역에 있는 나무들 속으로 사라졌다.

목사의 아들이, 그것도 깡마른 사내아이가 내리 세 번을 그렇게 멀리까지 쳐 낼 수 있다는 사실에 핍스버그 주민들은 연방 휘파람과 감탄의 환호성을 보냈다.

하지만 세 번이 끝이 아니었다. 연속 열두 번이었다. 자존심만큼이나 높디높은 열두 개의 공. 희망만큼이나 멀리 쏘아 올린 열두 개의 공. 미지의 세계로 떠나가는 듯 커브를 그리며 날아간 열두 개의 공. 그리고 공을 칠 때마다 터져 나오는 휘파람과 환호성, 그리고 심지어는 파울 볼을 그토록 멀리 날릴 수 있다는 것이 도저히 믿기지 않는다는 경탄의 박수 소리까지.

포수 뒤에서 공 하나가 다시 나오자, 허드 집사가 뒤를 돌아보며 물었다.

"공이 몇 개나 남았지?"

"저게 마지막 공입니다."

"네가 공 열두 개를 날렸다."

허드 집사가 웃음기가 사라진 얼굴로 말했다.

"이번 공은 잃어버리지 않을 겁니다."

터너는 이렇게 대답했다. 터너는 방망이를 휘두르고 다리를 앞으로 뻗은 다음 아주 조용히 윌리스의 투구를 기다렸다.

윌리스가 다시 한 번 공을 쓱쓱 문질렀다. 윌리스는 잠시 투수

마운드에서 내려와 뒤를 돌아보며 중견수에게 좀 더 뒤로 물러나라고 손짓을 했고, 좌익수와 우익수에게는 라인에 더 바짝 붙으라고 지시를 내렸다. 어스레한 저녁 어둠이 야구장을 감쌀 무렵, 나무 높이까지 내려온 햇살이 그들 위를 고르게 내리비췄다. 윌리스가 와인드업을 시작했을 때, 터너는 윌리스의 얼굴이 전혀 보이지 않았다. 하지만 공은 달만큼이나 커다랗게 보였다. 공은 빛을 뚫고 높이 떠올랐다가 빙글빙글 회전하면서 다시 어둠 속으로 내려오며 터너의 방망이를 향해 다가올 준비를 하는가 싶더니 어느새 번개처럼 질주해 왔다.

그렇게 내려오고 내려오며, 빙글빙글 돌고 도는 공을 주시하며 방망이를 꽉 붙잡고 앞다리를 끌어당기던 터너는…… 홈 플레이트에서 한 발짝 물러섰고, 공은 그대로 툭 떨어지며 홈 플레이트에 부딪혔다가 탁 튀어 오르더니 터너의 발쪽으로 데구르르 굴러왔다.

"스트라이크 아웃!"

허드 집사가 큰 소리로 선언했다.

잠시, 그 누구도 말이 없었다. 그러다가 목사가 터너의 이름을 큰 소리로 불렀다. 윌리스의 친구들과 핍스버그의 다른 모든 이들이 터너가 스윙을 했어야 했다고, 스윙만 했으면 홈런이 되고도 남았을 거라고 하나같이 입을 모았다. 땅바닥에는 밀짚모자들이 내동댕이쳐지고, 여기저기서 고개를 설레설레 저었다.

유일하게 말이 없는 사람은 윌리스였다. 단 한 사람. 터너가 공을 집어 윌리스에게 던지자, 공을 받은 윌리스가 얼굴을 돌렸다. 그림자가 그리 어둡지 않은 덕에 터너는 윌리스의 미소를 볼 수 있었다.

터너는 나머지 시합을 뛰지 않았다. 하지만 공이 하나밖에 남지 않았기 때문에 사람들은 오히려 다행으로 여겼다. 터너는 어머니보다 조금 앞서 걸어 목사관으로 돌아왔다. 두 사람은 목사관 현관 계단에 이를 때까지 서로 아무 말이 없었다. 맨 위 계단에 잠시 멈추어 건너편의 교회를 바라보다가(이제는 뾰족탑에만 간신히 햇살이 남아 있었다.) 파커 헤드 쪽으로 시선을 돌렸다. 어둠 속에서 몸이 으스스 떨려 왔지만 뾰족탑 위로 아직 햇빛이 남아 있는 동안에는 집 안으로 들어가기가 싫어서 현관 계단에 앉아 사그라지는 햇살을 가만히 지켜보았다. 어머니는 위쪽에 서서 터너의 머리 위에 손을 얹은 채 머리칼을 살며시 쓰다듬어 주었다.

어머니가 가만히 입을 떼었다.

"있잖니, 터너. 네가 어쩌면 아버지를 난처하게 했을지도 모르겠구나."

터너는 어머니의 말씀을 잠시 생각해 보았다.

"그럴지도 모르겠네요."

이윽고 터너가 대답했다.

"그렇다고 엄마가 아주 반대하는 건 아니란다. 아버지를 난처하게 한 거 말이다. 목사들은 이따금 난처해지는 게 좋아. 자신들이 누구인지 기억하는 데 도움이 되니까."

"그 말씀에 벅민스터 목사님도 동의하실지는 모르겠는데요."

"물론 동의하지 않으실 게다. 하지만 그럴 때일수록 더욱 더 필요한 법이지."

뾰족탑 위의 햇살이 분홍빛으로 물들기 시작했다. 터너는 속으로 생각했다. 말라가 섬은 이미 깊은 어둠 속에 빠져 있겠지, 늘 그렇듯 바닷물 속에 몸을 숨긴 채. 해가 진 뒤로는 섬에 가 본 적이 한 번도 없었다. 하지만 터너는 어두운 바닷가에 서 있는 자신의 모습과 부서지는 파도 소리만이 파도가 존재함을 알려 줄 정도로 캄캄한 어둠에 빠진 섬의 모습을 머릿속으로 그려 보았다. 위로는 밤하늘이 반짝반짝 빛나고 리지와 나란히 앉아 갑자기 빛을 내며 제자리에서 떨어져 나오는 별들을 지켜본다. 갈매기들은 조용하다. 리지의 집에서 새어 나온 불빛이 모래 위로 노란 기둥을 만든다. 그리고 바닷바람이 장난을 걸어오면 둘은 더 바싹 다가앉는다.

말라가 섬의 밤 풍경은 아마도 그러하리라.

드디어 파커 헤드의 먼 끄트머리에서부터 햇빛이 사라져 가기 시작했다. 대부분 어둠 속에 잠긴 집들은 고요했고, 마지막 남은 공으로 세이어 초원에서 시합 중인 사람들 역시 마찬가지였다. 얼마 안 있으면 그들은 깔고 앉았던 줄무늬 담요를 어깨에 두른 채 벌거벗은 단풍나무들 밑으로 삼삼오오 짝을 지어 수다를 떨며 집으로 돌아가겠지. 집집마다 불빛이 켜지면 한 집 또 한 집 제각각 불빛 기둥을 드리울 테고, 마을이 완전한 저녁 속으로 빠져들면

다가오는 가을밤의 추위를 막기 위해 석탄 난로에 불을 때리라.

파커 헤드의 밤 풍경은 아마도 그럴 테고, 추운 겨울이 다가와도 파커 헤드 거리의 사람들은 자기 집이 뉴메도우즈로 떠내려 갈 걱정 따위는 하지 않을 것이다.

뗏목에 집을 싣고 뉴메도우즈 강 아래로, 전혀 알지 못하는 곳으로 떠내려 간다면 과연 어떤 기분이 들까 터너는 잠시 생각해 보았다. 불현듯 미지의 세계로 떠난다는 것에 대해 확신이 없어졌다.

자신은 어딘가로 떠나기만을 바랐지 보호해 줄 집을 갖는 일은 그렇게 절실히 바라지 않았다는 걸 깨달았다.

하지만 리지 브라이트는 분명히 그것을 절실히 바랄 것이다.

시합을 마친 첫 번째 무리가 돌아오는 소리가 들렸다. 어머니는 터너의 머리에서 손을 거두고 현관의 어둠 속으로 조금 물러섰다.

"너무 오래 있지 말거라. 여기는 진짜 금방 추워지더구나."

터너는 어머니의 말에 고개를 끄덕였고, 어머니는 문을 닫고 집 안으로 사라졌다. 첫 무리의 사람들은 파커 헤드로 내려가면서도 터너에게 손을 흔들어 아는 체하지 않고 입을 꾹 다물었다.

터너는 어쩌면 침묵하는 것에 대한 진화론적 이점들에 대해 다윈이 언급했을지도 모른다는 생각이 들었다. 터너는 침묵이 주는 이점들이 상당하리라 여겨졌다. 다음에 윌리스 허드를 만나면 한 번 시도해 봐야겠다고 생각했다.

차례차례, 네 무리가 더 지나쳐 갔고, 그들은 깔깔거리며 목사관 옆을 지나쳤다. 마지막 무리 속에 벅민스터 목사가 있었다. 목사는 무리에서 빠져나와 계단을 오르더니 말없이 터너 옆을 지나 집 안으로 들어갔다. 이미 멀리에서부터, 멀리 파커 헤드 위쪽 거리에서부터 아버지를 감싸고 있던 자줏빛 어둠은 이젠 레이서들을 기다리는 리본들처럼 가슴 높이를 맴도는 가늘고 성긴 명주실 같은 안개가 되어 파커 헤드 정면을 감싸고 있었다.

파커 헤드가 잠잠해지고, 더 이상 초원에서 깔깔거리며 올라오는 무리들이 없을 듯싶었다. 그러자 터너는 계단을 풀쩍 뛰어내려 하나씩 하나씩 리본을 끊으며 성큼성큼 걸었고, 끊어진 리본들은 터너의 뒤에서 소용돌이치다 다시 제 모양을 갖추어 터너의 집을 더욱 더 깊고 깊은 자줏빛 밤 속으로 빠뜨렸다. 터너는 마침내 완전한 어둠의 그림자 속에서 텅 빈 허드 할머니네 집 앞에 다가서다가 누군가 현관에 서 있다는 걸 알아차렸다. 터너는 살며시 다가갔다. 점점 더 가까이 다가가다 그 사람이 누군지 알아볼 만큼 거리가 가까워지자, 우뚝 멈춰 섰다.

윌리스였다. 윌리스는 덧창을 노란색으로 덧칠하는 중이었다.

터너는 현관 계단으로 올라갔다.

"윌리스, 이렇게 어두운데, 뭐 해?"

윌리스는 터너의 목소리를 듣고 몸을 돌렸다가 이내 페인트칠에 집중했다.

"내가 뭘 하는 것처럼 보여?"

"덧창을 칠하고 있잖아."

"야, 너는 야구공도 잘 치더니 똑똑하기까지 하구나."

"너는 어둠 속에서 페인트칠을 하고 있어."

"나는 어둠 속에서 페인트칠을 하고 있지."

"네 아버지한테 들키는 게 싫어서겠지."

"정말 똑똑한데."

"너희 할머니를 위해서구나."

윌리스는 대답이 없었다. 윌리스는 초록색 덧창을 태양처럼 샛노란 색으로 뒤덮으며 페인트칠을 계속했다.

"붓 하나 더 있어?"

터너가 물었다.

윌리스가 페인트칠을 멈추었다.

"마지막 공은 왜 안 쳤어? 너는 어떤 공이 와도 중견수보다 두 배는 더 멀리 쳐낼 수 있었지만 치지 않았어. 왜 안 친 거야?"

"왜냐하면 다들 초록색 덧창을 기대하니까."

윌리스는 터너를 물끄러미 응시했다. 오래, 아주 오래.

"저 구석에 가면 양동이 안에 붓이 하나 더 있어. 빨간색 페인트 통 옆에. 너 빠른 편이냐?"

"별로."

"괜찮아. 너는 하느님이 허리를 쭉 펴고도 잡을 수 있을 정도로 공을 높이 칠 수 있잖아. 페인트칠까지 빠를 필요는 없지."

윌리스가 말했다.

터너는 붓을 가져다 페인트 통에 담갔다. 터너는 어둠 속에서 페인트를 칠하고 있는 윌리스 옆으로 다가갔다. 내일 아침이 오면 덧창들이 어떤 모습으로 바뀌어 있을지 아무도 모르리라. 덧창은 다시 샛노랗게 될 터였다. 허드 할머니가 간직했던 바로 그 모습 그대로.

터너는 페인트칠을 시작했고, 뒤에서는 별들이 온 힘을 다해 반짝였다. 모든 별들이 떨어지는 별 하나 없이 온전히 밤하늘의 제자리를 지켰다. 단 하나의 별도 빠짐없이.

제9장

이어지는 사나흘 동안은 금빛의 둥근 달이 어찌나 커다랗고 무거운지 하늘 높이 떠오르지 못하고 수평선 가까이에 머물렀다. 이윽고 달이 무게를 덜어 내고 높이 솟구치기 시작하자, 달은 금빛을 잃어버리고 점점 잿빛을 띠어 갔다. 매일 밤, 대기는 싸늘해져 갔고, 별들은 점점 더 차갑게 빛났다. 그렇게 핍스버그와 말라가 섬에 시월이 찾아왔다. 시월의 추위는 남아 있는 나뭇잎들의 마지막 힘마저 앗아가 버렸다. 낙엽들은 핍스버그 도로 위로, 말라가 섬의 무덤들 위로 힘없이 우수수 떨어져 내렸다. 세이어 초원의 소나무들조차 어두운 초록빛으로 갈아입었고, 아침이 점점 더 차가워질수록 서로 가지를 웅크렸다. 첫 눈송이가 떨어진다 해도 놀랄 사람은 아무도 없었다.

터너는 거의 매일같이 바닷가로 달려갔으며, '금지'는 말없이 해제되었다. 최소한 강요되지는 않았다. 바위 턱에 올라서면 말라가 섬에서 하얀 연기가 피어오르는 집들을 스무 집, 때로는 스무 집이 넘게 셀 수 있었다. 그런데 터너가 바위 턱에 오를 때마다 날은 갈수록 추워졌다. 하지만 연기가 나오는 집들은 반대로 갈수록 줄어들었다. 차츰차츰, 서서히 사람들은 섬을 떠나며 스스로에게 남은 힘을 빼앗아 갔다. 그리고 무기력하게 남겨진 집들은 무너져 갔다. 창문에는 유리가 없었고, 문들은 경첩 하나에 의지해 간신히 매달려 있었다.

대개는 리지가 터너를 기다렸다. 터너는 바위 턱 꼭대기에 올라 두 손을 머리 위로 번쩍 들어 흔들었다. 리지는 서둘러 나룻배로 달음질쳐 터너가 바위 턱을 내려올 때쯤에는 벌써 강을 건너고 있었다. 한번은 리지의 할아버지를 만나러 말라가 섬으로 건너가기도 했다. 할아버지는 항상 팔꿈치로 몸을 기댄 채 터너를 기다렸고, 할아버지를 뵙고 나면 둘은 다시 바닷가로 내려와 파도 옆에 나란히 앉아 있다가 바람이 너무 차가워지면 자리를 떴다. 두 사람은 섬을 가로질러 걸으며 고요한 초록색 묘지를 지나, 트립 씨네 가족의 집터를 지나 온 섬을 빙 둘러보았다. 그럴 때면 둘 다 거의 말이 없었고, 그다지 말할 필요도 없었다. 모든 것이 더없이 고요했다.

바닷가에 리지가 보이지 않는 날이면 터너는 할아버지에게 리지의 손길이 필요한 날인가 보다 짐작했고, 이제 곧 모퉁이를 돌아 리지가 나타나기를 고대하며 리지를 기다렸다. 그래도 리지가 나타나지 않으면 터너는 외투로 몸을 감싸고 집으로 걸어오곤 했다. 그럴 때면 입 속에 짭짤한 바다 냄새가 감돌았다.

제일회중교회에서는 터너에게 말을 거는 사람이 없었다. 하지만 마지막 시합이 있었던 그 주 일요일, 교회 밖에서 허드 집사가 갑자기 터너를 멈춰 세웠다.

"아직도 월리스의 공은 치기 힘든가 보구나, 안 그러냐, 터너?"

집사는 껄껄 웃었다. 그러다 갑자기 웃음기를 싹 지우고 터너를 빤히 쳐다보았다.

"그런데 네 귀 끝에 있는 게 뭐냐?"

"제 귀 끝에요?"

"노란색 페인트처럼 보이는데. 요 근래 노란색으로 페인트칠한 적 있니?"

"목사관 주위에는 페인트칠할 게 없는데요."라고 터너가 응답했다. 그것은 사실이었다.

"그럼 네 귀에 있는 건 뭐냐?"

"오래된 유전병인데, 어쩔 수가 없어요."

"오래된 유전병?"

"저희 할아버지께서 선교 사업 중에 얻으신 병이죠. 갈라파고스 섬 어딘가에서요."

그것은 빤한 거짓말이었지만 그다지 양심의 가책을 느낄 필요가 없는 썩 괜찮은 거짓말이었다. 특히나 허드 집사에게는.

"저희 할아버지는 갈라파고스 섬에서 누가 가까이 다가올 때마다 이렇게 소리치셨대요. '불결해, 불결해!'"

터너가 손을 내젓자, 허드 집사는 멈칫하며 뒤로 물러섰다.

"오래된 유전병?"

저녁 예배를 마친 뒤, 터너의 아버지가 물었다.

"할아버지께서 너한테 오래된 유전병을 물려주셨다고 허드 집사에게 말했다던데?"

"뭐, 할아버지가 선교 사업을 하시다가 한번쯤 걸리셨을지도 모르잖아요."

"할아버지께서는 아이슬란드에서 선교 사업을 하셨다. 아버지 생각엔 아이슬란드 사람들이 '불결해, 불결해!'라고 외치지는 않았을 것 같다만. 그건 그렇고, 네 귀 끝에 있는 노란색 페인트는 어디서 묻은 거냐? 아니다, 알고 싶지 않구나."

터너는 아버지를 고맙게 생각했다.

다음 일요일 예배가 끝나고, 벅민스터 목사와 악수를 나누기 위해 줄지은 회중들을 뒤따라 나오던 윌리스 허드는 터너에게 고개를 까딱해 보였다. (터너에게 악수를 청하는 사람은 아무도 없었다.) 윌리스는 "다음에는 귀에 페인트 묻히지 마."라고 속삭인 뒤 목사에게 다가갔다. 터너는 이제는 윌리스를 미워할 수 없겠다고 생각했다.

터너는 리지가 오기를 바라며 토요일과 일요일 오후면 여전히 콥 할머니에게 오르간을 연주해 주었다. 터너는 콥 할머니와 함께 뒷문 옆에서 리지를 기다렸다. 리지는 오지 않을 때가 더 많았지만 아주 가끔은 뒷마당을 가로질러 계단으로 뛰어 올라왔고, 콥 할머니는 코를 훌쩍이며 리지가 할머니에게 남겨 준 유일한 즐거움인 기다림에 대해 무어라 말하곤 했다. 그리고 나면 세 사람은 복도를 지나 응접실로 향했고, 콥 할머니는 자신의 의자에, 터너는 오르간 의자에 앉았다. 마지막으로 리지까지 말 털 의자 반대편 바닥에 자리를 잡으면 터너는 오르간 연주를 시작했다.

콥 할머니는 〈감사하는 성도여〉를 좋아했다. 그 곡에는 죽음과 관련된 가사가 하나도 없었기 때문에 터너는 거의 매번 그 곡을 연주했다. 6절까지 모두. 그러면 콥 할머니는 노래를 따라 부르곤 했다. 6절까지 모두. 나이 들어 메마르고 조금은 떨리는 음색이었지만 여전히 고운 목소리였다. 간혹 몇몇 높은 음은 놓치기도 했다. 하지만 터너는 할머니가 난처해 하지 않도록 그저 더 큰 소리로 연주를 이어갔다.

할머니는 당신의 마지막 말을 터너가 반드시 들어야 한다는 것과 종이랑 펜이 오르간 위에 준비되어 있다는 점을 빼놓지 않고 매번 터너에게 일깨워 주었다. 할머니는 하느님이 부르시면 언제든 갈 준비가 되어 있다고 말했다. 그래서 터너는(그리고 할머니의 집에 와 있을 때면 리지도) 늘 최악의 상황에 대비해 최선의 준비를 하고 있었다. 어느 날이건. 어느 시간이건. 어느 순간이건.

할머니에게 그런 말을 들을 때면 터너는 굳건해 보이려 노력했다. 그렇지만 리지는 당황스러워 할 때가 많았다. 그럴 때면 콥 할머니는 무척 즐거워했다. 터너가 연주를 하는 동안 할머니는 두 사람에게 혹시 모를 순간을 상기시키고자 간간이 기침을 하거나 연약한 육신으로 고갯짓을 해 보이곤 했다.

시월은 점점 더 파리해지고, 점점 더 차가워졌다. 콥 할머니 또

한 파리해지고 차가워져 갔다. 기운이 약해져 뒷문에서 응접실까지 걸을 때에도 발을 끌다시피 할 때가 많았다. 노래도 고르게 부르지 못하고 여기 조금, 저기 조금, 한 소절도 다 끝까지 마치지 못했다. 할머니의 두 손은 평생 동안 굳게 쥐고 있다가 마침내 누일 곳이 필요한 듯 힘겹게 팔걸이에 걸쳐져 있었다. 사실 할머니는 조용하고도 괴팍하게 고요한 정적 속으로 빠져들고 있는 듯싶었다.

시월의 마지막 일요일, 할머니는 추위를 이기지 못해 응접실에서 리지를 기다렸다. 리지와 터너가 들어설 때에도 할머니는 아무 말이 없었다. 무릎에서 떨어져 내린 담요도 줍지 않았다. 터너는 할머니가 잠이 들었나 싶어서 잔잔하고도 낮은 소리로 오르간을 연주했다.

"찬송가들은 항상 그렇게 느린 게냐?"

세 번째 곡이 끝나자, 할머니가 물었다.

터너가 뒤를 돌아다봤다.

"늘 그렇지는 않아요."

"그리고 그렇게 잔잔해? 오, 하느님! 진정 찬송가를 연주하려면, 터너 벅민스터, 제대로 된 찬송가를 연주해!"

그래서 터너는 더 빠르게, 더 큰 소리로 오르간을 쳤다. 리지는 내내 미소를 머금었다. 콥 할머니는 결국 터너가 너무 빠르고, 너무 크게 오르간을 연주한다며 불만을 터뜨렸다.

"목사님 아들은 찬송가를 숙연하게 연주하는 법을 알아야 할 것 같지 않니? 안 그러니, 애야?"

"네, 할머니. 제 생각도 그래요."

리지는 이렇게 대답했다. 순간 리지는 깜짝 놀라 손으로 입을 가렸다. 터너도 의자에서 몸을 획 돌렸다.

"저 애가 말을 해!"

콥 할머니가 놀라서 소리쳤다.

리지가 할머니를 빤히 쳐다보았다.

"그토록 오랜 시간이 지나도록, 한 마디도 안 하더니!"

"딱히 할 말이 없어서요."

리지가 변명하듯 말했다.

그리고 콥 할머니, 까다로운 콥 할머니는 몸을 앞으로 숙여 떨리는 손을 살며시 리지의 볼에 대더니 잠시 그대로 있었다.

"오, 이런, 기회는 많았는데. 그런데 너를 제대로 대해 준 적이 한 번도 없구나. 오, 오, 이런!"

이렇게 말하고 할머니는 갑자기 의자에 몸을 기댔다.

터너는 자리에서 벌떡 일어섰고, 리지는 담요를 할머니 무릎 위로 끌어올려 주었다. 할머니는 터너를 쳐다보았다가 다시 리지에게 시선을 돌렸다. 할머니는 깊고 거칠게 숨을 몰아쉬었다. 할머니가 눈을 떴다가 감더니 다시 창백하고 흐릿한 눈을 떴다.

"너희 아버지를 모셔 와. 어서!"

리지가 재촉했다.

"터너."

할머니가 터너를 불렀다.

"저희 여기 있어요, 할머니."

다시 한 번 깊고도 거친 숨.

"저를 무사히 주의 산으로 인도해 주시옵소서. 무사히 제 천국의 집으로. 당신의 집으로 저를 무사히 인도하소서. 결코, 오, 결코, 홀로 걷지 않게 해 주소서."

그러더니 몸을 기대고 눈을 감았다.

"할머니?"

할머니의 두 눈은 단단히 감겨 있었다.

"할머니?"

할머니는 두어 번 더 숨을 내쉬고, 조금 기침을 하더니 한 번 더 숨을 내쉬었다.

"콥 할머니?"

"돌아가셨어."

리지가 말했다.

"아니야. 아직 숨을 쉬시잖아."

리지가 할머니를 바라보았다.

"숨 안 쉬셔."

터너는 할머니의 입에 귀를 가져다 댔다.

"아니야, 쉬어. 아직 숨 쉬셔."

리지도 할머니의 입에 귀를 가져다 댔다.

"그래, 쉬시는 것 같다."

리지가 인정했다.

둘은 함께 콥 할머니가 산으로 향하는 모습을 지켜보았다. 터너는 자신도 모르게 리지의 손을 붙잡았다. 둘은 숨을 죽이고 콥 할머니의 마지막을 기다렸다. 두 사람은 감히 눈조차 깜짝이지 못했다.

"그 말을 적어야지."

리지가 속삭였다.

터너가 오르간에서 종이를 가져왔다. 터너는 펜을 잉크에 찍어 빠르게 적어 내려갔다.

"다 적었어?"

"다 적었어."

"내가 읽어 볼게."

리지가 종이를 받아들었다.

"홀로 '걷지'야. 홀로 '있지'가 아니라."

"홀로 '있지'야."

"홀로 '걷지'야."

"그것도 제대로 못 해? 홀로 '걷지'잖아."라고 콥 할머니가 쏘아붙였다. 할머니는 눈을 뜨고 두 사람을 빤히 쳐다보았다.

"홀로 '걷다'."

의자의 말갈기가 내달릴 수 있도록 할머니는 꼿꼿이 앉았다.

"어찌 됐건 이제 상관없다. 완전히 새로운 말을 생각해 내야겠어. 좀 더 알아듣기 쉬운 말로 말이다."

234

할머니가 터너를 흘깃 노려보았다.

"콥 할머니, 우리는 할머니께서……."

"나도 그랬지. 그렇지 않았다면 마지막 말을 했겠니? 게다가 썩 그럴듯했지?"

"정말 근사했어요."

리지가 맞장구를 쳤다.

"이런 망할, 여기는 덥구나. 진저에일* 좀 가져다주겠니?"

터너와 리지는 진저에일을 가지러 아이스박스로 갔다.

"돌아가시지 않았다고 내가 말했잖아."

터너가 말했다.

"왕진 가방 하나 구해서 그냥 너를 의사라고 하자."

"숨 쉬고 있었다니까."

"네, 의사 선생님."

리지가 진저에일을 하나 집어 뚜껑을 땄고, 둘은 다시 응접실로 되돌아왔다.

"할머니는 내내 숨을 쉬고 계셨어. 네가 틀렸던 것뿐이지."

터너가 속삭였다.

"여기요, 할머니."라고 말하며 리지가 병을 내밀었다.

콥 할머니는 병을 받지 않았다.

"할머니."

---

* 생강의 향미가 있는 탄산 청량음료

리지가 다시 할머니를 불렀다.

콥 할머니는 눈을 뜨지 않았다.

"숨을 쉬지 않는 것 같아."

터너가 말했다.

리지가 터너를 노려보더니 할머니에게 다시 몸을 돌렸다.

"할머니?"

하지만 더 이상 아무 대답도 없었다.

터너는 전에는 한번도 죽음을 목격한 적이 없었다. 장례식에 가 본 적은 있었지만 이름만 아는 정도였지 실제로 잘 아는 사람은 없었다. 그리고 관 뚜껑이 닫혀 있어서 관 안에 천과 꽃과 촛대로 감싼 시신이 누워 있다는 사실이 잘 믿기지 않았다.

하지만 여기에는 으스스한 손가락을 날렵하게 놀리며 집 안으로 제멋대로 돌진해 들어온 죽음이 있었다. 콥 할머니는 더 이상 팔걸이를 꽉 붙들지도, 터너의 오르간 연주를 두고 이러쿵저러쿵 잔소리를 해 대지도, 후렴구를 따라 흥얼거리지도 않았다. 할머니는 그냥 이미 아무것도 아닌 사람이었다.

리지는 콥 할머니의 두 손을 무릎 위에 가지런히 놓은 뒤 담요로 덮어 주었다. 그리고 옷자락을 잘 펴준 다음 이마의 머리칼을 단정하게 빗겨 주었다. 그러고는 무릎을 꿇고 이마에 입을 맞추었다.

"죽은 사람한테 입을 맞추면 안 될 것 같은데."

터너가 말했다.

"할머니가 마지막으로 남기신 말을 적을 거야?"

"'이런 망할, 여기는 덥구나. 진저에일 좀 가져다주겠니?'라고?"

"적을 거야?"

"'이런 망할, 여기는 덥구나. 진저에일 좀 가져다주겠니?'라고는 적지 않을 거야."

"그럼 할머니가 남기신 마지막 말씀인데, 거짓말을 하려고?"

"응."

"다른 사람의 마지막 말씀 가지고 거짓말하면 안 돼, 터너."

터너는 "가서 아버지를 모시고 와야겠어."라고 말하고는 콥 할머니네 집에서 목사관으로, 목사관에서 허드 씨네 집으로, 허드 씨네 집에서 펠햄 박사를 모시러 달렸다. 펠햄 박사는 열 필요도 없는 검정색 가죽 가방을 챙겨 서둘러 걸었다. 터너가 펠햄 박사와 함께 응접실 안으로 들어섰을 때 리지는 보이지 않았다. 하지만 벅민스터 목사와 허드 집사가 있었고, 펠햄 박사가 할머니를 검진하는 동안 마을 사람들의 행렬이 이어졌다.

리지가 사람들이 당도하기 전에 이미 사라졌으리라고 짐작하기란 어렵지 않았다.

터너는 점점 더 뒤로 밀려나면서 여러 가지 의문이 들었다. 콥 할머니는 이런 소란을 몹시 싫어한다는 사실을, 할머니가 아끼던 가구들이 엉뚱한 자리로 밀려 나가고 있다는 사실을, 그리고 할머니의 작은 깔개들이 현관에 둘둘 말려져 내팽겨졌다는 사실을 사람들은 왜 못 보는 걸까? 죽음이란 그런 것일까? 내가 마음을 썼던 것들을 빌어먹을 단 한 가지도 소중하게 생각해 주는 이가 아무도 없어지는 바로 그런 순간.

그때 스톤크롭 씨가 도착했다. 스톤크롭 씨의 거대한 풍채에 모세가 홍해를 가르듯 사람들이 반으로 쫙 갈라졌다. 웅성거림이 가라앉으며 사방이 조용해졌다. 펠햄 박사까지도 자리에서 일어섰다. 스톤크롭 씨는 몸을 숙여 콥 할머니의 입에 자신의 귀를 가져다 댔다. 스톤크롭 씨는 한동안 그렇게 있더니 다시 몸을 펴며 상황을 정리했다.

"부인은 마땅히 누려야 할 천국의 보답을 받으러 떠나셨습니다."

스톤크롭 씨가 선언했다.

"벅민스터 목사님께서 기도로 우리를 인도하시기 전에 우리가 알아야 할 사실이 있습니다. 콥 부인은 당신의 마지막 말씀을 전할 순간을 평생토록 기다려 온 걸로 압니다. 부인의 마지막 말씀을 들은 사람이 여기 계십니까? 무슨 말씀을 하셨는지 우리에게 전달해 주실 분이 누구 여기 계십니까?"

"터너?"

터너의 아버지가 터너를 불렀다.

모든 눈이 터너에게 향했다.

"네, 아버지."

"네가 여기에 있었지?"

"네, 아버지."

"말씀을 들었니?"

터너가 고개를 끄덕였다.

"뭐라고 하셨는지 말해 줄 수 있겠지?"

"아니, 아닙니다, 목사님."

스톤크롭 씨가 말을 가로막았다.

"여기서는 아니죠. 이런 식으로는 아닙니다. 벅민스터 군에게 그 말을 종이에 적게끔 하세요. 그런 다음 우리가 마지막 경의를 표하러 올 때 큰 소리로 읽어 주십시오."

동의를 뜻하는 웅성거림.

"말씀하신 대로 합시다, 스톤크롭 씨."

허드 집사가 동의했다.

"그런데 저는 잘……."

터너가 말을 꺼냈다.

스톤크롭 씨가 말을 잘랐다.

"이제 기도로 우리를 인도해 주시죠, 목사님."

사람들이 다 같이 눈을 감고 머리를 숙이는 사이, 터너는 현관 밖으로 나왔다. 막 첫 눈이 내리기 시작했고, 눈송이들이 어찌나 작고 가벼운지 미처 떨어지지 못하고 공중을 맴돌았다. 눈송이들은 청명한 공기 중에서 차가운 결정이 되어 떠돌다 빛을 좇아 잠시 빙글빙글 돌더니 바닷바람을 따라 살며시 날아가 버렸다. 사람들이 오가는 동안, 터너는 현관에 앉아 건너편 허드 할머니네 집을 바라보며(덧창들은 다시 초록색으로 바뀌었다.) 허드 할머니와 콥 할머니를 만나고, 두 사람이 각자의 미지의 세계로 떠나는 동안 얼마의 시간이 흘렀는지 되새겨 보았다.

터너는 콥 할머니가 마지막으로 남긴 말을 다시 한 번 떠올렸다. 터너는 웃옷을 단단히 여민 다음 양손을 주머니에 푹 찔러 넣고는 콥 할머니를 처음 만났던 바로 그날, 차마 뛰어내리지 못했던 바닷가 그곳으로 발걸음을 옮겼다.

터너는 그곳에서 둥글게 말린 노란 자작나무 껍질을 손에 쥐고 절벽 끝에 앉아 있는 리지를 발견했다.

"너, 여기 알아?"

"난 태어날 때부터 여기에서 살았어. 너는 기껏해야 서너 달이나 살았겠지. 나는 모르고 너만 아는 장소가 대단히 많을 거라고 생각하니?"

터너는 리지 옆에 앉았다.

"리지, 나는 누가 죽는 걸 한번도 본 적이 없었어."

"나는 봤어. 우리 엄마."

"원래 그런 거야? 방금 전까지 여기에 있었는데, 어느 순간 가 버리는, 아주 가 버리는 그런 거냐고."

"맞아, 그런 거야."

둘은 나란히 앉아 초록빛 바다가 힘없이 늘어져 바위에 부딪히지도 못하고 부서져 버리는 광경을 가만히 지켜보았다. 어느덧 눈송이는 점점 커져 리지와 터너 옆을 지나 펑펑 쏟아져 내렸고,

망망한 바다를 날카롭게 가르며 녹아 들어갔다. 하지만 워낙 순식간에 사라져 버려 바다는 눈송이들의 존재를 알지도 못하는 듯싶었다.

"할머니가 마지막으로 남기신 말, 얘기했어?"

"아직."

"할 거야?"

"네 말이 맞는 것 같아서 그렇게 하려고."

"언제?"

"스톤크롭 씨가 장례식 때 아버지더러 그 말을 읽어 달래."

"뭐, 사람들 반응이 대단하겠다."

두 사람은 둥그렇고 충만한 모습으로 끊임없이 들이치는 파도를 바라보았다. 지금껏 늘 그랬고, 앞으로도 늘 그럴 것이다.

"파도는 절대 멈추지 않아."

터너가 말했다.

"우리 할아버지는 돌아가실 것 같아."

리지가 말했다.

터너는 아까보다 더 빠르게 떨어져 내리는 눈송이들을 지켜보았다. 그러다가 손을 뻗어 차가운 리지의 손을 꼭 잡았다.

* * *

장례식은 사흘 뒤에 열렸다. 터너는 콥 할머니의 마지막 말을 적어 아버지에게 건넸고, 아버지는 쪽지를 접힌 모양 그대로 코트

앞주머니에 넣었다. 평화의 기도를 하는 동안 온 회중이 주머니 속 쪽지를 주목했다. 릴리안 우드워드가 단조롭게 찬송가를 연주하는 동안 온 회중이 그 쪽지를 주목했다. 벅민스터 목사가 고인에 대한 헌사를 읽는 동안에도 온 회중은 그 쪽지를 주목했다. 이윽고 목사가 주머니에서 쪽지를 꺼내 앞으로 내어 보일 때에도 온 회중은 그 쪽지를 주목했다.

"숭고한 인생의 아름다움은 그러한 것입니다. 부인이 가신 죽음의 영광 또한 그러한 것입니다. 그리고 그 죽음의 순간, 작별을 고하는 마지막 말보다 그리스도인의 삶에 대한 위대한 증언은 없을 것입니다."

터너는 빳빳하게 풀을 먹인 셔츠의 힘이 풀릴 정도로 땀을 줄줄 흘렸다.

벅민스터 목사가 접힌 쪽지를 펼쳤다. 그런데 거꾸로 펼쳐 목사가 천천히 똑바로 돌렸다. 작은 웃음소리가 터져 나왔다.

터너는 이제 온몸에서 땀이 줄줄 배어 나왔다.

벅민스터 목사는 아무 말도 없이 그대로 서 있었다.

"읽어 주십시오, 목사님."

스톤크롭 씨가 외쳤다.

벅민스터 목사는 목청을 가다듬었다. 목사는 재차 목청을 가다듬더니 이렇게 말했다.

"상당히⋯⋯ 상당히 짧습니다."

회중들 사이에서 웅성거림이 일었다. 이제 터너는 땀이 눈 위로 뚝뚝 떨어지는 걸 느꼈다.

벅민스터 목사가 다시 한 번 목청을 가다듬고 쪽지를 읽었다.

"'주는 나의 목자시니. 내가 부족한 것이 없으리로다.*'"

"에휴."

실망스런 반응들이었다.

"'정녕, 내가 죽음의 그림자의 골짜기를 지날지라도 악을 두려워하지 않으리니.'"

"뭐야, 저런 말은 누가 못 해?"

뒤에서 속닥거리는 소리가 터너에게 들려왔다.

"찬송가 118장 〈놀라운 은총〉을 함께 부르겠습니다."

벅민스터 목사가 말했다. 목사는 날카로운 눈초리로 터너를 내려다보았다.

찬송가의 아름다운 노랫소리가 끝나자, 사람들이 콥 할머니의 관을 들고 가운데 복도를 따라 내려갔다. 목사와 사모가 그 뒤를 따랐다. 터너는 두 사람보다 훨씬 뒤에 있었다. 그 뒤를 나머지 회중들이 뒤따랐다. 콥 할머니는 제일회중교회 뒤에 있는 묘지에 할머니의 가족과 함께 묻혔다. 가족 묘소라고 표시된 묘석 바로 앞이자 완벽한 울타리를 만드신 콥 할머니의 할아버지에게서 멀지 않은 곳이었다. 다시 눈이 내렸다. 매서운 추위 탓에 장례식에 참석하는 것만으로도 예를 다하고 할머니가 남긴 마지막 말

---

*구약 성경 시편 23장의 한 구절

의 미스터리가 풀려 실망한 회중들은 매장이 시작되기 전에 대부분 집으로 돌아갔다. 하지만 터너는 아버지 어머니와 함께 무덤 옆을 지켰다.

마지막 기도를 마치자, 허드 집사가 말했다.

"부인의 마지막 말씀을 한 번 더 들려주시는 게 어떨까요, 목사님."

목사는 다시 한 번 목청을 가다듬었다. 목사는 "경건한 침묵이 오히려 부인에게는 최선이 아닐까 싶습니다."라고 말하며 머리를 숙였다.

매장식이 끝나자, 터너는 남아서 묘소 파는 일을 직접 돕겠다고 부모님에게 말했다.

"그럴 필요는 없다."

터너의 어머니가 말했다.

"할머니는 제가 여기에 있기를 바라실 거예요."라고 말하며 터너는 아버지를 바라보았다.

"그럴 필요는 없다."라고 연로한 세이어 씨가 되풀이해 말했다. 헤아릴 수 없을 정도로 많은 세월을 무덤을 파며 보낸 분이었다.

"할머니는 제가 여기에 있기를 바라실 거예요."라고 다시 한 번 힘주어 말하며, 터너는 아버지에게서 눈을 떼지 않았다.

터너는 남았다. 연로한 세이어 씨가 무덤을 덮기 시작하자, 터너는 세이어 씨에게 삽을 넘겨받아 혼자 힘으로 무덤의 대부분을 덮었다. 일을 거의 다 마칠 무렵, 리지가 숲 밖으로 모습을 드러냈다. "할머니는 제가 여기에 있기를 바라실 거예요."라는 리지의 말에 터너는 리지에게 삽을 건네주었다.

　연로한 세이어 씨는 "제법 잘하는구나."라고 칭찬하며 리지가 무덤의 흙을 채우고 할머니를 감싼 차가운 흙을 단단히 다지는 모습을 지켜보았다. 마침내 세이어 씨가 고개를 흔들며 연장들을 챙겨 떠나자, 두 사람은 무덤 옆에 나란히 섰다. 둘은 함께 〈이 세상 떠나도 나에게는 친구들이 있다네〉를 소리 내어 불렀다.

　"너희 아빠가 마지막 말씀을 읽으셨어?"

　"읽었어."

　"그 말을 큰 소리로 읽었단 말이야?"

　"아니. 다르게 말씀하셨어."

　"다른 사람이 남긴 마지막 말을 거짓으로 말하면 안 되는데."

　"할머니는 상관 안 하실 거야."

　리지는 몸을 숙여 불룩해진 무덤을 살살 매만졌다.

　"봄이 되면 여기에다 제비꽃을 심어."

　리지가 말했다.

　"우리는 같이 심을 거야."

　하지만 리지는 고개를 저었다.

　"터너, 상황을 똑바로 봐. 상황이 어떻게 돌아가는지 똑바로 보란 말이야."

　갑자기 리지가 벌떡 일어서더니 묘비 사이를 지나 달렸고, 무덤 가에는 터너 혼자 남았다.

집으로 가는 길에 터너는 콥 할머니네 집 앞을 지나다 할머니의 할아버지가 만든 울타리에 몸을 기댔다. 집 안에서는 자신이 치는 오르간 소리가 들려오는 듯했다. 터너가 울타리를 잡자, 이미 아주 오랜 시간을 버텨왔고, 앞으로도 그만큼이나 오랜 시간을 버텨 나갈 울타리가 단단하게 느껴졌다. 오르간 소리는 더 이상 들리지 않았지만 집을 에워싼 채 무수한 겨울을 지키고 서서 하얀색 페인트로 덧칠하고 또 덧칠해진 나무 울타리의 느낌은 터너의 두 손에 그대로 남아 있었다. 울타리 너머로는 이미 2세기 동안, 어쩌면 그 이상을 그래왔듯이 할머니네 집이 꿋꿋이 자리를 지키고 서 있었다. 집은 바탕을 이룬 화강암만큼이나 단단해 보였다. 터너는 콥 할머니가 세상을 떠난 뒤에도 집이 여전한 모습으로 그렇게 자리를 지키고 있다는 사실이 감탄스러울 따름이었다.

터너는 집이 그렇게 자리를 지키고 있다는 것에 위안을 받아야 하는 것인지, 아니면 할머니의 죽음을 상관하지 않으니 두려워해야 하는 것인지 알지 못했다. 아니면 둘 다인지도 모르겠다.

사흘 뒤, 터너는 콥 할머니네 집 때문에 고민해야 할 또 다른 이유가 생겼다.

* * *

교회와 관련된 대부분의 사건은 주일 오전 예배를 마친 직후에 일어난다는 사실을 터너는 잘 알고 있었다. 왜냐하면 다들 한 주의 설교를 성공적으로 견뎌 냈고, 숨을 헐떡이는 오르간 소리도 예의 바르게 물리친데다가, 인생의 필요불가결한 고난 가운데 하나인 십일조까지 바친 뒤였기 때문에 주일 예배 후는 당연히 모든 회중들에게 숨통이 트이는 순간이었다. 회중들이 목사와 악수를 하며 예배당을 빠져나가는 동안 상호 교환이 일어나고, 흥정할 일은 흥정하고, 거래는 마무리되며, 발표할 일은 발표가 된다.

그리하여 스톤크롭 씨가 목사의 손을 꽉 붙잡고 가까이 다가선 순간, 또 하나의 발표가 나왔다.

"어젯밤에 콥 부인의 유언이 공개되었습니다."

스톤크롭 씨가 지나치리만큼 커다란 목소리로 말했다.

유언이 공개되었다는 발표를 듣고 사람들이 조용히 있을 리 만무했다.

"부인에게 가족이 있었나요?"

벅민스터 목사가 물었다.

"권리를 주장할 가족은 단 한 사람도 없지요. 그리고 만약 있다고 해도, 부인에게는 남겨 줄 재산도 없습니다."

"집이 있지요."

"그렇습니다, 벅민스터 목사님, 부인에게는 집이 있지요. 파커 헤드에서 가장 아름다운 집일 겁니다. 관광업을 준비하고 있는 우리 마을에서 피서용 별장을 물색 중인 뉴욕의 도시 사람들에게는 부인이 상상했던 그 이상의 값어치가 있을 겁니다."

"그렇겠지요, 스톤크롭 씨."

자신들이 베풀었던 친절을 기억한다면 콥 할머니가 어떤 식으로든 성의를 표시하지 않았을까 기대하는 마음으로 회중들은 이제 두 사람에게 조금씩 더 가까이 다가섰다.

"벅민스터 목사님, 목사님은 부인에게 아드님을 보내 책을 읽어 주라고 하셨지요, 아닌가요?"

벅민스터 목사가 잠시 터너를 바라보았다.

"네, 그랬습니다, 스톤크롭 씨. 올 여름 내내 매일같이 간 셈이지요."

"주일에도 갔지요?"

"어떤 때는 토요일에도 갔지요."

스톤크롭 씨가 벅민스터 목사의 어깨를 툭툭 쳤다.

"목사님, 목사님은 제가 생각했던 것보다 훨씬 더 계획적이시더군요."

스톤크롭 씨는 모여든 사람들을 전부 다 자신의 농담에 가담시키려는 듯 회중들을 한 바퀴 죽 둘러보았다.

"계획적이요?"

"그렇지 않습니까, 여기 있는 우리가 잠시만 생각해 보면, 아주 잠시만 생각해 봐도 목사님이 바로 이 상황을 미리 예견하시고 여기 있는 벅민스터 군을 콥 부인의 집으로 보내서 이 상황, 우리는 그것을 상황이라고 부르겠습니다, 이 상황을 만들어 낼 수도 있었겠구나 싶다 이 말입니다."

터너는 아버지가 상황이 당신에게 유리하지 않게 돌아간다는 사실을 직감했다는 걸 알았다. 터너의 아버지는 목사복의 매무새를 가다듬고 안경을 고쳐 썼다.

"스톤크롭 씨, 대체 무슨 말씀이신지 모르겠군요. 무슨 상황을 말씀하시는 겁니까?"

목사가 물었다.

"단도직입적으로 말씀드리죠. 이 집, 다가오는 번영의 밑바탕이 될 자금으로 마을 앞으로 남겨졌을지 모를 이 집이……."

이때 스톤크롭 씨는 터너에게 비난의 눈초리를 보냈다.

"바로 목사님의 아들 앞으로 남겨졌습니다."

사방에서 실망과 놀라움의 웅성거림이 일었다. 제일회중의 교구민들은 자신들의 몫을 완전히 사기당한 듯한 배신감으로 가득했다.

"콥 부인이 그 집을 터너 앞으로 남겼단 말입니까?"

"그렇습니다."

"제 아들, 터너에게요?"

"이제야 상황을 제대로 파악하시는군요. 이 문제를 어떻게 할 작정이십니까?"

벅민스터 목사는 터너를 바라보았다. 터너는 난생처음으로 아버지가 자신을 아들 이상의 누군가로 바라보고 있다는 막연한 느낌이 들었다. 섬뜩한 한기가 느껴졌다.

벅민스터 목사는 다시 스톤크롭 씨를 쳐다보며 말했다.

"적법성 여부를 따져 봐야 할 것 같습니다."

"적법성이라고요!"

스톤크롭 씨가 고함이나 다름없는 커다란 소리로 말했다.

"적법성 뒤에 몸을 숨긴 대단히 가엾은 목사시로군요. 아드님이 콥 부인과 한집안 사람인 양 일을 꾸며 어찌나 환심을 샀는지 마땅히 마을 주민들에게 떨어져야 할 엄청난 돈을 상속받았습니다."

터너는 아버지가 몸을 꼿꼿이 세우는 모습을 지켜보았다.

"그러니까 스톤크롭 씨, 그 말은, 제가 이 일을 의도적으로 계획했다는 뜻을 내포하고……."

스톤크롭 씨가 말을 잘랐다.

"내포는 아무것도 아닙니다. 적법성도 아무것도 아닙니다. 목사께서 그 집을 어떤 목적으로 쓰시느냐가 중요하다 이 말입니다. 목사님의 회중들은, 핍스버그의 주민들 역시 다르지 않겠습니다만, 목사께서 과연 그 집을 어떻게 처리하실지 예의 주시할 것입니다."

벅민스터 목사는 다시 한 번 터너를 내려다보았다. 터너는 자신이 무슨 말이든 해야 하는 걸까 망설였다. 침묵은 쐐기의 끝으로 터너의 목구멍을 가를 듯 날카로웠다.

하지만 침묵하든 안 하든 터너는 자신이 그 집을 어떻게 처리할지 잘 알았다. 자신 앞으로 그 집이 상속되었다고 스톤크롭 씨가 선포하는 바로 그 순간, 이미 알고 있었다.

하지만 제일회중의 비난은 바다 위에 내려앉은 침묵의 안개처럼 터너를 옥죄어 왔다. 그리고 자신의 아버지가 다시 말문을 열었을 때, 그 말은 보이지 않는 부표처럼 들렸다.

"우리는 주님이 보시기에 선하고 고결하게 행동할 것입니다."

"마을에서 보기에 무엇이 선하고 고결한 것인지도 무시하지 마십시오. 나는 목사님이, 그 둘이 똑같다는 사실을 발견할 거라고 기대합니다."

그렇게 말하고 스톤크롭 씨는 침묵의 안개를 뚫고 자리를 떴다. 나머지 회중들도 조용히 지나쳐 갔는데, 대부분은 악수를 청했지만 어떤 이들은 그렇지 않았다. 모든 회중들이 완전히 자리를 뜨고 나자 마침내 안개가 걷혔고, 다정한 옛 바닷바람이 문으로 들어와 밖으로 나가자며 터너를 재촉했다.

예배 시간 내내 내리던 눈은 여전히 그칠 줄을 몰랐다. 차가운 눈은 땅에 닿자마자 녹지 않고 사각사각 쌓였다. 쌓인 눈이 이미 파커 헤드를 덮었고, 단단히 얼어붙은 땅바닥에는 사람들이 지나간 자국과 마차를 끌고 간 흔적이 남았다. 그래도 눈은 녹지 않았다. 터너가 숨을 들이쉴 때마다 차가운 공기가 몸속 깊숙이 타고 내려왔다. 터너의 속눈썹과 머리칼 위로 떨어져 내린 눈은 고집스레 그 자리를 지켰다.

눈은 단풍나무 위로, 파커 헤드 거리를 따라 늘어선 사시나무들 위로 떨어져 내렸다. 눈은 참나무 잎사귀들 위에 모여 있다가 그 억센 가지들마저도 고개를 숙이게 만들었다. 눈은 삼나무들 위에도 엉겨 붙었다. 벅민스터 가족은 제일회중교회 계단에 서서 깨끗하게 떨어지는 하얀 눈을 내려다보았다. 눈은 소금기 머금은 공기를 맛보며 기쁨에 겨워 몸을 빙글빙글 흔들더니, 마치 흰옷 차림으로 사교댄스 장에라도 와 있는 듯 파트너를 바꾸어 가며 도시도*를 추면서 행진했다.

"세찬 북풍이 윙윙대며 정면에서 돛을 덮치고 하늘 높이 물결을 쳐올린다."

터너가 얼굴에 미소를 보이려 애를 쓰며 읊조렸다. 그러자 아버지가 말했다.

"번역이 나쁘진 않구나. 그런데 그 다음 'Fragunur remi 흐라구 누르 레미'는 '노들이 부러진다.'라는 뜻이다."

아버지는 파커 헤드를 건너 천천히 목사관의 계단을 올랐다.

어머니는 터너의 머리칼에 쌓인 눈을 부드럽게 털어 주었다.

"그 집은 네 집이다. 누가 뭐라든 상관하지 마. 콥 부인은 네가 가졌으면 해서 너에게 주신 거야."

어머니가 말했다.

터너가 고개를 끄덕였다.

"할머니가 제가 그 집을 어떻게 쓰기를 바라셨는지 저는 알아요."

"그럼 그렇게 하려무나."

"그런데 제가 하려는 일이 스톤크롭 씨의 마음에 들지 않으면요?"

＊등을 맞대고 돌면서 추는 춤

허리를 세우며 똑바로 서는 벅민스터 사모의 두 뺨이 빨갛게 달아올랐다.

"그럼 대단하신 스톤크롭 씨가 대단히 실망하겠지."라며 사모가 고개를 젓자, 그 순간 혹시라도 그들을 목격할지 모르는 교구민들의 비난을 무릅쓰고 두 사람은 파커 헤드의 제일회중 계단 위로 떨어지는 눈을 맞으며 큰 소리로 웃음을 터뜨렸다.

"가거라. 어서 가서 실망시켜."

터너의 어머니가 말했다.

터너는 바로 그렇게 하기 위해 달렸다.

미끄러지다 달리고, 전속력으로 달리다 미끄러졌다. 그러다 어느새 바위 턱에 다다랐다. 터너는 바닥에 쌓인 눈을 발로 차며 바위 턱을 타고 내려가 눈 한 송이조차 머금으려고 하지 않는 잿빛 개펄 위로 풀쩍 뛰어내렸다. 차가운 바닷바람조차 상관하지 않았다. 말라가 섬을 완전히 가려 버릴 정도는 아니었지만 바다 위로는 아무것도 보이지 않을 정도로 함박눈이 펑펑 내렸다. 터너는 행여 리지네 집에서 올라오는 연기라도 보일까 싶어 섬의 꼭대기 너머를 바라보았지만 아무것도 보이지 않았다. 아마도 눈 때문이리라.

터너로서는 일단 집으로 되돌아가 나룻배가 뜰 만한 괜찮은 날을 기다리는 게 최선일 듯싶었다. 그렇지 않으면 얼어붙지 않으려고 안간힘을 쓰는 개펄 위에서 자신을 건네 줄 친절한 배를 기다리고 서 있는 빌어먹을 바보가 되고 말 터였다. 하지만 다시 생각

253

해 보니, 가끔은 빌어먹을 바보가 되는 것도 그리 나쁘지만은 않은 듯했다. 터너는 마음속으로 생각했다. 어쩌면 그게 정답일지도 몰라. 그래서 터너는 양팔로 몸을 감싸고 바위 턱을 등진 채 기다렸다.

터너는 바닷가를 따라 오르락내리락하며 걸었다. 몸에 피가 돌게 하려고 발을 쿵쿵 굴렀다. 너무 추워져 개펄이 정말로 얼어붙기 시작하자, 어쩌면 빌어먹을 바보가 되는 게 썩 좋은 생각이 아닐지도 모르겠다고 생각했다. 바로 그때 파도에 뱃머리를 부딪치며 새하얀 바다와 새하얀 대기 사이 어딘가를 가르며 뉴메도우즈 강을 내려오는 이슨 씨의 나룻배를 보지 못했더라면 터너는 바닷가를 떠났을지도 모른다. 터너는 조수 끝으로 달려가 거센 눈보라에 목소리가 파묻혀 버려도 힘껏 고함을 지르며 두 팔을 정신없이 흔들었다.

터너의 목소리를 들었는지, 아니면 터너를 봤는지 모르겠지만 이슨 씨는 터너 쪽으로 배를 돌렸다. 그러고는 뱃전으로 몇몇 파도를 보낸 다음 터너에게 곧장 다가와 해변으로 들어섰다.

"조개를 캐기에는 아주 지독한 날인데."

이슨 씨가 큰 소리로 말했다.

"저 좀 섬까지 건너다 주세요."

이슨 씨는 오래도록 터너를 응시했다.

"얘야, 때로는 그냥 내버려 두는 게 제일 좋단다."

"이건 그냥 내버려 둘 일이 아니에요, 이슨 아저씨. 리지에게 전할 소식이 있다고요. 아주 좋은 소식이에요."

또 한 번의 오랜 응시. 이윽고 이슨 씨가 말했다.

"뭐, 내가 어찌할 바는 아니다."

이슨 씨는 터너에게 타라는 손짓을 하고는 노를 이용해 배를 다시 뉴메도우즈 강으로 밀었다. 배는 파도를 따라 낮게, 그러나 멈추지 않고 앞으로 나아갔다.

이 세상이 아닌 신비한 곳을 떠돌고 있는 기분이었다. 내리는 눈과 배에 부딪히며 가볍게 날리는 파도의 물보라 속에서 그들은 공중도 바다도 아닌, 어쩌면 양쪽 모두에 있는 듯싶었고, 자신이 어디에 속한지 모르는 불안하고 혼란스러운 감정 속에서 과연 제대로 길을 찾을 수 있을지조차 의심스러웠다.

이슨 씨는 아무 말 없이 파도를 헤치며 거세게 노를 저었다. 심지어는 물살이 방향을 바꾸어도 개의치 않고 파도를 따라 말라가 섬으로 들어섰다. 먼저 배에서 내린 터너가 해변으로 나룻배를 끌었다. 이어서 이슨 씨도 배에서 내려 터너와 함께 배를 세게 잡아끌었다. 일단 배가 만조 지점을 지나자, 이슨 씨는 바닷가 건너 아래쪽을 손으로 가리켰다.

"우리 집에 가면 있을 거다."

이렇게 말하고 이슨 씨는 다시 나룻배로 되돌아갔다.

그제야 터너는 어째서 연기를 볼 수 없었는지 알았다. 하지만 그 이유는 알고 싶지 않았다.

터너는 몸에서 눈을 털고 신발을 탁탁 털며 천천히 걸었다. 추워서 손끝이 아프고 눈에서는 눈물이 나왔지만 서두르지 않았다. 어쩌면 서두를 필요조차 없을지 모른다. 매캐한 장작 연기 냄새가 풍겨왔고, 낡은 바닷가재 통발들과 부서지고 무너져 내린 널빤지들이 보였으며, 애처롭게 쌓여 있는 땔나무들만이 역시 깨지고 낡은 통들 옆을 지키고 있었다. 연기는 점점 더 세게 피어올랐고, 빽빽한 소나무들이 서 있는 자리를 지나 마침내 그곳에 이르렀다. 터너는 꼼짝 않고 서서, 주워 모은 널빤지들로 겹겹이 대어 놓은 집이 무너지지 않고 서 있는 게 의아하다는 듯 가만히 그 집을 응시했다. 터너는 한 번 더 신발에 묻은 눈을 턴 다음 머리에 쌓인 눈을 털어 냈고, 어쩌면 자신이 눈 속에 서 있는 빌어먹을 바보처럼 보일지 모르겠다는 생각을 했다.

문을 열었더니 집만큼이나 여러 장의 누더기들로 겹겹이 기운 빨간 숄로 몸을 감싼 리지가 있었다. 리지는 터너에게 걸어와 그 옆에 섰다.

"보고 싶어?"

리지가 조용히, 떨어지는 눈 속에서 아주 조용히 물었다.

터너는 고개를 끄덕였다. 리지는 터너의 팔꿈치를 잡았다. 둘은 함께 다시 섬을 가로질러 묘지로 걸어갔다. 그곳에는 다른 무덤들보다 더 높이, 하지만 다른 무덤들과 마찬가지로 펑펑 쏟아지는 눈 속에 파묻힌 새로 생긴 둔덕 하나가 있었다. 그리고 두 사람은 사방을 에워싸며 쏟아져 내리는 눈을 맞으며 아무 말 없이 서 있었다.

"우리는 봄이 되면 제비꽃을 심을 거야."라고 터너가 말했지만 리지는 대답하지 않았다.

그리고 잠시 뒤 그들은 말없이 함께 걸었다. 섬의 정상을 돌아 한때 리지의 집이었던 버려진 집 안으로 들어섰다. 벌써 아주 오랫동안 아무도 살지 않았던 집처럼 보였다. 가구 하나 남아 있지 않았다. 집은 이미 비워져 있었고 깔끔하게 빗질까지 되어 있었다. 바닥에는 부드럽게 쌓인 하얀 눈만이 갈라진 벽 틈 사이를 날아다니며 소복소복 쌓이고 있었다. 날은 지독히도 추웠고, 영혼만큼이나 차디찼다.

"이제 여기는 아무도 살지 않아."

리지가 아무렇지도 않게 말했다.

그들은 밖으로 나와 회색과 하얀색이 뒤섞인 바다를 마주한 채 문 옆에 섰다. 바다는 몹시도 잔잔해서 파도는 얕은 여울이 되었고, 새하얀 물꽃이 바람 속에 날렸다.

"주무시는 사이에 돌아가셨어. 아침에 이슨 아저씨가 할아버지를 부르시기에 아저씨더러 주무시니까 목소리 좀 낮춰달라고 했지. 그때 아저씨가 집 안으로 들어왔고, 그때서야 난 할아버지가 주무시는 게 아니라는 걸 알았어. 아저씨는 먼저 나를 아저씨네 집에다 데려다 놓고, 다시 우리 집으로 가서 뒷수습을 한 거야. 그리고 아저씨가 올라와서 구멍을…… 구멍을 파고 미리 짜둔 관에다 할아버지를 옮겨 왔는데, 우리는, 나하고 아저씨 가족은 그냥 멍하니 서 있었어, 무슨 말을 해야 할지 아무도 몰랐으니까. 지금까지는 항상 할아버지가 말씀을 다 하셨거든."

리지의 목소리에 하얀 눈의 깊은 정적이 깨지던 그때, 터너는 리지 곁에 서 있었다. 하지만 나룻배를 탔을 때처럼 두 세계 사이의 어딘가에서 가라앉는 듯한 느낌이 다시 한 번 엄습했다. 두 세계 어느 곳에서도 길을 찾을 수 없었기 때문이다. 그리고 어쩌면 자신이 완전히 길을 잃을지도 모르겠다고 생각한 바로 그 순간, 눈이 그쳤다. 리지가 "아!"라는 감탄사를 터뜨리는 순간, 파도는 엄청난 포말을 일으키며 다시 포효하기 시작했다. 바닷바람이 그들 뒤의 소나무들을 구부러뜨렸고, 두 사람의 등을 가로질러 바다로 내달리더니 해변으로 몰아치는 파도의 물마루를 갈가리 찢어 놓았다. 찢는 듯한 바람의 신음 소리와 함께 눈이 가득 쌓인 소나무들 중 한 그루가 몸을 비틀며 바위 틈에서 털썩 쓰러져 내렸다. 처음에는 천천히, 하지만 점점 더 빠르게 무너지더니 바로 밑의 바위턱을 휩쓸며 쓰러진 나무에 달린 나뭇가지들이 요동치는 눈구름을 공중으로 사정없이 밀어냈다.

그들은 함께 서 있었다.

"모든 게 바뀌었어, 그렇지?"

리지가 물었다. 그리고 터너는, 숨 쉬기조차 힘든 터너는 가만히 고개만 끄덕였다.

제 10 장

　리지와 터너는 쓰러진 소나무 위에서(두 사람 다 갑작스런 소나무의 붕괴에 놀라 여전히 몸을 떨었다.) 아슬아슬 균형을 잡고 나뭇가지에서 젖은 눈을 흔들며 아무도 걸어 본 적이 없는 나무기둥 위를 끝까지 걸어갔다.
　"더는 못 가."
　리지가 뒤를 돌아 터너에게 말했다.
　"리지, 나 집이 한 채 있어."
　터너가 말했다.
　"너야 당연히 집이 있지."
　"아니, 아니. 콥 할머니가 나한테 집을 물려주셨어. 유언으로. 그 집이 내 집이야."
　"할머니가 너한테 집을 줬다고? 왜 너한테 그 집을 줬는데?"
　"왜냐하면 할머니는 너한테 집이 필요할 거라고 생각하셨으니까."
　리지는 두 사람 사이에 삐쭉 뻗은 나뭇가지에서 솔잎을 뽑았다.

"고마워, 터너 어니스트 벅민스터."

리지가 조그맣게 말했다.

"우리는 이웃이 될 거야. 그 집은 이슨 아저씨네 가족도 함께 살만큼 크잖아. 그러면 사람들이 호텔 백 개를 짓는다 해도 상관없어."

터너가 말했다.

"터너. 터너, 당연히 상관이 있을 거야. 아저씨네 가족은 그 집에 들어가서 살 수 없어. 나도 마찬가지고."

리지가 빨간색 숄을 단단히 여미며 말했다.

리지가 나무에서 풀쩍 뛰어내렸다. 터너의 무게 탓에 나무 한쪽이 불쑥 들렸다.

"네가 그 집에서 살 수 없다니 무슨 뜻이야?"

"사람들이 가만 있지 않을 거야."

터너가 나무에서 내려왔다.

"그건 내 집이야. 내 마음대로 할 수 있는 내 집이야."

"터너……."

"아니, 리지. 내 말 한번 들어 봐. 사람들은 이미 네 집을 없애 버리고 있어. 온 섬을 다 없애 버릴 거야. 하지만 콥 할머니네 집은 없애 버리지 못 해. 왜냐하면 그 집은 그 사람들이 마음대로 가져갈 수 있는 집이 아니니까. 그 집은 내 집이야."

"터너, 너는 전혀 상황을 파악하지 못하고 있어. 나를 봐. 아니, 나를 봐. 내 피부를 보란 말이야. 검은색이야, 터너. 핍스버그에 사는 어느 누구도 나처럼 검은 피부를 가진 사람을 이웃으로 허락하지 않을 거야. 그 사람들은 아니야."

"그건 조금도 중요하지 않아."

터너가 단호히 말했다.

"그건 조금도 중요하지 않아."

바닷가에서 리지에게 손을 흔들며 터너가 말했다.

"그건 조금도 중요하지 않아요."

나룻배를 타고 바다를 건너며 터너가 이슨 씨에게 말했다.

핍스버그로 돌아오는 길에 터너는 혼잣말로 그건 조금도 중요하지 않다고 중얼거렸다.

하지만 매번 되풀이해 말할 때마다 터너의 믿음은 약해져 갔다.

파커 헤드에 이르렀을 무렵에는 느릿느릿 나와 있던 태양이 놋쇠 빛을 띤 높다란 구름의 밑면을 비추고 있었다. 구름은 바닷속으로 빠질 듯, 어쩌면 핍스버그의 맨 꼭대기로 떨어져 제일회중교회의 뾰족탑과 콸러티 리지의 온갖 멋진 저택들을 찌그러뜨릴 정도로 무거워 보였다.

터너는 현관 계단을 오르며 그건 조금도 중요하지 않다고 다시 한 번 중얼거렸다. 조금도, 현관문을 열며 터너는 그렇게 말했다.

하지만 이제는 전혀 그것을 믿지 못했다.

"터너, 터너냐?"

아버지가 터너를 불렀다.

터너는 장화를 벗어 밖에다 두었다. 서재로 들어가자, 스톤크롭 씨가 서재를 가득 채우고 있었다. 어머니는 창가 의자에 앉아 무릎 위에 놓인 두 손을 꼭 마주잡고 있었다. 벅민스터 목사는 책상 뒤에 앉아 설교문으로 다윈을 가리고 있었다.

자신이 설교문에 가려지고 있다는 사실을 알면 다윈은 기분이 어떨까 문득 궁금해졌다.

터너는 다시 불타오르기 시작했다.

벅민스터 목사가 할아버지의 시계를 흘깃 쳐다보았다.

"스톤크롭 씨와 콥 부인의 집을 어떻게 할지 상의 중이었다. 방금 집 열쇠를 가지고 오셨구나."

열쇠들은 아직 스톤크롭 씨의 손에 있었다.

"나는 이 상황에 대해 우리가 올바르고 합리적인 해결책을 찾을 것으로 믿습니다. 그 집은 마을의 이익을 위해 팔리게 될 겁니다. 그리고 벅민스터 군, 콥 부인은 그 이익금이 자네에게 돌아가기를 분명히 의도하셨기 때문에, 우리는 처분된 재산의 일부를 네 목사 수업을 위한 신탁금으로 저축해 둘 계획이다."

스톤크롭 씨가 말했다. 그러면서 열쇠들 가운데 하나를 슬며시 주머니에 넣었다.

"제 목사 수업이라고요?"

터너가 어머니를 쳐다보았다.

"그래야 네가 네 아버지를 따를 게 아니냐, 네 아버지가 네 할아버지를 따랐듯이."

스톤크롭 씨가 말했다.

"목사가 되기 위해서요?"

"그럼 목사 수업의 목적이 달리 뭐겠느냐?"

터너는 미지의 세계가 훨씬 더 머나먼 서부로 멀어져 가는 걸 느꼈다. 눈 더미처럼 쌓여 있는 설교문을 바라보자, 목사 수업이 거대한 부피로 자신을 뒤덮어 버리는 듯했다. 터너는 한껏 숨을 들이쉬었다.

터너는 고래를 만질 뻔했다.

"자, 벅민스터 목사님, 제 생각에는 모든 게 대단히 만족스럽게 결론 내려진 듯싶습니다."

스톤크롭 씨가 말했다.

"그렇지 않습니다."

터너가 단호히 말하자, 스톤크롭 씨가 터너를 노려보았다.

"그렇지 않습니다."

터너가 다시 한 번 강조했다.

"어린아이가 끼어들 곳이 아니다."

스톤크롭 씨가 계속해서 터너를 잔뜩 노려보았다.

"글쎄요. 터너에게 이미 그 집에 대한 계획이 있는 게 아닌지 모르겠군요."

터너의 어머니가 말했다.

"그 집에 대한 계획이요? 대체 그렇게 빨리 무슨 계획을 세운단 말입니까?"

스톤크롭 씨는 이제 한층 더 짜증이 치민 듯했다.

"저는 그 집을 리지 그리핀과 이슨 아저씨 가족에게 주기로 결정했습니다."

"제이크 이슨?"

스톤크롭 씨가 자리에서 벌떡 일어섰다.

"네, 아저씨."

"그리고 리지 그리핀, 그 요나의 딸한테?"

"네, 아저씨."

스톤크롭 씨가 책상에 몸을 기댔다.

"벅민스터, 너도 알다피시 그 애는 검둥이야!"

벅민스터 목사는 침묵을 지켰다.

스톤크롭 씨는 앞으로 두 걸음 걸었다가 다시 두 걸음 되돌아왔다. 스톤크롭 씨는 벅민스터 목사를 노려보다 사모에게 눈길을 돌렸다. 특히 터너를 오래도록 쏘아보았다. 터너는 스톤크롭 씨의 심중에서 '살인'이라는 말이 튀어나오는 광경을 목격했다. 터너는 살인의 경향이 다양한 개인적인 차이 가운데 하나에서 비롯되는 것인지, 아니면 바로 지금과 같은 순간들로 인해 생물종이 경험하는 사소한 변화들로 인해 야기되는 것인지 문득 궁금해졌다.

"벅민스터 목사, 맹세코 이는, 목사가 아들을 감상적으로 다루었기 때문에 초래된 결과입니다. 우리가 그토록 경고를 했건만. 저 자들이 어떤 식으로 터너를 이용하는지 이제 알겠소? 하지만 나는 그렇게는 못 하겠습니다. 핍스버그에서 검둥이를 단 한 놈이라도 살게 할 생각은 추호도 없습니다. 목사께서는 지난 몇 개월 동안 우리가 뭘 했다고 생각하십니까? 검둥이들이 사는 마을로 보스턴 사람들이 여름에 과연 놀러 올 거라고 생각하십니까? 단 한 명이라도? 우리는 당신들을, 당신 세 사람 모두를 핍스버그의 일원으로 받아들였지만, 이제 보니 목사께서는 전혀 관심이 없어 보이는군요."

"스톤크롭 씨, 아직 결정된 건 아무것도 없습니다."

벅민스터 목사가 차분히 말했다.

"리지는 집이 없어요. 이슨 아저씨 가족도 이제 곧 같은 처지가 될 거고요. 그럼 그 사람들은 어떻게 하죠? 뉴메도우즈 강으로 떠내려가서 아무 데나 뗏목을 묶고 살라는 건가요?"

터너가 말했다.

"어디가 됐든 그자들한테 어울리는 곳으로 가게 내버려 둬. 그건 내 문제도 아니고 네 문제도 아니야."

"저는 제 집을 리지에게 주겠어요."

터너가 못을 박았다.

터너는 당연히 아버지의 얼굴에 실망감이 가득할 거라 예상하며 벅민스터 목사를 쳐다보았다. 아버지의 눈길은 자신에게 닿아 있었지만 실망감은 보이지 않았다.

"목사, 이 아이는 목사의 아들입니다. 아버지로서가 아니라면, 이 마을의 목사로서 아무런 할 말이 없단 말입니까?"

그 순간 터너는 아버지에게서 모든 것을 다 잊고 두 개의 창을 손에 든 채 열린 세상과 얼굴을 마주하며 불타는 트로이 옆에서 잠시 숨을 고르고 있는 아이네이아스의 모습을 보았다.

"제가 무슨 말을 해야 합니까, 스톤크롭 씨? 제 자식한테, 곤경에 처한 이를 위해 피난처를 찾아 주어서는 안 된다, 이렇게 가르치란 말입니까? 제 자식한테, 갈 곳 없는 사람들을 돌봐 주어선 안 된다, 이렇게 말할까요?"

이제 아버지는 책상 건너편으로 몸을 들이밀고 있었다.

"오, 주여! 제 아버지가 반대하고 나섰어야 할 일이건만, 기껏해야 보스턴에서 오는 관광객들을 위한답시고 아무런 해도 끼치지 않는 공동체 하나를 말살시켜 버리는 데 쓰일 마을의 돈이니 너는 감히 반대하고 나서지 마라, 이렇게 말할까요? 그게 제가 제 아들에게 할 말이란 말씀입니까?"

스톤크롭 씨는 서재 문으로 뚜벅뚜벅 걸어갔다.

"도덕, 그것 참 좋은 것이죠. 양심의 가책을 느낄 때마다 꺼내서 깃발처럼 흔들어 보시죠. 그렇게 깃발을 휘날리면 바로 하느님과 함께 천국 위에 올라가 있는 듯한 기분이 들 테지요. 하지만 하느님께서는 제가 살 곳은 바로 여기라고 하셨습니다. 그리고 저는 바로 이곳에서 살아가는 데 필요한 일을 하겠습니다."

터너의 아버지는 책상으로 다가가 설교문을 치웠다.

"이 책 읽어 보셨습니까, 스톤크롭 씨? 찰스 다윈의 『인간의 유래』*입니다. 터너와 저는 이미 이 책을 꽤 많이 읽었습니다. 『종의

---

* 인간의 기원은 원숭이라는 주장을 펴서 논란을 일으킨 찰스 다윈의 1871년 작품

기원』은 벌써 다 읽었습니다. 미처 그 점은 생각하지 못하시는 게 아닌가 싶군요."

"복음을 전도하는 목사가 불경하게 저를 비웃으면서, 심지어는 그것을 아들에게 가르치고 있다는 말씀이십니까?"

"다윈에 따르면 인간은 작은 변화들을 이룰 수밖에 없으며, 그 변화들은 일반적이며 복합적인 행동 법칙에 의거해 야기되지요."

"그 말씀은 집사들에게 전달될 겁니다."

"어련하시겠습니까. 하지만 이걸 잊지 마십시오, 스톤크롭 씨. 일반적이며 복합적인 행동 법칙에 의거해 야기된 저의 사소한 변화들 말입니다. 저는 말라가 섬을 파괴하려는 당신의 편에 서지 않겠습니다. 대신, 제 아들의 편에 서겠습니다."

스톤크롭 씨가 눈을 가늘게 떴다. 터너는 이런 식의 태도를 보인 사람을 전에는 한번도 본 적이 없었다. 다시 한 번 '살인'을 떠올렸다. 스톤크롭 씨가 착 가라앉은 목소리로 말했다.

"핍스버그에서 검둥이가 살 일은 절대로 없을 겁니다. 제가 두고 보지 않을 겁니다."

스톤크롭 씨는 열쇠들을 바닥에 내팽개쳤다.

*　*　*

그날 밤, 차갑게 얼어붙은 별빛이 마을을 비추는 동안, 어두컴컴한 방의 고요 속에서 스톤크롭 씨의 말이 터너의 귀에 생생히 울렸다.

"제가 두고 보지 않을 겁니다."

터너는 침대에 똑바로 앉아 창밖을 내다보았다. 마치 세상을 지키려는 듯 오랫동안 앉아 있었다.

터너는 다음 주에도 대부분의 밤을 그렇게 앉아 세상을 지켰다. 두려움보다 분노가 더 커지자, 터너는 베르길리우스를 암송했다.

"무구들과 한 남자를 나는 노래하노라."

터너는 이제 『아이네이스』를 절반 이상 끝냈고, 백 행을 마치는 데 걸리는 시간도 훨씬 빨라졌다. 점심을 먹고 다윈의 한 챕터를 읽은 뒤에는(이제 요약문 정도는 개의치 않았다.) 아버지에게서 리지 브라이트를 찾으러 가도 좋다는 허락을 받았다. 리지는 바위턱 위 소나무들 옆에서 터너를 기다렸다. (아래쪽 바닷가에서 기다리기에는 날이 너무 추웠다.) 둘은 함께 뉴메도우즈 해안을 탐험하며 겨울 채비에 분주한 온갖 생물들의 모습을 지켜보았다. 청설모와 다람쥐들은 볼주머니 가득 마지막 겨울 식량을 챙기기에 바빴고, 사슴은 더 두꺼워진 털로 저녁 어스름 속을 거닐었으며, 토끼들은 귀 끝만 빼고 온통 새하얗게 털갈이를 마쳤다.

매일매일 터너는 리지에게 콥 할머니네 집에 들어와 살라고 간청했다.

리지는 터너에게 미소를 지으며 고개를 저었다.

"터너, 그들은 절대 우리를 허락하지 않을 거야."

"그건 조금도 중요하지 않아."

터너가 말했다.

그러면 리지는 다시 한 번 빙그레 웃으며 상황을 똑바로 보지 않는다고 터너를 가볍게 비난했다. 그러고 나면 눈밭에서 생쥐 발자국들을 곧잘 찾아냈는데, 둘이서 함께 그 뒤를 따라가다 보면 조그만 발자국들은 작은 두렁 밑으로 자취를 감추곤 했다.

다음 주 일요일, 스톤크롭 씨는 교회에 나오지 않았다. 최소한 제일회중에는 나타나지 않았다. 사실은 주일을 지키지 않는 아주 독실한 회중들이 꽤 여럿이었다. 릴리안 우드워드마저도 나타나지 않아서 터너가 대신 반주를 맡았다. 터너는 오르간 앞에 앉아 상당히 줄어든 회중들을 바라보았다. 뉴턴 씨 부부가 보였고, 꼬마 뉴턴들도 모두 자리를 지켰다. 허드 집사와 윌리스는 있었지만 나머지 가족은 보이지 않았다. 벅민스터 목사는 여는 기도를 올리기 전까지 예배 시간을 넘겨 몇 분을 더 기다렸다. 합창을 하는 회중의 수가 많지 않아서, 노랫소리를 듣기 위해 터너는 반주 소리를 최대한 낮춰야만 했다.

오르간 의자에 앉아 터너는 아버지의 말씀에 귀를 기울였다. 아버지는 마치 성인들로 가득 찬 예배당에서 설교하는 척했지만 어머니는 손으로 앞자리를 만지작거리며 성경을 열었다 덮었다, 손수건을 꺼냈다 접었다 안절부절못했다. 그러다 문득 어머니도 자신의 그런 행동을 깨닫고는 손수건을 치우며 어쩔 줄을 몰라 했다. 하지만 그러다 일이 분 뒤면 다시 똑같은 행동을 되풀이했다.

터너는 히브리 군대의 제사장들이 부는 나팔 소리에 퀄러티 리지의 저택들이 우르르 무너져 내리는 장면을 머릿속에 그려 보았다.

 예배가 끝나고 회중들과 악수를 나누는 데는 그리 오랜 시간이 필요치 않았다. 회중들은 입을 굳게 다문 목사와 대부분 눈을 맞추지 않았다. 허드 집사는 지나가며 퉁명스럽게 고개만 까딱였다.

 "이번 주 수요일 밤에 집사 모임이 있습니다."

 허드 집사가 말했다.

 "가겠습니다."

 "아닙니다, 목사님. 이번 모임은 규약 상 목사님께 알리기만 할 뿐 초대는 하지 않습니다."

 터너는 어머니가 오른팔을 휘둘러 처음에는 코에, 다음에는 눈에 한 방 날리지 않을까 내심 기대했다. 그랬다면 참으로 볼 만한 광경이었을 것이다. 하지만 벅민스터 사모가 집사와 간단히 악수만 나누자, 터너는 무척 실망했다.

 하지만 몇 초 뒤에 윌리스가 "오늘 밤, 오늘 밤이야." 하고 속삭였을 때, 피투성이가 된 집사에 대한 온갖 상상은 순식간에 사라져 버렸다. 윌리스는 최대한 오랫동안 터너에게서 눈을 떼지 않고 지나갔다. 터너는 등줄기에 식은땀이 흘렀고, 어찌나 오싹한지 갑자기 구토가 나오려고 했다. 터너는 바다 위 절벽 끝에 서 있는 심정이었다.

 오늘 밤, 콥 할머니네 집에 무슨 일인가 일어난다.

 부모님에게는 윌리스의 말을 알리지 않았다. 부모님은 저녁을 먹는 내내 침묵을 고수했지만 예전의 침묵과는 달랐다. 두 분은 간간이 눈을 맞추었고, 때로는 손을 뻗어 서로의 손에 대기도 했다. 그들은 함께 있다는 사실에 만족하며 조용히 저녁을 먹었다.

그래서 터너는 부모님에게 새로운 걱정을 끼치고 싶지 않았다.

알고 보니 그날 밤은 터너가 메인 주에 온 이래로 가장 추운 밤이자, 가을이 제 기운을 다하고 마침내 뉴메도우즈까지 바닷물을 꽁꽁 얼려 버리는 한겨울 동장군의 세상이 왔다는 걸 일깨워 주는 그런 밤이었다. 터너는 옷을 입고 침대에 누웠지만 오한을 느꼈다. 터너는 아래층에서 부모님이 왔다 갔다 하다가 계단을 올라 방문을 닫는 익숙한 소리에 귀를 기울였다. 이어지는 두 분의 조용한 대화에도. 15분마다 울리는 시계 종소리도 놓치지 않았고, 으스스한 추위에 목사관이 제 몸을 단단히 여미는 소리에도 귀를 세웠다.

정확히 자정이 되면 집을 나서야겠다고 생각했지만 자꾸 조바심이 나서 채 자정까지 기다리지 못하고 열한 시 삼십 분경 살금살금 아래층으로 내려왔다. 복도를 가로질러 서재로 들어가 콥 할머니네 집 열쇠를 챙긴 다음 다시 바깥 현관으로 나와 천천히 문고리를 돌려 문을 열었다. 차가운 공기에 목구멍이 쓸리고 심장이 얼어붙는 듯했다. 터너는 현관 맨 위 계단에 앉아 파르르 떨며 신발을 신고 콥 할머니네 집을 향해 파커 헤드로 내려섰다. 터너는 "Arma vinumque cano아르마 비룸꿰 까노."*라고 혼자서 되뇌이고

＊앞서 나왔던 『아이네이스』의 첫 구절. '무구들과 한 남자를 나는 노래하노라.'라는 뜻이다.

는 자신의 손에도 아이네이아스의 무기가 있었으면 싶었다.

터너는 리지가 항상 드나들었던 할머니네 집 뒷문으로 들어갔다. 창문으로 들어온 희미한 별빛만이 집 안을 밝히고 있었다. 터너는 손을 더듬어 주방을 통해 복도를 지나, 현관으로 나아갔다. 함부로 램프를 켜지도, 소리를 내지도 못했다. 집은 터너에게 거대하게만 느껴졌고, 아래위층에는 자신이 한번도 들어가 본 적이 없는 방들이 있었다. 방 안에는 과연 무엇이 있을까? 혹시 아직도 당신이 남긴 마지막 말에 대한 미련이 가시지 않은 콥 할머니가 버티고 있는 건 아닐까?

터너는 몸을 덜덜 떨었다. 단순히 추위 탓만은 아니었다. 비록 추위만으로도 몸을 떨기에 충분한 밤이기는 했지만. 터너의 숨은 창문에 닿자마자 얼어붙었다. 그 바람에 흠칫 놀라 물러서며 누군가 창밖에서 자신의 모습을, 자신이 내쉰 숨을 지켜보고 있는 건 아닐까 두려움에 떨었다. 하지만 창밖, 파커 헤드 거리는 할머니네 집 복도만큼이나 고요했다.

터너는 혹시 보이지 않는 무언가가 있지나 않을까 두려운 마음에 두 손을 앞으로 뻗으며 1층에 있는 방에 모두 들어가 보았다. 창문 가까이로 다가갈 때면 숨을 꾹 참고 창밖을 살피며 윌리스가 말한 그 무엇을 찾아 두리번거렸다. 그렇지만 막상 맞닥뜨리면 어떻게 해야겠다는 계획도 없었다. 터너는 만약 누군가 몰래 집 안으로 들어왔다가 자신의 모습을 본다면 누가 됐든 깜짝 놀라 기절하고 말 거라 생각했다. 하지만 그 사람이 정신을 차리고 깨어나 집 안에 터너뿐이라는 사실을 알고 나면 과연 무슨 일이 벌어질까?

터너는 오르간 의자를 찾아 더듬더듬 응접실로 되돌아왔다. 발이 페달에 닿지 않게 조심하면서 가만히 의자에 앉았다. 터너는 천천히 손가락을 움직여 소리 없이 〈이 세상 떠나도 나에게는 친구들이 있다네〉를 연주했다. 건반을 찾으려 불을 켤 필요도 없이 손끝에 느껴지는 너무나도 익숙한 느낌에 콥 할머니에 대한 으스스한 생각도 떨쳐 버렸다.

한창 3절을 연주하고 있을 때, 위층에서 삐걱거리는 소리가 들려왔다. 터너는 자신이 어둠 속에 홀로 앉아 있는 동안, 누군가 이미 집 안으로 들어왔다는 걸 직감했다.

터너가 여기에 있다는 사실을 잘 아는 사람이 아닐까.

어쩌면 터너가 여기에 있다는 사실을 잘 알고 있는 사람은 한 사람이 아닐지도 모른다.

차갑고 고요하며, 어두컴컴한 공기 속에서 땀이 줄줄 흘렀다.

터너는 건반에서 손가락을 떼고 꼼짝도 하지 않았다. 터너는 청각이 예리해지고 예리해지다 못해 완전히 새로운 또 하나의 감각이 되어 버린 느낌이었다. 터너는 발자국 소리에 귀를 곤두세웠다. 삐걱거리는 소리에 귀를 곤두세웠다. 숨소리에 귀를 곤두세웠다.

아무 소리도 들리지 않았다.

터너는 소리가 나지 않게 조심하면서 오르간 의자에서 천천히,

천천히, 아주 천천히 일어섰다. 터너는 최대한 눈을 크게 떴다.

아무것도 보이지 않았다.

터너는 손을 뻗어 더듬거리며 응접실을 가로질렀다. 복도로 머리를 삐죽 내밀어 주방 쪽을 돌아보았다. 하지만 너무 어두워서 아무것도 보이지 않았다. 다시 반대쪽으로 고개를 돌려 그대로 멈췄다. 만약 누군가가 창백한 얼굴로 창문에 서 있다면? 누군가 바로 이 복도에 서 있다면?

순식간에 가슴속에서부터 차오르는 공포가 자신을 덮칠까 두려워 재빨리 고개를 돌렸다. 복도에는 아무도 없었다. 문에도 없었다.

머리 위로 다시 날카롭게 삐걱거리는 소리가 들려왔다. 누군가가 일부러 발소리를 죽이며 바닥을 가로질러 가며 걷고 있는 듯했다.

위층으로 올라가야만 했다.

터너는 더듬더듬 현관으로 되돌아와 침조차 삼키지 못하고 계단 앞에 이르렀다. 터너는 맨 아래 계단에 한 발을 놓았다가 문득 위층에 있는 사람이 리지 브라이트일지도 모른다는 생각에 갑자기 기운이 솟았다. 리지는 여기가 자신의 집이 될 거라는 사실을 알고 있었다. 어쩌면 말라가 섬이 너무 추워서 이 집에 들어와 있는 건지도 모른다. 계단 끝까지 올라가면 두 손을 허리에 척 올리고 머리를 한쪽으로 기울인 채 자신을 보고 깔깔거리며 웃고 있을 리지와 만나게 될지도 모른다.

그런 생각이 머리를 스치자 마음이 놓였다. 하지만 그것은 찰나에 불과했다.

리지에게는 열쇠가 없었다.

터너는 계단을 오르기 시작했다. 삐걱거리는 소리가 들릴 때마다 온몸이 얼어붙는 듯했다. 무슨 소리라도 들릴까 귀를 곤두세우고, 누가 나타나지 않을까 날카로운 눈초리로 계단 위를 응시하면서.

마침내 계단 꼭대기에 이르자, 터너는 몸을 납작 웅크리고 복도를 살폈다. 위층은 별빛이 한결 밝아서 앞이 잘 보였다. 방 세 개는 문이 열려 있었고, 네 번째 방문은 닫혀 있었다. 터너는 웅크린 다리가 저리도록 꼼짝 않고 자리를 지켰다. 그러다가 다리를 펴고 조용히 첫 번째 열린 문으로 다가가 안을 들여다보았다. 한 백 년 동안은 아무도 잠자지 않았을 법한 침실이었다.

두 번째 문간으로. 재봉실. 재봉틀 발판이 보였고, 발판 뒤에는 등이 곧은 의자 하나가 있었다.

세 번째 문간으로. 그런데 세 번째 문간에 닿기도 전에 다시 한 번 삐걱거리는 소리가 들렸다. 닫힌 문 뒤에서.

터너는 오래도록 그대로 서 있었다. 무슨 일이 생기든 말든 계단을 뛰어 내려가 집 밖으로 달아나든지, 아니면 닫힌 문을 열고 들어가야만 했다.

또 한 번 커다랗게 삐걱거리는 소리가 들렸다. 터너는 혼란스런 마음에 종지부를 찍었다. 터너의 두 눈이 커다래졌다. 터너는 복도를 돌진해 닫힌 문을 휙 잡아당기며 소리쳤다.

"다 봤어……."

순간 터너는 가파른 계단의 층계참과 충돌하며 정강이와 무릎, 엉덩이, 팔꿈치와 코를 부딪는 바람에 코피가 줄줄 흘러내렸다. 하지만 지금은 코피를 살필 여유가 없었다. 터너는 손발로 힘들게 계단을 기어올랐다. 발이 미끄러져 비틀거렸지만 다시 몸을 일으켰다. 그러고는 아무것도 보이지 않는 허공에 대고 "다 봤어!"라고 계속 외쳐 대며 마침내 계단을 다 올라 다시 바위 턱만큼이나 차가운 바닥에 납작 엎드렸다. 그런데 순간, 터너는 자신이 핍스버그를 뒤덮은 밤하늘 한가운데 매달려 있는 줄 알았다.

사방이 온통 유리였다. 심지어는 머리 위까지도. 양팔을 뻗어 균형을 잡고 몸을 일으키자, 눈앞에 온 마을이 펼쳐졌다. 새하얀 눈과 정반대인 새카만 집들이 은빛으로 반짝이는 별빛을 반사시키고 있었다. 제일회중의 뾰족탑은 밤하늘의 일부인 양 우뚝 솟아 있었다. 아래로는 세이어 초원을 지나 해변으로 이어지는 파커 헤드가 한눈에 들어왔고, 벌거벗은 나무줄기들 사이로 눈 내리는 해변의 후방까지 다 보였다.

그리고 머리 위로는, 바로 머리 위로는 별들이 자신들만의 조수를 따라 흐르고 있었다. 별들의 움직임까지도 손에 잡힐 듯했다. 터너는 무릎을 구부렸다. 둥근 지붕을 에워싼 바닷바람이 살짝 몸을 기대고는 허물없이 팔꿈치로 쿡쿡 찔러 대며 창틀을 삐걱삐걱 흔들었다. 터너는 단단히 얼어붙은 유리창에 두 손을 대 보았다. 리지가 이 모습을 보면 좋아할 거라고 터너는 속으로 생각했다. 거기에 생각이 미치자, 터너는 발끝을 들고 뉴메도우즈의 어둠 속에 있을 말라가 섬을 찾아보았다. 하지만 섬은 어둡지 않았다.

불빛들이 말라가 섬 위아래로, 다시 말라가 섬을 가로지르며 움직였다. 어떤 불빛들은 해변을 따라 줄지어 움직였고, 다른 불빛들은 섬의 안쪽으로 떼를 지어 켜졌다 꺼졌다 깜빡거리더니 나무들이 서 있는 곳을 지나며 다시 켜졌다. 확실히 열다섯, 아니 스무 개는 되어 보였다. 그러다가 섬 안쪽을 떠돌던 등불들이 한데 모이는 듯싶더니 갑자기 훨씬 더 환해졌다. 순간 터너는 자신이 보고 있는 게 등불이 아니라는 걸 깨달았다. 그것은 섬의 새하얀 눈 위에서 주황빛을 내며 타오르는 불이었다.

그때 계단 아래에서 문이 쾅 닫혔다. 얼마나 사정없이 닫아 버렸는지 유리가 덜커덩거릴 정도였다.

터너는 분노로 가득한 아이네이아스처럼 고함을 지르며 어둡고 가파른 계단을 타고 내려와 문을 두드렸지만 문은 열리지 않았다. 터너는 문 앞에 서서 쿵쿵 두드리다가 나중에는 계단에 주저앉아 두 발로 문을 쾅쾅 걷어찼다.

"스트라이크 쓰리!"

문 반대편이었다.

"너는 아웃이야."

그러더니 계단을 내려가는 발자국 소리가 들렸다.

터너는 계속해서 문을 두드렸지만 문은 꿈쩍도 하지 않았다.

터너는 숨을 헐떡이며 다시 별빛 속으로 달려 올라왔다. 말라가 섬에서는 주황색 불빛이 더욱 높이 활활 타올랐다. 등불들은 줄 지어 바닷가로 나왔다가 바위 턱 가까이에 이르자, 터너의 시야에서 사라졌다. 터너는 절박한 마음으로 어두컴컴한 마을을 내려다보았지만 도움을 청할 사람이 아무도 없었다. 유리창에 달라붙어 있다 보니, 얼음처럼 차가운 유리창에 손이 얼얼해졌다.

유리창.

터너는 바닥에 앉아 두 다리를 번쩍 들어 콥 할머니네 할아버지가 만든 울타리에 저질렀던 일보다 훨씬 더한 짓을 할머니네 집 유리창에 저지른다 해도 부디 할머니가 이해해 주기를 바라며 두 발로 힘껏 유리를 걷어찼다.

유리가 사방으로 산산이 부서져 내렸다. 터너는 차고 또 차서 남아 있는 유리 파편들을 창틀에서 떼어 낸 다음 밖으로 기어 나와 지붕 위로 올라섰다. 손이 닿는 순간 얼음처럼 차디찬 지붕이 느껴졌다. 지붕은 예상보다 훨씬 더 경사가 심했으며, 지붕 위로 뻗은 느릅나무 가지들은 푸르던 초가을과 달리 어둡고 매서운 추위 속에서 훨씬 연약해 보였다.

터너는 "당신의 집으로 저를 무사히 인도하소서. 결코, 오, 결코, 홀로 걷지 않게 해 주소서."라고 중얼거리며 창턱에서 나와 지붕 위를 미끄러져 나뭇가지로 내려갔다. 다행히 나뭇가지는 부러지지 않고 파울 볼을 잡은 글러브의 우묵한 주머니처럼 터너를 든든히 받쳐 주었다. 터너는 느릅나무를 꽉 붙잡고 지붕을 건너 나무줄기를 타고 내려와 마침내 파커 헤드로 내려섰다.

터너는 폐 속 깊숙이 치고 들어오는 차가운 공기에 얼굴을 찡그리며, 제발 말라가 섬이 사라져 버리지 않았기를 희망하고 기도하며 정신없이 내달렸다.

숲으로 접어들자, 새하얀 눈이 등불처럼 터너를 인도했다. 터너는 달려드는 나뭇가지들을 피해 두 팔로 얼굴을 가리고는 희망하고 기도하며 쉬지 않고 달렸다.

마침내 바위 턱에 이르러 건너편 말라가 섬을 바라보았을 때, 터너는 하마터면 희망과 기도가 이루어졌다고 믿을 뻔했다.

터너가 바라본 섬에는 아까 보았던 등불들이 하나도 보이지 않았다. 흔적조차 없었다. 뉴메도우즈를 오르며 으르렁대는 파도 소리만 들려올 뿐 아무런 소리도 들리지 않았다. 터너는 바닷바람을 향해 얼굴을 들고 냄새를 맡아 보았다. 하물며 연기 냄새조차 맡을 수 없었다. 바위 턱을 내려가 볼까 생각했지만 이런 어둠 속에선 버티고 내려갈 곳을 찾기조차 힘들었다. 설령 찾아낸다 해도 이미 얼어붙어 버렸을 터였다.

절벽 바로 위로 달이 떠올라 수평선 위에 걸렸다. 말라가 섬이 환한 은빛으로 반짝거렸다. 돌 하나까지도, 소나무 한 그루까지도. 마치 예술가가 섬을 조각해 바다 위에 살짝 내려놓은 것처럼. 파도조차 움직임을 멈추고, 섬이 숨을 죽였다. 터너는 마음속으로 생각했다. 나는 섬을 언제나 이런 모습으로 기억할 거야. 섬은 언제나 이런 모습일 거야.

바로 그때, 새하얀 밤의 고요 속에 새롭게 눈옷을 갈아입은 소나무 가지 아래에서 눈을 맞고 서 있던 터너에게, 밤새도록 두려움으로 떨게 만들었던 바로 그 손이 다가와 터너의 어깨를 꽉 움켜잡았다.

그 손은 터너를 휙 돌려세웠다.

순간, 엽총의 굉음이 밤하늘에 울려 퍼졌다. 하마터면 터너의 얼굴을 관통할 뻔한 격렬한 폭발음에 잠자던 갈매기들도 깜짝 놀라 하늘 높이 날아올랐다.

터너는 눈 속으로 나자빠지며 외마디 비명을 질렀다. 터너는 바위 턱 끝으로 정신없이 달아나다 한 손이 미끄러졌다. 터너는 간신히 앞으로 몸을 끌어당기고는 일어서려고 안간힘을 썼다. 앞이 제대로 보이지 않아서 엽총을 쏜 자가 누군지 몰라도 어떻게든 피해 보려고 터너는 한 손을 뻗으며 버둥거렸다.

"괜찮다, 얘야. 아무도 널 해치지 않아."

그 말은 귀에서 쟁쟁거리고 머릿속을 울릴 뿐이었다. 터너는 자신이 제대로 의미를 알아듣고 있는지조차 분간이 되지 않았다.

"보안관이다. 엘웰 보안관. 어서 일어나. 아무도 너를 해치지 않아."

갑작스런 폭발 탓에 화강암이 덜커덩거렸다. 걸핏하면 싸우기 좋아하는 파도들 때문에 바위 턱이 흔들리기라도 하는 듯 터너는 바위 턱 밖으로 가까스로 기어 나와 비틀거리며 균형을 잡았다.

"괜찮으냐?"

터너는 비틀거리지 않으려고 안간힘을 썼다. 그러면서 무릎을 굽혀 땅을 딛고 일어서려고 시도했다. 온통 새하얗게만 보이던 눈앞에 차츰 가장자리의 어두운 윤곽이 드러났다.

"이렇게 바로 네 옆에서 엽총이 터지면 너 하나 쓰러뜨리는 건 일도 아니다, 알아듣겠느냐? 사람을 쓰러뜨리는 방법이야 무수히 많지만 그것도 한 방법이지. 이 총은 방금 전에 네 친구, 제이크 이슨이라는 자한테서 빼앗은 거지. 그 자는 내 가슴팍에 총을 대고 방아쇠를 당길 작정이었다."

터너는 어떻게든 시야를 확보하려고 계속해서 눈을 깜박거렸다. 그러자 조금 떨어진 곳에서 어깨에 엽총을 메고 우뚝 서 있는 보안관의 크고 어두운 형체가 가까스로 눈에 들어왔다.

"나는 네가 그 느낌을 알았으면 했을 뿐이다. 네 친구라는 놈이 나한테 무슨 짓을 할 작정이었는지 너도 알아야 마땅할 테니까."

머릿속이 윙윙 울려 보안관의 말을 제대로 알아듣고 있는 건지 확실치가 않았다. 터너는 머리를 흔들었다.

"너희 식구들한테 가. 그게 너나 너희 식구들한테 좋을 거다. 어서 집으로 가."

터너는 어떻게든 무릎을 펴려고 기를 쓰며 다시 일어섰다. 머릿속은 여전히 웅웅거렸지만 더 이상 땅바닥은 흔들리지 않았다. 터너는 그제야 보안관의 형체가 제대로 눈에 들어왔다. 얼굴도 보였다.

그러자 돌처럼 단단한 지독한 분노가 온몸을 가득 채웠다.

"몸조심하는 게 좋을 거다."

보안관은 한 발짝 물러나 어깨 높이로 총을 겨눴다. 터너는 하얀 눈 덕분에 한결 더 돋보이는 달빛에 반사된 보안관의 모습을 볼 수 있었다. 터너는 난데없는 공포를 보았다. 공포의 냄새를 맡았다.

"리지는 이슨 아저씨네 집에 있었어요."

터너가 말했다.

"그랬겠지만 지금은 아니야. 너는 이해 못 해. 거기 사람들은 죄다 미쳤어. 그자들은 대부분 분별력조차 없다."

"리지가 그 집에 있었어요. 리지한테도 총을 쐈나요?"

터너가 되풀이해서 말했다.

"사실, 그럴 필요도 없었다. 그 애는 그냥 일어나서 조용히 가더구나. 약속이라도 한 것처럼 말이다."

"어디로요?"

"정신병자들이 가는 곳이지. 포날로 갔다."

터너는 여전히 웅웅거리는 머리로 고함을 지르며 보안관에게 달려들었다. 보안관은 뒤로 물러나다 발이 걸려 넘어졌다. 엽총의 개머리판이 바닥에 부딪치면서 또다시 총신이 터져 하얀 포연이 두 사람을 에워싼 눈밭을 뒤덮었다. 하지만 터너는 멈추지 않았다. 단 일 초도. 터너는 보안관의 몸에 올라타 아무 데고 주먹을 날렸고, 보안관이 자신을 밀어내면 또다시 뛰어올라 아이네이아스처럼 싸웠다. 희망 없는 싸움이라는 걸 잘 알면서. 희망이 없다는 사실에 울고, 울고, 또 울면서.

아버지가 나타나 등불을 비추고 흥분한 보안관에게서 자신을 떼어 낼 때에도 터너는 절대로 주먹질을 덤출 생각이 없었다.

하지만 터너는 멈추었다.

자신의 아버지가 보안관의 외투를 부여잡고 몸을 들어 올려 흔들더니 땅바닥에 사정없이 내동댕이치는 모습을 보았기 때문이다. 그런 다음 아버지는 아직도 연기가 피어오르는 엽총을 주워 바위 턱 너머로 휙 내던졌다. 총은 달빛 속에서 빙글빙글 돌며 날아갔다. 뉴메도우즈 강을 넘어, 아니면 바로 말라가 섬을 넘어, 달이 지고 밤하늘이 다시 한 번 어두워질 때까지 쉬지 않고 날아갔다.

터너는 총을 내던진 팔과 보안관을 번쩍 들어 올린 가슴을 지닌 아버지 곁에 섰다.

"사람들이 그 애를 데려갔어요."

터너가 말했다.

"누구를 데려가?"

"리지요. 이슨 아저씨 가족도 함께요."

터너의 아버지가 보안관을 쳐다보았다. 보안관이 일어서며 말했다.

"핍스버그는 스스로를 보살펴야만 합니다. 제이크 이슨이 완전 미쳤다는 것은 이미 수년 전부터 마을 사람 누구나 아는 사실입니다. 이슨과 그의 모든 것이 말입니다. 어차피 조만간 그자들은 포날로 가게 되어 있었다 이 말입니다. 우리는 이미 오래전에 했어야 할 일을 오늘밤에 했을 뿐입니다."

"당신들이 오늘 밤 저지른 짓은 마을을 위해서가 아닙니다. 당신들을 위해서지요."

"우리가 마을입니다. 목사만 빼고 여기 사람들은 모두 다 이해하는 것 같더군요. 목사는 여기에 와서도 여전히 보스턴에 사는 것처럼 행동하시더군요. 하지만 목사는 보스턴에 있는 게 아닙니다. 여기에 있습니다. 그리고 우리 마을에는 어디가 위네, 어디가 아래네, 참견이나 하는 외부인은 그 누구도 필요치 않습니다."

"참견이라고요? 오, 하느님! 보안관, 너무 지나치시군요. 단지 그 땅을 차지할 욕심에 나이 어린 여자애를 정신병원으로 보내는 사람들이 어디가 아랜지는 알기나 한답니까?"

"여기가 아래지요."

보안관은 이렇게 말하고는 터너를 잡아 공중으로 들어 올렸다. 목사가 달려들어 보안관의 멱살을 붙잡자, 황급히 터너를 뒤로 내던져 버렸다.

터너가 몸을 돌려 위를 올려다보았을 때는 아버지와 보안관이 서로 양팔을 맞붙잡고 앞뒤로 밀면서 미끄러지고 휘청거리다 돌멩이에 걸려 넘어졌다. 터너가 무릎으로 일어났을 때는 두 사람은 절벽 가장자리까지 서로를 밀어내고 있었다. 그리고 터너가 두 다리로 일어섰을 때는 보안관이 갑자기 손에서 아버지를 놓고 뒤로 물러나는 바람에 아버지는 달빛이 빛나는 허공 속에서 풍차처럼 두 팔을 빙빙 돌리며 바위 턱 너머로 떨어졌다.
 터너가 마지막으로 본 것은 달빛에 빛나는 아버지의 두 눈이었다.

제11장

 수요일 밤의 집사 회의는 어색하기 그지없었다. 허드 집사는 이미 모든 것을 준비해 둔 뒤였다. 타자기로 쳐 둔 안건, 미리 써 놓은 기도문, 그리고 터너 벅민스터 목사를 목사직에서 해고하기를 권고한다는 내용으로 회중들에게 보내기 위해 집사들이 작성한 공식적인 서신까지. 하지만 터너 벅민스터 목사는 갈비뼈가 으스러지고, 한쪽 다리는 부러지고, 두피까지 드러난 상태로 목사관에 누워 있었다. 사흘이 지났지만 여전히 의식이 없던 터라 허드 집사는 모임을 시작할 마음이 들지 않았다. 게다가 시계가 정확히 일곱 시를 쳤을 때 터너가 모습을 드러내자, 상황은 훨씬 더 어색해졌다.

 "터너, 아버지 문제라면 나 역시 말할 수 없이 슬프구나. 하지만 이건 교회의 비공개 회의란다."

 허드 집사가 말했다.

 "집사님, 규약집에 따르면 목사가 투표권자로서 회의에 참석할 수 없는 경우에 목사는 자신을 대신할 대리인을 지정할 수 있습니다. 오늘 오후에 어머니께서 이 규약을 찾아보셨습니다. 어머니가 직접 오셔야겠지만……."

터너가 말했다.

"나는 허락하지 않겠다."

허드 집사가 말했다.

뉴턴 씨가 방을 가로질러 가더니 선반에서 규약집 한 부를 가져왔다.

"십오 쪽입니다."

터너가 거들었다.

뉴턴 씨가 15쪽을 폈다. 뉴턴 씨는 빙그레 웃으며 규약집을 살폈다.

"규약집에 반대할 의사가 아니시라면, 집사, 선택의 여지가 없을 듯싶습니다."

"그럼 의사록을 읽고 회의를 시작하겠습니다. 원한다면 터너는 있어도 좋습니다."

허드 집사가 화가 나서 말했다.

"기도로 시작하시지 않나요?"

주일 학교 책에서 막 튀어나온 목사의 아들인 양 터너가 천연덕스럽게 물었다.

허드 집사가 터너를 뚫어져라 쳐다보았다. 집사가 "함께 기도하겠습니다."라고 천천히 말했다. 하지만 터너는 집사의 기도가 제일회중의 뾰족탑 위에도 이르지 못했다고 생각했다.

"아멘."

허드 집사가 기도를 마쳤다.

"아멘."

집사회의 나머지 회원들이 따라 말했다.

"저희 아버지를 위해 기도하지 않으셨는데요."

터너가 말했다.

허드 집사는 벅민스터 목사를 위해 기도했다. 이번에는 탁자 높이에도 미치지 못했다고 터너는 생각했다.

회원들은 이월된 안건들을 신속히 처리했다. 그들은 신도 좌석 중 앞 세 줄에 대한 보수 지원금 안건을 투표에 부쳤다. 그리고 교회 종의 밧줄이 너무 닳아 봄이 되면 종이 떨어질 거라며 밧줄 교체 안건도 표결에 부쳤다.

터너는 이월 안건들이 처리되는 동안에는 아주 조용히 있었지만 신규 안건에 '터너 벅민스터 목사의 지위'라는 제목의 마지막 안건에 이르자, 허리를 똑바로 세웠다. 허드 집사는 현 상황에서 쉽지 않은 문제이기는 하나 회중들에게 권고를 내리는 것이 집사회의 공공연한 성경적 의무라고 느끼고 있다며 논의를 시작했다.

"그 권고는 무엇이 되는 겁니까?"

뉴턴 씨가 물었다.

허드 집사는 터너를 보지 않았다. 허드 집사는 목청을 가다듬고 또 한 번 가다듬고는 말했다.

"그러니까, 그것이 무엇인지는 바로 이 자리에서 결정하겠습니다."

"그렇게 될지 모르겠군요, 집사. 벅민스터 목사가 목사직을 유지해야 한다는 권고안을 우리에게 요청할 리는 없지 않습니까. 그건은 이미 작년 가을에 결정했으니까요. 그럼 목사님이 물러나야 한다는 내용이 분명하겠군요."

뉴턴 씨가 반박했다.

허드 집사가 내용을 정리했다. 터너는 허드 집사가 한바탕 연설을 할 듯 보였다. 예상대로였다.

"회중의 신임을 받는 한 사람으로서 말씀 드리겠습니다. 벅민스터 목사를 목사직에 초빙했을 때는, 나는 솔직하게 말해야 한다, 터너. 그 때문에 네가 상처를 입는다 해도 어쩔 수 없지. 굳이 여기에 있겠다고 고집을 부린 건 바로 너니까 말이다, 우리는 하느님의 메시지를 마을에 전달할 목사를, 으리에게 닥치는 여러 가지 시험과 고난 속에서 강한 친화력으로 우리를 기꺼이 지지해 줄 목사를, 그리고 회중의 미래를 책임질 목사를 기대했습니다. 그런데 우리는 마을의 번영을 보존하는 데는 관심이 없는 분을 찾고 말았습니다. 번번이 우리의 일을 저지하더니 심지어는 검둥이들을 마을 한가운데로 데려와 살겠다는 지경에 이르렀습니다. 저는 그로 인해 마을의 파괴가 초래될 것임을 감히 말씀드리며, 그러한 사실을 인정하지 않을 분은 이 방 안에 단 한 분도 계시지 않으리라 믿습니다."

허드 집사의 말에 연로한 세이어 씨가 말을 이었다.

"저는 그 점은 잘 모르겠습니다만, 불우한 이웃들을 어떻게든 좋은 곳으로 데려다 주려는 박애적인 임무로 온 마을이 한창 바쁜 와중에 목사는 우리의 보안관을 공격하는 것으로 자신의 직무를 대신했습니다. 목사가 다친 것은 안타깝지만 나설 때와 나서지 않을 때만 분간할 줄 알았더라도 그는 바로 지금 여기에 앉아 있을 겁니다."

이어지는 침묵. 집사회 회원들에게 허드 집사 자신이 인지하고 있는 사실에 대해 이의를 제기할 테면 해보라는 식의 침묵이었다. 대부분의 집사들은 굳은 얼굴로 입을 꾹 다문 채 자리만 지켰다. 몇몇 사람들은 앞에 놓인 탁자만 뚫어져라 쳐다보았다. 어떤 이들은 애꿎은 연필만 만지작거렸다. 터너는 주먹을 꼭 쥐고 바위 턱을 넘어 추락하던 아버지의 두 눈을 떠올렸다.

뉴턴 씨가 천천히 말문을 열었다.

"허드 집사, 분명 목사는 마을을 지지할 필요가 있습니다. 허나 나는 그것이 꼭 집사가 추구하는 방식과 똑같아야 한다고는 생각하지 않습니다. 집사의 말대로 하자면, 마을에서 무슨 결정을 내리든 온당하며, 목사는 당연히 그 결정에 따라야 한다는 말처럼 들립니다. 하지만 우리에게는 무엇이 온당한가를 우리에게 물을 수 있는 그런 목사가 필요한 게 아닌가 생각합니다."

"마을을 위해 좋은 것이 곧 온당한 것입니다."

"나도 집사가 그렇게 생각한다는 것은 잘 압니다. 스톤크롭 씨 역시 그렇게 생각하고 있다는 것도 잘 압니다. 잘은 모르겠으나,

나머지 회중들도 마찬가지겠지요. 하지만 분명한 사실은, 우리가 말라가에 저지른 짓은 박애가 아니며, 만약 그것을 박애라고 한다면 우리는 스스로에게 거짓을 말하고 있다는 것입니다. 말라가 섬 사람들은 우리에게 아무런 해도 끼치지 않고 125년을 살아온 섬에서 앞으로도 그만큼이나 더 살 수 있었겠지만, 우리는 그들이 떠나기를 바랐습니다. 바로 그것이 진실입니다."

뉴턴 씨는 손을 들어 탁자 아래쪽에 앉아 있는 터너를 가리켰다.

"그리고 저기 저 소년은 머리 위로 지붕 하나 가질 수 없는 여자아이를 보았고, 그 가엾은 여자아이를 위해 단지 무엇이든 해 주려고 했을 뿐인데, 나는 저 아이의 편이 되어 주지 못했기 때문에 부끄럽습니다. 집사회의 단 한 사람도 저 아이의 편에 서지 않는다는 사실이 부끄럽습니다."

"성인(聖人)들은 더불어 살기가 힘들지요, 뉴턴 씨. 그들은 대개 화형으로 생을 마감합니다."

뉴턴 씨가 다시 말을 잇기 전, 잠시 망연자실한 침묵이 흘렀다.

"저는……."

"말씀 잘 들었습니다, 뉴턴 씨. 벅민스터 목사를 목사직에서 해고한다는 권고안을 회중에게 전달하겠다는 안건에 다른 의견 있으신 분 계십니까?"

망연자실한 침묵은 여전히 위세를 떨치며, 허드 집사를 제외한 나머지 회원들의 어깨마다 거대한 두 손을 올려놓고 있었다. 허드 집사는 자리에서 일어나 난롯불에 통나무 하나를 던져 넣었다. 통나무를 던지기 전, 허드 집사는 잠시 난롯불을 물끄러미 바라보았다. 그런 다음 자리로 돌아와 앉았다.

"더 이상 없으니, 투표를 진행하겠습니다. 집사회의 의결권이 없는 회원들은 퇴장해 주시기 바랍니다. 바로 너다, 터너. 그것도 규약집에 나와 있는 사실이다."

허드 집사가 말했다. 터너가 자리에서 일어섰다.

"어머니가 집사님들께 전해달라고 하셨습니다. 우리 가족은 아버지께서 낫는 즉시 목사관을 나가겠습니다. 우리는 콥 할머니 댁으로 이사할 생각입니다. 어머니께서는 어떤 식으로든 여러분에게 짐이 될 생각은 없다고 하셨습니다."

터너는 문으로 다가가 잠시 멈칫하더니 돌아서서 덧붙였다.

"그리고 어머니는 저더러 이렇게 말하라고 하셨습니다. '뭐가 됐든 원하시는 대로 빌어먹을 투표를 하십시오.'"

"터너, 핍스버그에서 제일 근사한 집 가운데 하나인 부인의 집을 이슨 일당과 같은 무리한테 넘기려는 생각만 하지 않았더라면, 이런 일은 애당초 일어나지도 않았을 거다. 네 자신의 생각에서 비롯된 일로 우리를 비난하지는 말거라."

허드 집사가 말했다.

순간, 터너는 아버지의 서재로 되돌아와 있었다. 아버지는 이제 막 파이프에 불을 붙인 뒤였다. 담배 연기가 방을 감쌌으며, 가죽 냄새와 반짝반짝 윤을 낸 가구 냄새가 뒤섞여 있었다. 아버지는 『종의 기원』의 들뜬 마지막 장에 다다랐고, 찬미와 경이의 마지막 문장을 읽으며, 등을 타고 올라와 몸속 깊이 파고드는 짜릿한 흥분을 느끼던 차였다.

"이토록 단순한 시작으로부터 지극히 아름답고 지극히 경이로운 무수한 생명 형태들이 진화했고, 지금도 진화하고 있다는 시각에는 위엄이 깃들어 있다."

아버지는 책을 덮고 고개를 들며 미소를 지었다.

"이 같은 생각들이 우리를 어디로 이끌지는 아무도 모르지. 하지만 알아낸다는 것만으로도 흥미진진하지 않겠니?"

아버지는 이렇게 말했다. 단지 아버지와 아들이 아닌, 열린 세상을 마주한 두 사람으로서. 두 사람은 흔쾌히 고개를 끄덕였다.

"'빌어먹을'은 제 입에서 나온 말입니다."

터너는 그렇게 말하고 집사회 회의실에서 나왔다. 터너는 문밖에 섰다. 온몸에서 힘이 빠져나가는 기분이 들더니 이내 몸이 파르르 떨려왔다. 울고 싶지 않았고, 그러기 위해 천천히 호흡을 가다듬었다.

터너는 리지를 떠올렸다. 리지라면 그 순간 터너에게 이렇게 말했을 것이다.

"너는 네가 지금 무엇을 하고 있다고 생각하니?"

"뭐, 아버지를 도와드리려고 하는 거지."

"아니, 그건 그렇지 않아. 너는 절대로 상황을 똑바로 볼 수 없어."

"너는 네가 대단히 많이 안다고 생각하지?"

"나는 지난 며칠 동안 많은 걸 배웠어. 너는 이처럼 지독한 데서 많은 걸 배우는구나."

"너는 거기서 언제 나올 거야?"

터너는 리지의 대답을 듣지 못했다.

"리지, 나는 어떻게 해야 돼? 내가 모든 걸 망쳐 버렸어. 내가 너를 만나지 않았더라면……."

"네가 나를 만나지 않았더라면, 그래도 난 포날에 있겠지. 난 가질 수 없었어…… 알잖아, 내가 가질 수 없었다는 걸. 꼭 말하지 않아도."

터너는 아련한 어둠 속에 빠진 집으로 되돌아왔다. 부모님 방의 침실 등불만이 희미하게 밝혀져 있었다. 안으로 들어가 보니, 아버지는 붕대로 머리를 둘둘 감은 창백한 모습으로 턱밑까지 단정하게 끌어올려진 이불을 덮은 채 미동도 없이 누워 있었다. 어머니 역시 흔들의자에서 담요를 몸에 두른 채 잠이 들어 있었다. 터너는 일부러 어머니를 깨우지 않았다.

터너는 자기 방으로 가서 창가에 섰다. 구름이 낮게 드리워져 있었고, 그보다 훨씬 더 낮게 뜬 반달이 누비이불 같은 구름의 밑면을 무기력한 잿빛으로 비추었다. 자칫 키 큰 소나무들이 낮게 깔린 구름을 찌를 듯싶었다. 터너는 누비이불이 찢기며 열려서 깃털 같은 눈들이 마을로 내려와 모든 것을 따스하고 아늑하게 감싸며 잠재우는 광경을 머릿속으로 그려 보았다.

"지극히 아름답고 지극히 경이로운."

따스하고 아늑한 누비이불의 무게가 자신을 잠재우기 직전, 터너가 마지막으로 떠올린 말이었다.

* * *

제일회중교회 집사회의 결정은 전체 회중에게 공식적으로 발표하기 전까지는 비밀에 붙이기로 되어 있었다. 하지만 일요일까지 비밀이 지켜진다고 믿느니 차라리 아무도 몰래 고래가 파커 헤드 거리를 기웃거렸다는 말을 믿는 편이 더 쉬웠다.

조수가 채 바뀌기도 전에 권고안에 대한 소문은 온 핍스버그에 퍼졌다. 목사의 쾌차를 바라며 병문안을 온 사람들은 난처한 눈빛으로 벅민스터 사모를 바라보았다. 사모 역시 모르지는 않았다. 터너는 어머니가 이미 오래전부터 알고 있었다고 생각했다.

터너가 아버지에게 책을 읽어 주는 동안(터너는 『인간의 유래』를 처음부터 다시 읽었다.) 어머니는 소란스럽게 이삿짐을 챙겼다. 보스턴을 떠날 때에는 트렁크와 나무 상자, 그리고 혹시 뭐라도 깨지지 않을까 하는 걱정에 지푸라기까지 한 짐 채워 넣느라 짐을 싸는 데만 몇 주일이 걸렸다. 지금은 완전히 달랐다. 터너는 손수레를 밀고 현관 계단을 올라 집 안으로 들어가서는 어머니가 계단 앞에 쌓아 둔 물건을 아무 거나 집어 들었다. 터너는 그것들을 아무렇게나 싣고(책, 그릇, 아래층 흔들의자까지 완전히 뒤죽박죽으로) 곧장 파커 헤드 한가운데를 내려왔다.

터너는 이미 진창이 모두 얼어붙고 서리 자국만 남아 있는 게 다행이라고 생각했다.

어머니가 콥 할머니네 집에 가 있을 때면, 터너는 아버지의 침대 맡을 지켰다. 터너는 아버지의 느린 호흡에 귀를 세운 채 자신이 어떻게 포날로 갈지, 어떻게 아버지가 깨어나 둘이 함께 아이네이아스처럼 돌진해 요양원에서 리지 브라이트를 구해 낼지 머릿속으로 그리고 또 그려 보았다. 그러고 나면 다시 아버지의 느린 호흡에 귀를 곤두세웠다.

아버지 곁을 지키지 않을 때는 『아이네이스』를 번역하거나(아버지는 아마도 자신이 번역을 계속하기를 바랄 거라 짐작했다.) 말라가 섬에서 멀리 떨어진 해변을 따라 걷곤 했다. 어느 늦은 오후, 터너는 우연히 케네벡 강 상류에 홀로 서 있는 윌리스를 만났다. 둘은 함께 강으로 내려가 바위에서 얼음 조각들을 부수고, 바닷가로 내려와 하얀 포말이 돌멩이를 삼켜 버릴 때까지 파도와 파도 사이로 물수제비를 떴다.

그런 뒤로 터너는 대부분 오후를 그곳에서 보냈고, 윌리스 역시 그곳에 있을 때가 많았다.

그들은 항상 똑같은 말로 이야기를 시작했다.

"왔구나."

"왔구나."

"목사님은 여전하셔?"

"그렇지 뭐."

월리스가 고개를 끄덕이면 둘은 바닷가로 향했다. 질주하는 바람이 소금기 짙은 물보라를 그들에게 뿌릴 때에도, 바닷가를 뒤덮은 눈 때문에 돌멩이 하나 찾을 수 없을 때에도, 너무 추워서 목도리로 얼굴을 둘둘 감아야만 할 때에도 늘 변함이 없었다.

　터너에게 말라가 섬의 묘지에 대한 이야기를 전해 준 사람도 바로 월리스였다. 스톤크롭 씨가 조선소의 인부들을 고용해 묘비들을 파헤친 이야기, 얼어붙은 땅을 헤집어 관을 끌어낸 이야기, 그리고 그것들을 어떻게 처리했는지까지. 인부들은 찾아낸 것을 몽땅 다섯 개의 관에 뒤섞어 싣고 섬에서 나왔다고 했다.

　"교회 묘지에서 인부들이 일하는 거 못 본 것 같은데."

　터너가 말했다.

　월리스는 고개를 저었다.

　"포날로 갔어. 마을에서 검둥이들을 교회 묘지에다 묻게 할 리 없잖아."

　터너는 파헤쳐지고 내던져져, 만 번도 넘게 뜨고 지는 태양을 바라보았던 고향 섬에 머무르는 것조차 허락되지 않은 리지의 할아버지를 떠올렸다.

　그리고 이틀 뒤, 말라가에서 다시 무슨 짓이 자행되고 있는지 알기 위해 이번에는 굳이 월리스의 입을 빌릴 필요조차 없었다. 스톤크롭 씨의 인부들은 아직 일을 마무리 짓지 못했다. 이슨 씨네 집은 이미 완전히 불타 버렸지만 이제는 리지네 집에 불을 붙였고, 차례차례 한 집씩 불태우다 판잣집, 바깥 화장실, 부두, 닻을 감는 원통, 바닷가재 통발 무더기까지 태울 만한 건 모두 다 태워 버렸다. 허연 연기가 말라가 섬을 뒤덮더니 바닷바람에 실려 본토로 불어왔고, 뉴메도우즈를 건너 바위 턱 위까지 바짝 다가섰다. 연기는 허공을 휘젓고 소용돌이치며 숲을 밀치고 내달려 나무들로부터 갈기갈기 찢겨 나와 파커 헤드로 모여들었다. 그리고 뉴턴 씨네 식료품점을 지나, 콥 할머니네 집을 지나, 허드 할머니네 집과 목사관을 지나 제일회중을 동그랗게 감싸더니 뾰족탑 꼭대기까지 올라갔다. 심지어 스톤크롭 씨의 품위 있는 집에까지 거침없이 다가가 연철로 된 담장을 통과해 멋들어진 현관 위까지 올라섰다.

연기는 지나간 곳마다 재를 남겼다. 도로 위에, 집들 위에, 제일회중의 뾰족탑 위에, 심지어는 스톤크롭 씨네 집의 멋들어진 현관 위에도. 재는 소나무 가지 위로, 벌거벗은 단풍나무 가지 위로, 떡갈나무의 메마른 갈색 잎들 위로, 눈 위로 떨어져 내렸다. 외출을 해야 하는 사람들은 손수건으로 얼굴을 가리고 재빨리 걸었다. 대부분은 집 안에 머물렀다.

아버지의 서재에서 책을 나르는 사이사이, 터너는 콥 할머니네 집의 차디찬 둥근 지붕에서 이 모든 광경을 지켜보았다. 터너는 속으로 생각했다. 저 연기는 뭘 하고 싶은지 아는 것처럼 피어오르네. 리지라면 과연 뭐라고 할까 궁금했다. 아마도 자신의 어깨를 툭 치며 상황을 똑바로 보라고 말하지 않을까. 하지만 어쩌면 터너는 이미 그랬는지도 모른다.

그날 오후, 파커 헤드를 내려가는 터너의 책들 위로 재가 떨어졌다. 매번 짐을 실어 나를 때마다 터너는 자신이 무언가를 내려놓고 온 듯한 기분이 들었다. 그 이유는 말할 수 없었지만, 왠지 마음이 한결 가벼워진 느낌이었다. 제일회중 사람들이 어떻게 투표를 했건 터너에게는 더 이상 중요하지 않았다. 아버지 역시 개의치 않았을 것 같았다. 아마도 그들은 핍스버그를 떠날 거였다. 아버지가 의식만 되찾으면 포날로 가서 요양원에서 리지 브라이트를 낚아채 영원히 떠날 수 있었다.

아마도 그들은 마침내 미지의 세계로 향할 것이다.

그렇지만 새로 내린 눈은 나무들 위로 떨어진 재를 뒤덮고, 집들을 덮은 재를 뒤덮고, 제일회중교회 뾰족탑에 내려앉은 재를 뒤덮었다. 그리고 갓 파낸 아버지의 무덤 위로 터너가 흩뿌린 재를 뒤덮었다.

* * *

장례식은 팽팽한 긴장감 속에 거행되었다. 허드 집사를 장례식에 관여시키지 말라는 벅민스터 사모의 선언으로, 집사들은 제일회중에 배스 담당 목사의 파견을 요청했다. 배스 담당 목사는 도로를 탓하며 뒤늦게 나타나 외투에서 젖은 눈을 털어 내며 듣기 좋은 말들을 늘어놓았다. 하지만 그 목사는 터너의 아버지를 만난 적이 없었던 터라 벅민스터 목사가 갈라디아서*에서 막 걸어 나온

---

* 신약 성경 중 아홉 번째 글. 사도 바울이 갈라디아의 여러 교회에 써 보낸 편지를 내용으로 하고 있다. 그리스도교 자유의 대헌장이요, 그리스도인의 자유에 대한 선언서라 불린다.

사람이기라도 한 양, 오로지 구세주라는 말만 되풀이할 뿐이었다. 그들은 터너의 어머니가 미리 골라 놓은 찬송가들을 부른 다음, 터너가 고른 찬송가 〈이 세상 떠나도 나에게는 친구들이 있다네〉를 불렀다. 그리고 천국에서 당신의 일을 수행하도록 벅민스터 목사를 데려간 하느님의 부르심에 대해 기도했다.

그런 다음 목사는 유족 가운데 앞으로 나와서 선량한 고인의 신성한 귀향을 기리는 몇 마디 말로써 여기 모인 회중들을 위로해 줄 의사가 있는지 물었다.

원래는 계획에 없던 순서였다. 터너는 흡, 하고 어머니가 숨을 삼키는 소리를 들었다. 회중들이 숨을 삼키는 소리도 들었다. 아니, 몸으로 느낄 수 있었다. 회중들 입장에서는 유족의 말이라면 단 한 마디라도 피하고 싶은 심정이라는 걸 터너는 잘 알았다. 그리고 어머니는, 당신이 직접 일어서면 마음속에 담아 둔 말을 정말로 내뱉어 버릴지 몰라 두려워하고 있다는 것도 잘 알았다.

그래서 터너는 어머니를 대신해 자리에서 일어섰다. 목사가 터너를 설교단으로 안내하고자 손을 내밀었다. 터너가 올라오자, 미소를 지으며 옆으로 비켜섰다.

아버지의 설교단 뒤에서, 터너는 어렵지 않게 아래를 내려다볼 정도로 자신의 키가 컸다는 사실에 스스로도 깜짝 놀랐다.

"우리 아버지는……."

터너가 조용히 입을 떼었다.

그러자 목사가 "큰 소리로 말해라, 아들아. 비탄에 빠진 회중들의 마음을 달래 주려무나."라고 말했다.

하지만 터너는 비탄에 빠진 회중들의 마음을 달래 줄 생각은 추호도 없었다.

"우리 아버지는, 방금 여기 계신 목사님께서 말씀하셨듯이 하느님과 함께 계십니다. 하지만 하느님은 당신의 곁에서 아버지가 해야 할 일이 있기 때문에 그 분을 부른 게 아닙니다. 우리 아버지는, 바로 이곳에서 하느님의 일을 하고 계셨기 때문에 돌아가셨습니다. 아버지는 말라가 섬 주민들이 그들의 것이었던 그곳에 살기를 바라셨습니다."

목사의 얼굴에서 웃음기가 싹 가셨다.

"우리 아버지를 기리는 최선의 방법은 그 섬에 다시 집을 지어 떠나간 사람들이 모두 다 되돌아올 수 있도록 초대하는 것입니다. 포날로 가서 이슨 아저씨의 가족과 그리고……."

터너는 잠시 말을 멈추었다. 얼굴이 굳었다.

"그리고 리지 그리핀을 데려와야 합니다. 하지만 그럴 생각이 있는 사람은 이곳에 한 분도 없는 것 같습니다."

아마도 목사는 마지막 기도와 함께 추도 예배를 마쳤어야 했다며 스스로를 탓하고 있었을 것이다.

"말라가 섬사람들은 모두 가고 없습니다. 우리 아버지도 가고 없으며, 어쩌면 천국에서 하느님의 일을 수행하기 위함일지도 모르겠습니다. 저는 잘 모르겠습니다. 그들이 모두 가 버렸다는 것뿐, 저는 아무것도 모르겠습니다."

말을 마치는 순간, 터너는 아버지가 자신으로부터 다시 한 번 멀어져 가고 있다는 걸 알았다. 텅 빈 느낌이었다.

그때 제단 뒤 중간 지점에서 뉴턴 씨가 불쑥 자리에서 일어나 커다란 두 손으로 바로 앞의 좌석을 꽉 붙잡았다. 얼마나 몸을 앞으로 숙였는지 마치 쓰러질 듯 보였다. 그러자 뉴턴 부인도 따라 일어나 옆에 섰고, 꼬마 뉴턴들까지 모두 다 차례차례 자리에서 일어섰다.

통로 반대편 앞자리에서는 윌리스 허드가 일어섰다. 윌리스는 터너를 쳐다보았다. 굳이 말은 필요 없었다. 허드 집사가 윌리스의 팔을 붙잡았지만 윌리스는 아버지를 무시했다.

차례차례, 비록 많지는 않았지만 몇몇 회중들이 자리에서 일어섰다. 아무도 말은 없었다. 마치 교회 지붕이 들려 밖에서 새로 내리는 눈이 그들 모두를 이불처럼 보드랍게 감싼 듯 고요할 따름이었다.

터너의 마음속에 다시 한 번 아버지의 모습이 떠올랐다. 매일 밤 잠이 들 때마다, 매일 아침 잠에서 깰 때마다 자신과 함께한 아버지의 모습을, 바위 턱 너머로 떨어질 때 보았던 아버지의 두 눈을. 그 눈에는 무엇이 담겨 있었을까? 아버지는 무슨 말을 하고 계셨을까?

터너는 어머니 곁으로 돌아와 앉았다. 어머니가 터너의 손을 잡아 주었다.

다시 설교대로 돌아간 목사는 잠시 숨을 몰아쉬며 여유를 찾고는 〈새벽부터 우리〉로 예배를 마무리해야겠다고 결정했다.

하지만 그것은 유감스러운 선택이었다. 목사가 활기찬 리듬을 기대했다면 큰 오산이었다. 릴리안 우드워드 덕분에 행진곡이 장송곡으로 탈바꿈하자, 회중들의 짜증은 극에 달했다. 그렇지 않아도 심사가 사납던 회중들이었다. 릴리안 우드워드가 청승맞게 연주를 이어가는 동안, 대부분의 회중들은 찬송을 부르는 대신 속닥거렸고, 그 얘기들은 곡의 고음부에서조차 터너의 귀까지 들려왔다.

"저 애가 저기 서서 우리를 가르치려 들잖아!"

"부전자전이라더니."

벅민스터 사모에게도 들렸겠지만 사모는 아무런 내색도 하지 않았다. 연주가 끝나고 집사들이 교회 밖으로 관을 운구하자, 사모는 터너의 손을 꼭 잡고 남편의 뒤를 따랐다. 그들은 교회 로비를 가로질러 계단을 내려가 파커 헤드 거리에 섰다. 눈은 이미 그친 뒤였다. 그 자리를 대신해 짭짤한 바닷바람이 터너의 뒤를 따라왔다. 장난기 없이 진지하고 차분하게.

그렇게 그들은 제일회중의 묘지에 다다라 터너의 아버지를 땅에게, 하느님에게 맡겼다. 집사들이 관을 땅속에 내려놓고 줄을 떨어뜨렸다. 터너가 삽을 잡고, 뉴턴 씨가 삽을 잡고, 연로한 세이어 씨가 삽을 잡았다. 그들은 다함께 터너 벅민스터 2세를 묻었다. 매장이 끝나자, 터너는 목사관 화덕에서 퍼온 재를 무덤 위에 뿌렸다. 그리고 다시 눈이 내려 그 재를 덮었다.

***

그날 밤, 굵은 눈이 펑펑 쏟아져 내렸다. 눈은 점점 더 굵고 무겁고 축축하게 내려와 얼마나 빠르게 쌓여 갔는지, 터너는 쌓인 눈이 언덕을 이루는 모습을 침실 창문에서도 볼 수 있었다. 그 겨울의 진짜 눈보라로는 첫 번째였다. 터너는 눈이 핍스버그를 가로지르며 허리까지 차오르고, 파커 헤드를 내려가, 바위 턱을 넘어, 말라가 섬에 이르러 그을음 더미에 뒤덮인 집들 위로 내려앉는 광경을 머릿속으로 그려 보았다. 터너의 머릿속에서 눈은 포날로 줄달음쳤고, 그곳에서 두 손을 머리에 올린 채 창밖을 내다보며 뉴메도우즈의 파도 소리를 그리워하고, 할아버지를 그리워하며, 말라가 섬을 그리워하는 리지를 떠올렸다. 또한 자신을 그리워하는.

그리고 이제는 직접 포날로 찾아가 리지를 해방시켜 줄 때가 되었다는 걸 잘 알았다.

하지만 눈은 밤새도록 잦아들 기미가 보이지 않았다. 이튿날 역시 마찬가지였다. 마침내 구름이 조각조각 나뉘고 은빛 달이 다시 핍스버그를 내리비추었을 때, 달빛을 받은 마을은 색다른 풍경을 연출했다. 마을의 오두막집들은 언덕으로, 장작더미들은 이글루로 변신해 있었다. 이미 하나의 굽이진 비탈로 변해 버린 파커 헤드는 집들 위로, 울타리 너머로 느긋이 늘어져 어쩌다 가까스로 맨땅을 드러낼 뿐 높다랗게 쌓인 눈을 한껏 자랑하고 있었다.

이튿날 아침, 터너가 뉴턴 씨네 집을 방문했을 때는 쌓인 눈이 지붕까지 비탈을 이루는 바람에 간신히 2층 창문 밖으로 기어 나온 뉴턴 씨가 현관 지붕에서 삽으로 눈을 털어 내고 있었다. 터너는 이미 그날 아침 첫 햇살과 함께 일어나 목사관 현관 앞과 계단과 인도의 눈을 치우고, 콥 할머니네 집 현관과 계단과 인도의 눈까지 다 치웠다. 터너는 남은 삽이 있냐며 큰 소리로 뉴턴 씨를 불렀다. 터너는 현관 앞의 눈을 치우며 뉴턴 씨가 지붕 위에서 자신의 머리 위로 밀어 떨어뜨린 눈 더미들을 바라보았다.

그들은 함께 계단까지 눈을 쓸어 낸 뒤, 도로로 이어지는 짧은 통로까지 말끔히 치웠다. 일을 마칠 무렵에는 터너의 어깨 너머까지 눈 벽이 쌓였고, 눈을 높이 쳐올려야 했던 탓에 양팔이 쑤셨다. 두 사람은 가게 안으로 들어갔고, 뉴턴 씨가 난로에 불을 지피며 말했다.

"이유를 모르겠어. 이런 날에는 아무도 나오려고 하지 않으니 말이야."

뉴턴 씨는 차를 끓이러 안으로 들어갔다. 잠시 뒤, 머그 잔 두 개를 가지고 나왔다. 터너는 머그 잔을 두 손으로 감쌌고, 두 사람은 말없이 앉아 얼어붙은 몸을 녹여 주는 난로와 커피의 온기를 느꼈다.

"왜 아직 말이 없는 거니?"

뉴턴 씨가 말했다.

"네?"

"네가 무슨 말을 하러 왔는지 말이다. 포날로 데려가 달라는 부탁, 아직 안 했잖니."

"저를 데려가 주시겠어요?"

"그래서 나를 눈 밖으로 끌어낸 거 아니더냐?"

"어쩌면요."

뉴턴 씨가 웃음을 터뜨렸다. 아마도 소리 내어 웃었다면 엄청나게 커다란 소리로 웃었을 것이다. 그런데도 뉴턴 씨는 아무 소리도 내지 않고 입을 벌린 채 눈에는 살짝 눈물까지 맺혀 가며, 살찐 배를 위아래로 움직이며 웃었다. 그러다 마침내 깊이 숨을 내쉬며 정신을 차리고 커피를 한 모금 마셨다.

"목사님 아들이라면 솔직한 게 좋을 것 같은데."

"저는 이제 목사님 아들이 아니에요."

뉴턴 씨가 가까이 다가와 터너의 무릎 위로 손을 얹었다.

"너는 언제까지나 목사님 아들이다. 이 세상에서 마지막 숨을 쉬는 그날까지 목사님의 아들로 남을 거야. 브런즈윅에 있는 직물 공장에서 지난주부터 나를 기다리는 짐이 있단다. 그 일이 끝나면 야머스로 갈 텐데, 거기에 가면 지난해 수확한 당밀이 아직 남아 있는 친구가 한 사람 있다는구나. 우리 가게에는 벌써 떨어지고 없는 물건이야. 네가 같이 가서 좀 도와 주면, 나하고 같이 포 날까지 갈 수 있을 것 같구나."

"제가 도와 드릴게요. 아저씨만 가자고 하시면 저는 언제든 갈 준비가 되어 있습니다."

"그럼, 어머니께 말씀 드려라. 그보다 눈길을 좀 고를 때까지 기다려야겠지. 날도 개어야 할 테고."

"어머니한테 말씀 드릴게요."

"그리고 터너, 혹시 말이다…… 그러니까, 가서 결과가 어떻게 되더라도 너무 실망하지 않았으면 좋겠구나."

"준비되시면 언제든 갈게요, 아저씨."

터너는 남은 커피를 마셨다.

포날을 방문하기로 결정되자, 터너는 아무것도 손에 잡히지 않았다. 쌓인 눈 탓에 콥 할머니네 집으로 짐을 옮길 수도 없어서 벅민스터 부인은 주로 물건을 분류하고 훑어보며 시간을 보냈다. 서재에 있으면 부인은 펴지도 않은 책을 한참을 붙잡고 서 있곤 했다. 응접실에서는 무슨 부적이라도 되는 양 꽃병 하나를 붙잡고 자꾸만 손가락으로 만지작거렸다. 터너 앞에서는 절대 눈물을 보이지 않았지만 터너는 가끔 밤늦게 어머니가 흐느끼는 소리를 들었다. 그러면 터너는 마치 작은 새처럼 심장이 빠르게 고동치는 걸 느꼈다.

그 주 내내 눈이 내렸다. 새하얀 11월이 종말을 고하고 다시 새하얀 12월을 맞이했다. 터너는 대부분의 시간을 삽을 들고 눈을 치우는 데 보냈다. 틈틈이 뉴턴 씨네 커다란 말들이 눈길을 다지는 모습을 지켜보았는데, 말들은 롤러를 잡아끌며 콧구멍으로 콧바람을 뿜어내고, 힘차고도 가볍게 머리를 돌렸다. 말들의 옆구리가 어찌나 튼튼한지 묶어 놓을 만한 곳만 있다면 말라가 섬을 통째로 본토까지 끌어올리는 장면을 상상하는 것도 어렵지 않을 정도였다.

그러다가 터너는 다시 목사관의 눈을 치우고, 콥 할머니와 뉴턴 씨네 집 앞을 치웠다. 심지어는 주일 예배에 맞춰 제일회중교회까지도 치웠다. 교회는 이제 허드 집사가 이끌고 있었다. 터너와 어머니는 더 이상 교회에 나가지 않았다.

드디어 태양이 맑고 환한 모습을 드러내기로 결정을 내리자, 뉴턴 씨가 마구에 달린 방울을 딸랑딸랑 울리며 터너에게 찾아왔다. 들소 가죽 덮개로 꾸민 썰매에는 앉는 자리에 뜨거운 동석*을 깔았고, 발치에 놓인 발 화로에서는 석탄이 달아올랐다.

등 뒤로는 바람이 거셌지만 가죽 덮개 밑으로는 온기가 있어서 브런즈윅의 직물 공장에 도착할 때까지도 따뜻했다. 그들은 먼저 차가워진 동석을 가져다 공장의 석탄 난로에 넣어 놓은 뒤, 갈색 종이로 둘둘 말은 직물 두루마리들을 썰매에 실었다. 일을 마치고 터너가 동석을 챙겨오자, 다시 야머스로 향했다. 그런데 이제는 등 뒤로 몰아치는 바람이 한층 더 차가워져 터너는 가죽 덮개를 끌어올려 몸을 감쌌다. 발 화로에 남아 있는 잿불이 너무 빨리 사위지 않기만을 바랐다. 야머스에서는 실망이 컸다. 남자는 약속했던 당밀을 이미 절반 이상 팔아버린 뒤였고, 남은 당밀까지도 값을 두 배로 쳐달라며 억지를 부렸다. 아무리 화를 내고 흥정을 해봐도 소용이 없었다. 남자는 "싫으면 할 수 없지. 살 사람

---

*비누 비슷한 부드러운 촉감의 활석 덩어리

은 많수다."라는 말만 되풀이했다. 그 말이 틀리지 않은 듯싶은데다, 연로한 세이어 씨가 당밀을 갖다 놓지 않으면 가만있지 않겠다고 예전부터 으름장을 놓았기 때문에 뉴턴 씨는 하는 수 없이 값을 치른 다음 썰매 바닥에 놓인 직물 더미 앞에 당밀을 실었다.

그리고 마침내 그들은 포날로 향했다.

이미 늦은 아침이어서 해는 중천이었다. 하지만 햇빛은 차가운 대기 속에서 약하고 보잘 것 없었다. 야머스의 상인에게서 발 화로용 잿불을 새로 받긴 했지만 바다에서 걸어질수록 공기는 점점 더 차가워지고, 도로는 황량해졌으며, 집들은 좀 더 절박해져 벌써부터 겨울과의 싸움에서 백기를 들고 있는 듯했다. 집 위로 무겁게 드리우던 연기가 집 앞으로 나직이 깔리며 주춧돌을 따라 심어진 가문비나무의 가지 위로 내려앉았다.

여행이 길어질수록 희망도 점점 줄어 터너는 막상 요양원에 가면 무슨 말을 해야 하나 망설여졌다. 리지를 어떻게 구출해 낼까? 정말 리지를 데리고 집으로 가면 핕스버그에선 또 어떤 반응을 보일까?

어찌 됐든 터너는 리지를 데려갈 작정이었다.

하지만 정작 포날 정신박약자 요양원에 도착하자, 터너는 하마터면 지레 포기하고 그냥 돌아갈 뻔했다. 요양원은 철책으로 에워싸이고, 철책 위로는 바늘만큼이나 뾰족뾰족한 담장 못들이 박혀 있었다. 담장 못 위로는 회색빛 얼음덩어리들이 지저분하게 엉겨 붙어 있었고, 하얀 눈은 얼음덩어리들을 감싸듯 힘없이 스치고 지나다가 이내 사라져 버렸다. 철책 너머로는 황량한 풍경 속에 벌거벗은 느릅나무 몇 그루가 높고도 둥글게 우아한 아치를 그렸다. 나무들 너머로는 작은 창들이 나 있는 네모난 벽돌 건물이 있었는데, 2층까지는 창문마다 철창이 달려 있고, 3층 창문은 아예 벽돌로 막혀 있었다. 건물의 중앙 굴뚝에서는 아무 연기도 피어오르지 않았다. 마치 노아의 홍수가 물러간 뒤 그 자리에 차가운 건물 하나만 덜렁 남겨 둔 것처럼 사람이라곤 아무도 살지 않는 곳처럼 보였다.

쌀쌀맞고 몹시 짜증스런 얼굴의 경비원이 그들을 찬 바닥에 내버려 둔 채 수위실에서 나갔다.

계속해서 문을 두드리자, 또 다른 쌀쌀맞고 몹시 짜증스런 얼굴의 경비원이 정문을 열어 주었다.

그리고 쌀쌀맞고 몹시 짜증스런 얼굴의 사감이 두 사람을 사무실로 안내했고, 책상 뒤 높다란 의자에 앉으며 자신의 책상 한쪽 앞으로 두 사람을 앉혔다. 터너는 사감에게 리지 그리핀을 데리러 왔다고 말했다. 사감은 무턱대고 들어와 위탁된 자를 아무나 데려갈 수는 없다고 못 박았다. 터너는 리지의 얼굴만이라도 볼 수 없겠느냐고 사정했다. 사감은 대답도 하지 않고 카드를 가지러 갔다. 그런데 카드를 가지고 되돌아와서는 두 사람에게 그것도 불가능하다고 통보했다.

뉴턴 씨가 이유를 물었다.

"왜냐하면 말이죠, 엘리자베스 브라이트 그리핀은 요양원에 들어온 지 열흘 만에 사망했기 때문입니다."

사감이 대답했다.

요양원의 차가운 기운이 터너의 몸속 깊이 파고들었다. 몸을 움직일 수가 없었다. 사방을 에워싼 벽돌에 가로막혀 홀로 남겨진 듯했다. 결코 벽돌 밖으로 탈출할 수 없을 것만 같은, 사랑하는 사람도, 바다의 파도도 다시는 볼 수 없을 것만 같은 처절한 심정이었다. 차가운 냉기는 결코 자신을 떠나지 않을 듯싶었다. 냉기는 주변에 머무르기보다는 바로 터너의 몸속에 들어와 있었다.

사감이 자리에서 일어섰다.

"그런 사람들은 여기에 오면 오래 버티지 못하지요."

그러곤 이렇게 덧붙였다.

"더 필요하신 것 있으십니까?"

제12장

핍스버그를 덮친 눈보라는 그해 겨울 마을을 강타한 무수한 눈보라의 시작에 불과했다. 때로는 너무 빨리 새로운 눈보라가 닥쳐와 눈을 치울 새도 없이 다음 눈이 또 내리곤 했다. 터너에게 눈보라는 느낌보다 소리로 먼저 다가왔다. 이따금씩 사나흘 정도 차이를 둘 때가 있었는데, 그럴 때면 터너가 이제껏 본 중에 가장 맑고 푸른 하늘이 모습을 드러냈다. 만약 다윈이 눈에 대해 썼더라면 이 세상에서 가장 아름답고 가장 경이로운 것들 가운데 하나가 눈이라고 표현하지 않았을까, 하고 터너는 생각했다.

2월이 되자 뉴턴 씨는 터너와 터너의 어머니를 찾아왔다. 제일 회중에서 두 사람을 보고 싶어 한다고 했다. 하지만 터너는 교회로 돌아가기에는 아직은 시기가 이르지 않을까 걱정했다.

그래서 두 주를 더 기다렸다.

마침내 터너와 터너의 어머니가 교회에 모습을 드러내자, 중앙 통로를 따라 걷는 두 사람 둘레로 싸한 침묵이 퍼지며 뒤를 따랐다. 그들은 제단 주변의 중간쯤에 있는 빈 줄로 들어섰다. 자욱

한 침묵의 흔적이 두 사람의 머리 위를 넘어가자, 앞줄에 앉아 있던 사람들이 고개를 돌렸다가 흠칫 놀라 고개를 되돌렸다. 찬송가책을 한 권 집어든 터너는 또다시 힐긋거리는 눈이 보이면 곧바로 책을 내던져 버릴지도 모르겠다고 생각했다. 터너는 자신이 던진 찬송가책이 빙글빙글 돌며 양 날개처럼 페이지를 파닥이며 날아가, 이를 테면 허드 집사의 코를 정면으로 맞히는 장면을 머릿속에 그려 보았다.

교회는 조용히 채워졌다. 안내인들은 두 사람이 있는 자리로는 일부러 눈길을 주지 않았다. 두 사람이 앉은 줄에는 아무도 앉지 않았다. 느리기 그지없는 릴리안 우드워드의 오르간 독주가 시작되었다. 촛불이 켜졌다. 안내인들은 늦게 온 교인들을 데려와 빈자리에 끼워 앉혔다.

하지만 아무도 두 사람이 앉은 줄에는 앉지 않았다.

"우리는 가야할 것 같아요."

터너가 어머니에게 낮은 소리로 말했다.

"나도 그렇구나."

어머니가 대답했다.

갑자기 뉴턴 씨 부부와 꼬마 뉴턴들이 앞줄에서 일어나 두 사람의 옆자리로 자리를 바꿔 앉지 않았더라면 두 사람은 교회에서 나갔을 것이다. 뉴턴 부인이 "벅민스터 사모님, 저희가 옆에 앉아도 괜찮으시겠어요?"라고 물었다.

그래서 그들은 두 사람 옆에 앉았다. 꼬마 뉴턴들이 차례차례

야단스럽게 두 사람 옆을 지나가는데, 사내아이 둘은 지나가며 터너에게 주먹을 올려 보였다. 터너도 같이 주먹을 올려 보이자, 싱긋 웃었다. 분홍색 옷을 차려입은 새침한 여자 아이 넷도 똑같이 차례로 주먹을 들어 올리더니 터너의 배를 툭툭 치며 옆으로 지나갔다. 뉴턴 씨는 터너의 머리를 문질러 헝클어뜨렸고, 뉴턴 부인은 터너의 어머니 곁에 앉아 어머니의 손을 잡았다.

터너는 찬송가책을 도로 내려놓았다.

예배가 끝날 때까지 꼬마 뉴턴들은 차례로 터너의 무릎으로 올라와 앉았다. 터너는 참지 못하고 꼬마들의 배를 간질였다. 그 중에서도 특히 벤과 메그 뉴턴을 빼놓을 수가 없는데, 두 아이는 애비와 펄리처럼 깔깔거렸다.

* * *

터너는 쉬지 않고 퍼붓는 눈 때문에 교회와 목사관, 이제는 어머니와 함께 살고 있는 콥 할머니네 집 앞까지 눈을 치우는 일이 갈수록 힘에 겨웠다. 실어 나를 상자들과 트렁크 하나가 아직 남아 있었지만 아버지 서재의 책들은 이미 옮겨져 제대로 분류를 하기 전까지 콥 할머니의 책들이 있는 바로 앞 선반에 자리를 잡았다. 터너는 서재의 둥근 책상을 깨끗이 치우고 아버지의 성경과 『아이네이스』, 그리고 『종의 기원』만 램프 옆에 따로 남겨 두었다.

어머니가 책상을 보더니 두 손으로 뺨을 감싸며 고개를 끄덕였다. 눈가에는 눈물이 가득 고였다.

무거운 물건들을 옮기는 일은 윌리스가 도와 주었다. 완전히 짐을 옮기는 데는 거의 일주일이 걸렸다. 짐을 옮기고 나면 윌리스는 두 사람과 함께 저녁을 먹었다. 윌리스는 핍스버그의 학교 선생님들에 대한 재미난 이야기들을 해 주곤 했는데, 밥을 먹으며 웃음이 터진 건 정말 오랜만이었다. 터너의 어머니가 깜빡 잊고 꺼내지 않아 숟가락이 들어가지 않을 정도로 딱딱하게 구워진 애플 크리습* 덕분에 또 한 번 웃음이 터졌다.

우울한 잿빛 2월의 마지막 날, 그들은 마지막으로 목사관 문을 닫았다. 콥 할머니는 전기 조명을 신뢰하지 않았던 터라 밤이 되면 재로 불을 묻었다가 아침이면 램프의 등피를 청소하고 심지를 다듬어야 했다. 이렇게 똑같은 과정을 매일같이 반복했다. 백 년도 넘은 집을 제대로 단속하고 난방을 유지하기 위해 해야 할 무수한 집안일들 또한 터너의 자연스런 일상이 되었다. 터너는 틈틈이 아버지와 콥 할머니의 책들로 둘러싸인 서재로 들어가 오전이면 『게오르기카』**를 번역했는데, 터너 생각에 『아이네이스』만큼은 미치지 못했다. 오후에는 워즈워스***와 롱펠로우****, 콜리지*****까지 모두 다 읽었으며, (터너는 콜리지 하나면 충분할 듯싶었다.) 나머지 시간은 전부 다윈의 『비글호 항해기』를 읽는 데

---
* 사과를 저며 설탕과 버터로 버무린 다음 계피가루와 밀가루 반죽을 덮어 오븐에 구운 요리
** 베르길리우스가 쓴 농경시
*** William Wordsworth(1770~1855), 영국의 시인이자 계관 시인
**** Henry Wadsworth Longfellow(1807~1882), 미국의 시인
***** Samuel Taylor Coleridge(1772~1834), 영국의 시인이자 비평가이자 철학자

보냈다. 오후에 『비글호 항해기』가 기다리고 있다는 사실만으로도 『게오르기카』를 읽어 나가기가 훨씬 수월했고, 지금이 『비글호 항해기』를 읽기에 가장 좋은 때라고 생각했다. 터너는 가을이 되면 핍스버그의 학교에 다닐 예정이었고, 학교에서 배우는 교과 과정에 다윈이 있을 리 만무했기 때문이다.

그렇지만 바클레이는 읽지 않았다.

터너는 바위 턱으로는 가지 않았다. 말라가 섬으로도 가지 않았다. 예기치 않았던 따스한 바닷바람과 함께 3월이 찾아왔고, 눈이 녹기 시작하면서 난방을 하는 게 그다지 어렵지 않아졌을 때에도 터너는 돌아가지 않았다.

바다가 풀리며 초록빛보다는 푸른빛을 띠었다. 터너는 허드 가족의 거룻배*를 타고 윌리스와 함께 팔의 근육이 속속들이 단단해질 정도로 위아래 해안으로 노를 저어 다녔다. 하지만 그럴 때조차도 터너는 뉴메도우즈를 등지고 지나갔다.

노를 저어 콕스 헤드까지 내려갔다가 돌아오던 어느 일요일 오후, (윌리스는 배를 몰래 빼와야 했는데, 엄격한 안식일 엄수주의자가 된 허드 집사 때문이었다.) 터너는 집 앞 현관에서 스톤크롭 씨와 맞닥뜨렸다. 스톤크롭 씨는 현관문을 사이에 두고 어머니와 이야기를 나누고 있었다.

"여기 왔네요."

어머니의 목소리가 들렸다.

"이 아이와 의논하셔야 할 겁니다."

"벅민스터 부인, 정말, 우리 두 사람은······."

"상황이 어찌됐건 그 문제는 이 애와 의논하셔야 할 겁니다. 터너, 스톤크롭 씨가 제안할 게 있으시다는구나. 들어오시겠어요, 스톤크롭 씨? 서재로 가시면 되겠군요."

터너는 두 사람을 따라 서재로 들어갔다. 스톤크롭 씨는 집에 비해 너무나 거대해 보였다. 부인은 스톤크롭 씨에게 손짓으로 의자를 권했다. 하지만 스톤크롭 씨가 앉으려 하지 않자, 더는 아무 말 않고 서재에서 나갔다.

터너는 공격이 임박했다는 걸 느꼈다.

스톤크롭 씨가 입을 떼었다.

"그래, 네가 바깥주인이란 말이지?"

터너는 대답을 기대하고 물은 말이 아닌 듯싶어서 아무런 대꾸도 하지 않았다. 스톤크롭 씨는 책상 주변을 돌며 『아이네이스』를 집더니, 잠시 몇 장을 스르륵 넘겨 보고는 다시 책상에 내려놓았다.

"이런 게 다 무슨 소용이 있는지 모르겠군. 나는 조선소까지 지어봤다만 'E Pluribus Unum에 플러리버스 우넘'**도 잘 모른다. 라틴어를 안다는 이유만으로 너를 고용할 사장은 없을 게다, 벅민스터 군."

---

* 근해에서 배에 물건을 싣거나 내리는 데 사용하는 배. 보통 바닥이 편평하고 흘수(吃水)가 얕은 보트나 바지선

** 미국의 주화 뒷면에 새겨 있는 라틴어 문구. 영어로 번역하면 'One Out of Many'로 '다수로부터 하나를 이룬다.'라는 뜻이다. 미국의 국가 이념이기도 하다.

터너는 하마터면 스톤크롭 씨에게 고용되느니 온 메인 주가 치마를 걸어 올리고 릴 춤*을 추는 게 더 빠를 거라는 말이 입에서 튀어나올 뻔했다. 하지만 그 말 역시 입 밖으로 꺼낼 필요가 없다고 생각했다.

"넌 아직도 이런 졸작을 읽고 있구나."

스톤크롭 씨가 『비글호 항해기』를 집으며 말했다.

"우리가 원숭이에게서 왔다고 생각하는 그런 사람한테서 무슨 배울 게 있다고."

스톤크롭 씨는 두어 쪽 훑어보다 책을 탁 덮어 의자 위로 던졌다. 그리고는 양손을 둥글게 말아 주먹을 만들더니, 몸을 숙여 두 주먹으로 윗몸을 받치고 섰다.

"아들아, 오늘 내가 여기 온 건 너희 어머니와 거래 제의를 의논하기 위해서다. 헌데 네 어머니께서는 너하고 의논하라고 하시더구나. 콥 부인이 이 집을 네 앞으로 남겼기 때문이겠지."

"저는 아저씨 아들이 아닙니다."

터너가 분명히 말했다.

"그래, 아들이 아니지. 네가 내 아들이라면 조선소에 나가 장사를 배우겠지. 쓰는 사람도 없는 그런 말이나 번역하고, 이런 바보 같은 원숭이 책이나 읽는 대신에 말이다. 바깥세상은 현실적이다. 그리고 현실적이지 못한 사람들은……."

---

* 스코틀랜드 인들의 경쾌한 전통 춤

"현실적이지 못한 사람들한테 무슨 일이 생기는지 저도 잘 알고 있습니다. 현실적이지 못한 사람들에게 무슨 일이 일어나는지 제 눈으로 똑똑히 봤으니까요."

"무뚝뚝하구나. 참 무뚝뚝해, 안 그러냐? 좋아. 사업가라면 솔직해야지. 사업을 한다고 다 좋아할 필요는 없지, 무뚝뚝해질 필요는 있다."

이 역시 대답할 필요가 없는 말이라고 터너는 생각했다.

"그럼, 거래 제의를 하나 하지요, 벅민스터 씨. 나는 당신에게서 콥 부인의 집을 무조건적으로 구입할 의사가 있습니다. 물론 시가보다 더 좋은 가격을 제시할 준비도 되어 있습니다."

"왜죠?"

"이건 사업상의 문제다."

"정말 사업상의 문제라면, 아저씨가 과연 우리에게 시가 이상의 가격을 제시하실까요?"

스톤크롭 씨가 빙그레 웃었다.

"이런, 터너 벅민스터 군, 이제 다 컸구나. 오히려 아버지보다 업무 처리를 잘하는 것 같은데. 이제 겨우 열세 살인데, 아니 이제 열네 살이겠구나. 내가 생각하는 것처럼 라틴어가 완전히 쓸모없는 건 아닌가 보군. 우리 조선소에 너를 데려다 써야겠는걸."

"리지 그리핀이 죽은 걸 아셨나요?"

"말라가 섬은 과거다. 중요한 건 미래야. 간단히 말하마. 여기서 너를 원하는 사람은 아무도 없다. 너도, 너희 어머니도. 너처럼 예리한 아이라면, 다윈을 읽은 아이라면 무슨 뜻인지 알겠지? 나는 너에게 보스턴으로 돌아갈 기회를 주고 있는 거다. 이건 네가 거절할 수 없는 거래 제의야."

"한 가지만 알고 둘을 모르시는군요. 우리는 집을 팔지 않을 겁니다."

"오늘이 최고가다, 벅민스터 군."

터너가 고개를 저었다.

"너는 고집을 위한 고집을 부리는 게냐? 아니면 다른 뭔가가 있는 게냐? 다른 검둥이라도 데려다 살려는 거야? 다른 검둥이한테도 호의를 베풀 테냐?"

"아저씨, 아저씨는 부자입니다. 호텔을 지으면 지금보다 훨씬 더 부자가 되시겠죠. 하지만 콥 할머니는 아저씨를 도와 주고 싶지 않을 겁니다. 그건 저 역시 마찬가지입니다."

"또 무뚝뚝. 아주 좋아. 하지만 너는 바로 네 아버지와 똑같이 좋은 기회를 놓치고 있어. 나는 이런 제안을 두 번은 하지 않아."

"기대하지도 않습니다."

"아무도 너를 원치 않는 마을에 사는 걸 후회하게 될 거다."

"익숙해지고 있습니다."

"너희 가족을 여기로 데려온 게 바로 나였다! 너희 아버지를 고집한 사람이 바로 나였다 이 말이야. 나는 너희 아버지가 진취적인 목사라고 생각했다! 부와 연줄이 있는 그런 사람, 나는 너희 아버지가 메인 주의 스타로 떠오를 거라 기대했다!"

스톤크롭 씨가 고함을 질렀다.

"아버지가 절벽 밑으로 떨어지는 걸 본 사람이 바로 접니다."

"너는 그때 너희 아버지가 무슨 생각을 하고 있었을 것 같으냐? 아마 앞으로 무슨 일이 닥칠지 깨닫고도 남았겠지. 네 아버지는 네가 현명한 결정을 내려서 너희 어머니를 잘 보살펴 드리기를 바라셨을 거란 말이다."

절벽 너머로 추락할 때 아버지는 무슨 생각을 하셨을까? 두 눈에 담겨 있는 의미는 무엇이었을까? 아무리 외면하려 애를 써도, 그 모습을 볼 수 없도록 그 밤을 아무리 더 컴컴하게 만들어 보려 안간힘을 써도 터너는 그 모습을 잊을 수가 없었다. 허공에 대고 손을 휘저으며 절벽 너머로 넘어가던 아버지의 모습. 그리고 아버지의 눈.

그때 터너는 기억해 냈다. 터너는 아버지의 눈이 말하는 것이 무엇인지 이미 본 적이 있었다.

터너는 그것을 고래의 눈에서 보았다.

터너는 스톤크롭 씨가 콧방귀를 뀌며 가 버린 사실조차 알지 못했다. 터너는 절벽 너머의 순간을 다시 한 번 떠올리며, 그 상처에 몸이 움찔했지만 용기를 내어 주의 깊게 아버지의 눈을 바라보았다. 아버지의 얼굴이 아주 확실해질 때까지 그 장면을 다시, 또 다시 떠올렸다.

아버지의 눈에는 무엇이 담겨 있었던 것일까? 고래가 알고 있는 것은 과연 무엇이었을까? 아버지가 알고 있는 건 과연 무엇이었을까?

＊＊＊

　5월에 스톤크롭 씨의 조선소가 결국 문을 닫았다. 스톤크롭 씨는 퀄러티 리지의 저택을 버리고, 남은 투자금을 모두 챙겨 아무도 모르는 곳으로 떠났다. 핍스버그의 모든 사람들이 분노했다. 퀄러티는 물론이었다. 이제 뉴메도우즈의 호텔에 무슨 희망이 있단 말인가? 조선소의 인부들은 지난 달 월급을 하나도 받지 못했다. 그리고 허드 가족! 그들의 모든 투자금도 사라졌다! 완전히 빈털터리가 되었다!

　바닷바람이 파커 헤드 위아래로 쏘다니며 부지런히 소식을 실어 날랐다. ("봤어?", "들었어?") 사람들은 스톤크롭 씨가 불한당이라는 사실을 진작부터 알고 있었다고, 허드 가족에게 너무하지 않았느냐며 하나같이 욕을 해 댔다.

　터너와 터너의 어머니를 제외한 대부분의 사람들이 그랬다. 두 사람은 봄 내내 콥 할머니네 집에 틀어박혀 지냈다. 위층에 있는 방들은 너무 오랫동안 주인을 만나지 못했기 때문에 벅민스터 부인은 그 방들에 다시 활기를 불어넣는 작업을 시작했다. 부인은 터너에게 청소와 페인트칠을 시키고, 양탄자들을 밖으로 끌어내 먼지를 털고, 신선한 공기가 들어오게 창문을 활짝 열어 20세기가 시작된 이래로 처음으로 방들이 빛을 볼 수 있도록 만들어 주었다.

두 사람은 2월부터 다시 제일회중교회에 나가지 않았다. 하지만 스톤크롭 씨가 달아나고 얼마 안 있어 누턴 부인이 이끄는 바느질 부인 봉사회가 터너와 벅민스터 부인을 찾아와 두 사람을 다시 예배에 초대했다. 다소 어색한 상황이었다. 뉴턴 부인은 혹시나 두 사람에게 예의 없이 구는 부인들이 있으면 우산 끝으로 콕콕 찔러 주려고 신경을 곤두세웠다. 하지만 다들 허물없이 대해 주었고, 터너와 어머니는 다시 제일회중교회로 돌아왔다.

재정적 곤란에 시달리는 허드 집사는 더 이상 설교를 하지 않았다. 대신 배스의 목사가 자기 교회의 예배가 끝나는 대로 달려왔다. 그런대로 설교도 괜찮았지만 배스의 목사는 항상 숨이 턱에 차 있었다.

허드 가족은 범선을 처분한 뒤였지만 거룻배는 팔지 않았다. 5월 하순의 어느 날, 터너는 거룻배를 빌려 어머니와 함께 제비꽃 화분을 가지고 말라가 섬으로 갔다. 터너는 어머니와 함께 해변을 따라 리지네 집이 서 있던 섬의 곳까지 걸어갔다. 그곳에서 두 사람은 원래 리지네 집 현관이었던 자리에서 모종삽으로 흙을 떠서 추위에 강한 꽃들을 바다 쪽으로 앞세워 제비꽃을 심었다. 그런 다음 터너는 어머니를 태우고 섬을 한 바퀴 돌았다. 터너의 어머니는 바다 위에서 자신감 넘치는 터너의 모습에 그만 깜짝 놀랐다.

"세상에나, 너무 멀리 가지 않았으면 좋겠구나."

어머니가 말했다.

"전 고래를 봤어요."

터너가 어머니에게 말했다.

"고래들이 이렇게 바닷가 가까이까지 오는 줄 몰랐네."

터너는 열심히 노를 저었다.

다가올 마을의 번영에 맞춰 재산을 늘릴 욕심으로 허드 집사가 받은 대출금을 갚기가 불가능해진 허드 가족은 거룻배마저 팔아 버렸다. 아니 정확히 말하자면, 그들의 집, 월리스 할머니의 집, 그리고 그들이 소유했던 모든 것들을 은행이 팔아 버렸다. 대부분의 재산은 필라델피아에서 온 투기꾼들이 사들였지만 허드 씨나 은행이 원한 값은 받지 못했다.

거룻배는 벅민스터 가족이 샀다.

경매가 끝난 일요일, 허드 가족은 제일회중교회의 마지막 줄에 딱딱하게 굳은 얼굴로 초췌하게 몸을 구부린 채 앉아 있었다. 불행은 전염된다는 사실을 누구나 잘 알고 있기 때문에 터너와 터너의 어머니가 옆으로 와 앉기 전까지 그들 곁에는 아무도 앉지 않았다. 터너의 어머니가 허드 부인의 손을 잡아 주었다.

"이 일을 어쩌면 좋아요."

터너의 어머니가 위로를 건넸다.

"스톤크롭 씨가 그런 불한당일 줄 누가 알았겠어요?"

허드 부인이 나지막이 한탄했다.

그들은 예배가 끝날 때까지 나란히 앉아 갈라디아서의 한 구절을 주제로 한 목사의 숨이 찬 설교를 들었고, 릴리안 우드워드가 연주하는 후주곡의 마지막 화음이 끝나자 자리에서 일어섰다. 허드 부인은 벅민스터 부인의 팔에 몸을 맡긴 채 지나가는 회중들의 시선을 피하며 눈물을 꾹 참았다.

"어찌해야 좋을지 모르겠어요. 어찌해야 좋을지 정말 모르겠어요."

허드 부인이 말했다.

"우리와 함께 살아요."

터너가 말했다.

허드 부인이 터너를 쳐다보았다. 허드 씨도 터너를 쳐다보았다.

"그래요. 우리 둘이 살기에는 방이 주체를 못할 정도니까요."

벅민스터 부인이 말했다.

허드 부인은 허드 씨를 쳐다보았고, 허드 씨는 바닥을 내려다보며 두 손으로 옆에 있는 좌석을 꽉 움켜잡았다.

"우리는……."

"자립하실 때까지만요."

벅민스터 부인이 덧붙였다.

목사의 숨이 찬 설교를 다시 한 번 되풀이해도 좋을 정도로 오랜 시간이 지났다.

마침내 허드 씨가 입을 떼었다.

"고맙습니다. 자립할 때까지만 신세를 지겠습니다."

윌리스가 팔꿈치로 터너를 쿡쿡 찔렀다.

* * *

 한여름이 찾아왔고, 매해 그렇듯 이제까지 중에 가장 더운 여름이 될 것임을 예고했다. 터너와 윌리스는 함께 뒷마당에 텃밭을 새로 파서 덩굴제비콩, 깍지완두, 적갈색 감자와 옥수수 두어 줄을 심었다. 사슴들과 토끼들, 뉴메도우즈와 케네벡 강 사이에 사는 하느님의 모든 창조물들이 괜찮다고 칭찬할 만한 텃밭이었다. 두 사람은 둥근 지붕에 새로 유리창을 달았고, 콥 할머니의 할아버지가 만든 울타리와 현관도 새로 칠했다. 그런 다음 둘은 뉴턴 씨네 가게로 덧창과 문을 칠할 햇빛 노랑과 딸기 빨강색을 사러 갔다.

 허드 씨도 뉴턴 씨네 식료품점에서 점원으로 일하기 전까지 페인트칠을 도왔다.

 터너와 윌리스는 배스에 있는 바닷가재 배에 일자리를 얻었다. 윌리스의 말대로 터너는 윌리스보다 몸집은 왜소했지만 자기 몫의 통발들을 쑥쑥 들어 올렸고, 흠 있는 녀석들을 골라내는 일도 곧잘 해냈다. 첫 두 주가 지나자, 이제는 윌리스만큼 재빨리 바닷가재 집게발을 다룰 줄 알게 되었고, 집게에 꼬집히는 횟수도 다른 일꾼들보다 많이 줄었다.

 바다가 검은 자줏빛으로 물든 새벽부터 불타는 빨간색을 자랑하는 일몰이 될 때까지 하루는 점점 길어져 갔다. 터너는 온종일 피곤하고 몸이 쑤셨고, 새벽에는 으슬으슬 떨렸다. 그래도 터너와 윌리스는 오후에는 너무 더워서 땀을 뻘뻘 흘리며 일했다. "더 쉽게 돈을 버는 방법이 있을 텐데."라고 윌리스는 아침마다 투덜대

다시피 했지만, 설령 그런 방법이 있다 해도 터너는 다른 길을 택하지 않을 생각이었다. 왜냐하면 바닷가재 배를 타고 나가면 몇몇 날을 빼고는 매일같이 고래 떼를 만났기 때문이다. 고래들은 한낮의 새끼고양이들만큼이나 장난을 좋아해서 등지느러미를 자랑하고, 배를 향해 물보라를 내뿜고, 때로는 물 밖으로 완전히 온몸을 드러내며 뛰어올라 온 세상이 다 볼 수 있을 정도로 커다란 미소를 짓기도 했다.

고래들에게 빠져 있을 때면 터너는 바닷가재에게 꼬집히기 일쑤였다.

때때로 그들은 뉴메도우즈 상류에도 통발을 놓았고, 말라가 섬 옆을 지나가기도 했다. 그런데 섬에 어찌나 가까이 다가갔는지 배의 레일 위에 올라서면 리지네 집 현관에 심어 둔 제비꽃 밭이 보일 정도였다. 그럴 때마다 터너의 심장은 멎는 듯했다.

바닷가재를 잡으러 나가지 않을 때면 둘은 잠만 자려고 했다. 심지어는 저녁을 먹으면서도 잠을 잤다. 저녁을 먹는 동안 벅민스터 부인과 허드 부인은 자꾸 말을 걸었지만 부인들의 말보다 두 소년의 하품이 더 길어질 때면 결국 말 걸기를 포기하곤 했다. 그러면 둘은 비틀비틀 위층으로 올라가 잠이 들었다.

그리고 고래들의 눈이 터너의 꿈속을 가득 채우곤 했다.

* * *

어느 날 밤, 가을이 멀지 않았음을 기억해 낸 바닷바람이 더 차가운 바람을 불어 대기 시작했을 때, 터너는 윌리스에게 거룻배를 타고 만으로 가고 싶다고 말했다.

이튿날 새벽, 윌리스는 터너를 따라 부둣가로 나왔다. 물병 하나와 치즈 샌드위치, 옥수수 머핀 몇 개를 실어 주고 밧줄을 풀어 터너를 놓아 준 다음, 터너가 밀물을 따라 흔들거리며 나아가게 도와 주었다. 길고 평온한 물살에 비하면 터너의 두 팔은 무척이나 강했다. 부서질 것조차 없는 잔잔한 물결 속에, 바다는 홍합 껍데기 속 같은 푸르스름한 빛을 띠었다. 터너는 노를 저어 콕스 헤드를 지나고, 앳킨스 만 입구를 가로질러, 폽햄을 돌아, 연안을 벗어나지 않으면서 조수가 가장 약한 작은 섬들을 따라 스몰 포인트 헤드와 볼드 헤드를 돌아 마침내 뉴메도우즈로 들어섰다. 터너는 마지막 높은 조수가 이끄는 대로 해안선 위로 올라섰다. 긴 물결이 일출과 더불어 점점 더 고요해지고 낮아지다가 조수가 마지막 숨을 헐떡이며 잠시 숨을 돌리는 순간에 뱃머리가 말라가 섬의 남쪽 곶 위로 살짝 기울자, 터너는 배에서 내렸다.

터너를 발견한 바닷바람이 우유 한 접시에 목마른 고양이처럼 터너를 휘감고 돌았다. 바람은 터너를 좇아 섬 위까지 따라왔고, 터너가 이슨 가족네 집으로 올라갈 때까지 장난을 그치지 않았다. 불타 버린 이슨 씨네 집터는 겨울 동안 완전히 치워지고 없었고, 다시 숲으로 되돌아가는 길을 찾기 시작하던 차였다. 트립 씨네 가족의 집에 이르자, 초석의 윤곽 안쪽으로 지난 가을 바닷바람이 흩뿌려 놓은 떡갈나무 잎들이 보였다. 묘지는 지반이 조금

함몰되어 있었고, 눈 무게를 이기지 못하고 떨어져 내린 소나무 가지들로 바닥이 가득했다.

리지네 집에는 아무것도 없었다. 아무것도. 터너는 갈라파고스에 선 다윈처럼 그곳에 섰고, 만약 천 년 전에 왔다면 아마도 지금 그대로의 모습이지 않을까 생각했다.

터너는 자갈밭에 앉아 오래도록 앞을 바라보았다.

뉴메도우즈 밖으로 조수가 빠져나가기 시작할 정도로 한참을 그렇게 앉아 있다가 자리를 털고 일어나 말라가 섬의 해변을 따라 배로 되돌아왔다. 터너는 배에 올라 밧줄을 풀고 조수에 몸을 맡긴 채 섬 밖으로 나왔고, 물살에 휩쓸려가지 않을 정도로만 노를 저었다. 섬에서 점점 더 멀어질수록 말라가 섬이 부드럽게 앞뒤로 흔들렸다. 바로 밑에선 바닷물이 혼자서 낄낄거리고, 나무로 만든 노걸이에서는 삐걱삐걱 불규칙한 자장가 소리가 들려왔다.

터너는 이따금씩 노를 저을 때면 근육이 팽팽하게 긴장하는 걸 느꼈고, 낮아지는 조수에 몸을 맡긴 채 차츰 말라가 섬에서 멀어져 뉴메도우즈 강 하류로 떠내려갔다. 정오를 지나서는 탁 트인 바다로 나갔다. 그곳에서는 해안선이 흐릿한 푸른빛으로 얼보였고, 파도는 더 높고 더 길어졌으며, 이 세상 유일한 동무는 바다 한가운데까지 따라온 바닷바람뿐이었다.

터너는 되는 대로 나아갔다. 그러다가 한 번씩 노를 저어 연안으로 방향을 틀어 갈매기들이 끼룩대고 다이빙하다 공중으로 되돌아 나오는 바다 위로 가까이 다가갔다. 하지만 터너가 닿기도 전에 갈매기들이 먼저 터너에게 날아왔다. 어느새 터너는 희미하게 반짝이는 푸른 물고기 떼의 한가운데로 들어와 있었다. 물고기들은 일제히 한 곳으로 방향을 틀어 먹이를 먹고, 낯선 허공에 대고 은빛 지느러미를 흔들어 댔다. 바다는 마치 졸고 있는 듯 몹시도 평온해서, 배는 터너가 있는 힘껏 노를 저을 때조차도 지나간 흔적을 남기지 않았다.

"지금은 상황을 똑바로 보고 있는 사람이 누구니?"

터너가 허공에 대고 큰 소리로 물었다.

"너는 바로 너라고 생각하는 것 같은데."

외로운 바다 위에서 리지와 함께 배를 타고 있는 듯, 리지의 목소리가 귓가에 생생했다.

"여기까지 나와서 뭐 하는 거니?"

"고래를 찾고 있어."

"고래라면 찾을 만하지. 나는 직접 몇 마리 봤어."

리지가 말했다.

"그럴 줄 알았어."

"정말이야. 고래들은 잘 알고 있다는 눈길로 너를 쳐다봐."

"나도 알아."

"네가 상상하는 것보다 아주 오래전부터 잘 알고 있었다는 듯이 말이야."

"나도 알아, 리지."

"고래들은 상황을 똑바로 볼 줄 알아."

"너는 지금 상황을 똑바로 보고 있니, 리지?"

리지의 웃음소리가 배 안을 가득 채웠다.

"어머나 세상에, 나는 늘 그랬거든."

리지 브라이트.

바로 그때 터너는 그들을 보았다. 거대한 더미를 이룬 바닷물이 연안을 따라오더니 자신과 해안선 사이로 움직였다. 그들 위로는 바다갈매기와 검은 제비갈매기들이 공중을 맴돌며 원을 그리다가 서로를 향해 끼룩대고 까악거렸다. 거대한 더미가 갑자기 바닷물을 뿜어내더니 고래들이 둘, 넷, 다섯, 일곱, 오, 하느님! 아홉 마리가 베헤못*처럼 느릿느릿 바다 밖으로 솟아올랐다. 터너는 크게 소리를 지르며 배에서 벌떡 일어나 두 팔을 흔들었다. 고래들이 만들어 낸 파도를 따라 배가 좌우로 흔들렸다. 터너는 고래들을 향해 노를 저어 갔다. 무척이나 흥분해서 노를 노걸이 밖으로 미끄러뜨렸다가 도로 걸어놓고, 또다시 미끄러뜨리기를 되풀이하면서 필사적으로 고래들 옆으로 배를 붙였다. 터너는 고래들이 알고 있는 것이 무엇인지 알아내기 위해 온 힘을 다해 노력했다.

고래들은 터너를 기다려 주었다. 녀석들은 때때로 수면 밑으로 가라앉기도 했지만 대개는 작은 거룻배에 탄 터너를 기다려 주었다. 갈매기들은 깃털이 달린 후광처럼 고래들 위를 동그랗게 맴돌았고, 터너는 노를 아예 배에 실은 채 파도에 몸을 맡겼다.

---

*구약 성경에 나오는 힘이 센 초식동물

파도가 터너를 고래들에게 데려가는 것인지, 아니면 고래들이 터너에게 가까이 헤엄쳐 오는 것인지 분간이 되지 않았다. 어찌 되었건, 터너는 이제 곧 몸을 아래로 뻗기만 하면 될 정도로 고래들에게 아주 바짝 다가설 테고, 손만 아래로 내밀면 진회색 고무 같은, 매끈하게 뻗어 완벽하리만치 탱탱하며 깊은 바다 냄새를 풍기는 고래의 살갗에 닿을 터였다. 터너는 고래들의 거대함을 눈보다는 몸으로 알았고, 그들이 정말로 깊이 알고 있다는 걸 온몸으로 느꼈다.

터너는 바닷물에 촉촉이 젖은 눈으로 자신을 바라보는 고래에서 고래로 눈길을 돌렸다. 그러다 마침내 배 밖으로 몸을 내밀었다. 그리고 차갑고 축축하며 무척이나 매끄러운 고래의 살갗을 만졌다.

그 순간 터너는 알았다. 터너는 알았다.

아버지의 눈과 고래의 눈에 담긴 의미를.

세상은 돌고 빠르게 회전하며, 조수는 흘러 들어왔다가 흘러 나가니, 이 세상에는 모든 진화된 형태들 가운데 서로를 똑바로 바라보는 두 영혼만큼 더 아름답고 더 경이로운 것은 없다. 그리고 그 두 영혼이 헤어지는 것만큼 비참하고 슬픔을 주는 일도 없다. 이 세상 모든 것은 함께함에 크나큰 기쁨이 있으며, 서로를 잃음에 크나큰 비탄이 있음을 깨달았다.

터너는 말라가를 잃었다.

그래서 터너는 울었다. 고래에게서 손을 떼지 않은 채 고래의 눈을 응시하며 흐느껴 울었다. 허드 할머니 때문에 울었고, 콥 할머니 때문에 울었으며, 아버지와 리지 브라이트 때문에 울었다. 탁 트인 바다에서 눈에는 푸른 땅을 담고, 손에는 푸른 바다를 안은 채 터너는 울었다. 주위의 물결은 여전히 고요했고, 바닷바람도 조용했으며, 더할 나위 없이 완벽한 하늘이 페인트칠을 한 천장처럼 머리 위로 둥근 지붕을 이루고 있었다. 밑으로는 고래들 주위로 물살이 소용돌이치는 걸 느낄 수 있었고, 조수를 느꼈으며, 차례차례 한 마리씩 옆을 스치고 지나가는 고래들이 만들어 낸 바닷물의 움직임을 느꼈다. 문득 터너가 어루만지던 한 마리 고래의 눈 위로 바다가 덮이더니, 고래들은 모두 차갑고 축축하며 평온한 바다 밑으로 서서히 가라앉았다가 사라져 갔다.

터너는 여전히 울고 있었다.

이윽고 참을성 없는 바닷바람이 물살을 위로 떠밀어 물마루에 거품을 일으켰으며, 뱃고물 위로는 물보라를 뿜어냈다. 터너는 무의식중에 노를 잡고 파도를 따라 배를 움직였다. 그러다가 다시 무의식중에 천천히 노를 젓기 시작했고, 경계를 풀지 않는 바다를 뚫고 계속 앞으로 나아가다 보니 푸른 육지가 잿빛이 되고, 다시 갈색과 초록빛으로 바뀌었다. 터너는 기슭에 부딪쳤다가 남쪽으로 방향을 돌려 암초와 섬들의 내륙 바깥쪽으로 계속해서 나아갔고, 폽햄을 발견하자 케네벡 강의 반짝이는 물 위로 노를 저어 올라갔다.

터너는 고래들과 함께 바다를 떠다녔다.

터너는 고래들을 보았고 고래들을 만졌다.

고래들은 터너를 보았고 터너를 만졌다.

누구에게든 자랑할 만한 대단한 일이었다. 그 순간 터너는 이 말을 해 주면 리지가 뭐라고 할까 하는 생각에 빙긋 웃었다. 터너가 중얼거렸다.

"고래들과 말라가를 나는 노래하노라."

그런데 문득, 리지는 이 세상 그 어떤 말도 다시는 듣지 못한다는 사실을 기억해 냈다. 그래서 터너에게는 지극히 아름답고 지극히 경이로운 이 일을 자랑할 사람이 아무도 없었다.

터너가 부둣가에 다다를 무렵, 해는 저물어야겠다고 마음을 거의 굳힌 상태였다. 첫 별들은 아직 나오지 않았지만 이제 곧 모습을 드러낼 터였다. 바닷바람은 터너의 뒤로 바짝 다가와 있었고, 파도는 조금이나마 혼자서 몸을 뒤집어 뱃고물을 밀면서 이제 안전하게 잠자리에 들 때가 되었음을 알려 주었다.

윌리스가 기다리고 있었다. 터너가 가까이 다가오자, 손을 흔들며 큰 소리로 불렀다. 얼마나 오랫동안 자신을 기다렸던 것일까. 부두 맨 끝에는 강풍용 각등 두어 개가 보였다. 터너는 윌리스가 이제 막 불을 붙이지 않았을까 어림짐작했다. 터너는 마지막 힘을 다해 노를 저었다. 터너는 자신이 얼마나 지쳐 있는지 알리고 싶지 않았다. 윌리스가 밧줄을 던져 주었지만 매듭도 제대로 묶지 못하는 자신을 보면 윌리스가 이미 눈치를 채고도 남았을 거라 생각했다. 하지만 그래도 괜찮다고 생각했다.

윌리스는 손을 쭉 뻗어 터너를 배에서 부두 위로 끌어올렸다.
"너 아직 결삭할 줄 모르는구나. 멀리 갔었냐?"
"그런 것 같아."
"아주 고요해. 보스턴에서 온 사람도 다룰 정도니 말이야."
"또 코 한번 맞아 볼래?"
"입 다물고, 이것들이나 같이 날라."

터너는 각등 하나를 집어 들고 핍스버그를 똑바로 바라보았다. 벌써 서너 개의 불빛이 반짝이고 있었고, 차가운 냉기를 뚫고 연기가 피어올랐다. 콥 할머니네 집의 둥근 지붕에는 유리창 위로 붉게 물든 일몰이 비치고 있었다. 그리고 첫 번째 별이 떠올랐다.

"윌리스."

이렇게 부른 다음, 터너는 윌리스에게 고래들의 이야기를 들려주었다.

: 작가의 말

고래들은 아직도 헤엄치고 있다!

 이것은 소설이다. 몇몇 이름은 말라가 공동체에서 빌려 왔지만 대부분의 등장인물과 상황은 허구이다. 그렇지만 말라가 이야기는 실제 사실이다. 배스로 가는 북부 1번 도로를 타고 가다가 동쪽을 향해 핍스버그로 나오면, 그리고 뉴메도우즈 해안으로 내려가 보면 아직도 그 조그만 존재를 조수 위로 간직하고 있는 말라가 섬의 모습을 볼 수 있다. 핍스버그 주민들은 대부분 그들 나름대로 잘 살아가고 있다. 하지만 말라가 섬에는 아무런 거주지도 남아 있지 않다.
 거주지가 완전히 파괴되기 전까지 말라가 섬은 오래도록 핍스버그의 눈엣가시였다. 조선업이 몰락하기 시작하자, 핍스버그는 마을의 다음 희망인 관광업으로 눈길을 돌렸고, 그들이 판단하기에 판잣집들과 쓰레기 더미, 다른 인종 간의 결혼과 근친상간, 알

코올 중독과 절도, 정신박약과 같은 해괴한 이야기들이 쉬쉬하면서도 소문으로 나도는 공동체가 존재하는 바닷가로는 관광객들이 찾아오지 않을 거라고 생각했다.

말라가 섬의 거주민들에 대한 부양책임 또한 누구의 몫인지가 항상 골칫거리였는데, 핍스버그 사람들은 말라가 섬 거주민들을 단순히 공유지를 무단 점거한 자들로 판단했다. 마흔아홉 명의 사람들을 생활보호대상자 명부에 올리는 문제를 두고 값비싼 의무를 회피하고자 했던 핍스버그는 강의 반대편 마을인 합스웰이 섬의 진짜 주인이라고 주장했지만, 합스웰 주민들 역시 섬에 대한 권리를 그다지 주장하고 싶지 않아 했다.

한편 말라가 섬 주민들은 바다 끝머리의 고립되고 가난한 공동체에서 최선을 다해 살아가고 있었다. 자유의 몸이 된, 아니면 달아난 노예일지도 모르는 '벤자민 달링'이 백인 부인인 '사라 프로버브즈'와 함께 말라가 섬에 정착한 이래, 이 이야기가 일어났을 무렵에는 그들은 이미 섬에서 125년 이상을 살아왔다. 더 많은 노예들이 뒤를 따랐고, 달링은 두 아들을 두었다. 달링의 두 아들은 열네 자녀를 두었으며, 곧 50여 명의 사람들이(포르투갈 인, 아일랜드 인, 인디언 원주민, 무슨 이유에서건 핍스버그에서 받아들여지지 못한 다른 사람들까지) 말라가 섬에 거주하면서 낚시와 바닷가재 잡이와 농사, 그리고 허락될 때면 핍스버그 마을에서 허드렛일을 하면서 생계를 유지했다.

1905년, 메인 주가 말라가 섬의 관할권을 인수하며 두 마을 사이의 언쟁은 끝이 났다. 하지만 말라가 섬의 이야기는 더욱 커져만 갈 뿐이었다. 1911년, 주지사인 '프레더릭 플레이스테드'가 직접 말라가 섬을 보러 왔다. 주지사는 바위 턱 꼭대기에서 스톤크롭 씨의 관점에서 섬을 바라보았다. 주지사는 "우리는 우리의 현관문 가까이에 저런 것들을 두어서는 안 됩니다."라고 말했고, 판잣집들을 태워 버리는 게 좋겠다고 제의했다. 이듬해, 컴벌랜드 카운티의 보안관이 섬의 모든 거주민들에게 이주를 명령했고, 그해 7월 1일을 최종 기한으로 명시했다. (소설 속에서는 최종 기한이 가을로 되어 있다.) 트립 씨네 가족은 정말로 섬을 나와 그들의 집을 띄워 뉴메도우즈를 떠돌아다녔지만, 여덟 명의 섬 주민들은 심신박약자를 위한 요양원이 있는 포날로 보내졌고, 얼마 안 가 그곳에서 사망했다. 한 사람은(어린 소녀) 기록된 이름이 없었다. 그래서 내가 그녀에게 이름을 지어 주었다.

말라가 섬 주민들을 강제로 이주시킨 뒤, 메인 주는 남은 집들을 파괴했다. (나는 이 두 사건을 소설 속에서 하나로 만들었다.) 모든 무덤들이 파헤쳐졌으며, 다섯 구의 관은 옮겨져 포날 요양원 옆에 묻혔다. 이들 옆에는 아직도 하얀색 묘표가 남아 있다.

오늘날 혹시 차를 타고 핍스버그를 지나다 보면 터너가 노를 저으며 지나갔던 폽햄에 있는 바닷가로 가게 될지도 모른다. 차를 타고 핍스버그 중심부를 지나다 보면 제일회중교회의 뾰족탑도 볼 수 있을 것이다. 하지만 스톤크롭 씨가 머릿속에 그렸던 호텔들은 볼 수가 없는데, 그 호텔들은 지어지지 않았기 때문이다.

그리고 말라가 섬에는 어부들이 가져다 놓은 몇몇 바닷가재 통발들 외에는 아무것도 남은 것이 없다.

하지만 고래들은 아직도 뉴메도우즈가 보이는 곳에서 헤엄을 친다.

게리 D. 슈미트

: 옮긴이의 말

마음 깊은 곳에 불을 지펴주는 작품

목사인 아버지 밑에서 엄격하게 자란 백인 소년 터너와 가진 게 없지만 쾌활하고 풍요로운 정신을 가진 흑인 소녀 리지의 우정, 그리고 터너의 성장기…….

어찌 보면 『나를 통째로 삼켜 버린 소녀』는 설정이 다소 진부하게 느껴질 수도 있는 작품이다. 하지만 이 작품이 약 100여 년 전 미국 현대사에 엄연히 존재하는 불행한 사건을 바탕으로 했다는 걸 알고 나면, 슬픔을 넘어 먹먹해지는 가슴을 참기가 어려워진다. 게다가 이 작품을 읽고 나면 한 편의 감동적인 영화를 감상한 듯한 치밀한 구성과 언어로써 한 폭의 그림을 완성한 것처럼 아름다운 묘사들로 가득하니, 그것이 괜한 기우에 불과했다는 걸 깨닫게 된다.

게리 D. 슈미트는 2005년 이 작품과 2008년 셰익스피어의 작품들을 매개로 주인공의 성장을 다룬『수요일의 전쟁』으로 뉴베리 상을 두 번이나 수상한 작가이다. 그는 이 작품에서 고대 로마의 시인인 베르길리우스의『아이네이스』와 다윈의『종의 기원』, 그리고 성경까지 작품 속에 능수능란하게 아우르는 뛰어난 솜씨를 발휘한다.

　작가 스스로도 밝힌 것처럼, 터너와 리지의 우정은 이 작품의 전부라 해도 과언이 아니다. 목사인 아버지를 따라 낯선 핍스버그로 갓 이사 온 터너는 달라진 환경에 적응하지 못하고 외로움과 답답한 마음에 늘 미지의 세계로 떠나고 싶어 한다. 그런 터너에게 인근 말라가 섬에 사는 당당하고 유쾌한 흑인 소녀 리지는 그 자체가 미지의 세계였다. 항상 자신이 아닌 목사의 아들로서 남의 눈을 의식하며 살아야 했던 마음 여린 소년 터너는 리지를 통해 인생을 배우고 마음을 열며, 마침내 자신을 가두고 있던 제약을 벗어던지고 자신의 생각을 표현할 줄 아는 용기 있는 소년으로 성장한다. 두 사람 사이의 순수한 우정은 타인과 관계를 맺을 때 '이해'를 따지고, '조건'과 '배경'을 따지는 우리의 서글픈 현실을 역설적으로 드러내 주기도 한다.

　이 작품의 중요한 축을 이루고 있는 또 한 가지는 터너와 아버지와의 관계이다. 사실상 마을 사람들이 자신들의 목적을 이루기 위해 고용한 목사인 터너의 아버지, 벅민스터 목사는 기득권층인 백인 사회의 요구에 갈등하다 자신의 지식과 양심, 그리고 이제는 훌쩍 커 버린 아들의 믿음을 따라 약자인 말라가 섬사람들편으로 돌아서지만, 결국 그로 인해 죽음이라는 비극적인 최후를 맞고 만다.

하느님의 뜻을 빙자하여 약자를 짓밟고 기득권자의 욕심을 챙기기에 급급한 핍스버그 마을 사람들의 모습이 100여 년이 지난 오늘의 현실을 그대로 반영하고 있는 것 같아 씁쓸한 마음이 들었다. 인간의 생명보다 돈과 물질을 숭상하고, 나 혼자만 이기고 성장하고 발전하고 앞서가는 것에만 온통 정신이 팔려 쓰러지고 아프고 지친 사람들을 볼 수 있는 눈도 없고, 행복을 느낄 여유도 갖지 못하는 세상, 작품 속 집사의 말처럼 화형으로 생을 마감하는 성인(聖人)이 될 각오가 없으면 지킬 수 없는 세상 앞에서 터너와 함께 눈물을 흘리지 않을 수 없었다.

하지만 그럼에도 마음속 희망을 발견할 수 있는 것은, 터너에게 『종의 기원』이 그랬듯, 이 작품이 바로 닫힌 우리의 마음속에 불을 붙이기에 충분한 작품이기 때문이다.

"책은 네 마음에 불을 붙일 수 있다. 책이 전달하는 생각은 불쏘시개가 되고, 문학성은 성냥이 되기 때문이지."

이 작품을 통해 마음속에 불을 지필 수많은 독자들이 어두운 이 시대의 밝은 희망이 되기를 기원해 본다.

천미나

새로고침 08
나를 통째로 삼켜 버린 소녀
이 책은 『고래의 눈』의 개정판입니다.

펴낸날 초판 1쇄 2010년 1월 30일 · 개정판 1쇄 2018년 8월 30일 · 개정판 2쇄 2019년 5월 20일
지은이 게리 D. 슈미트 | 옮긴이 천미나 | 펴낸이 정현문 | 편집 양덕모 | 마케팅 강보람
디자인 ^{Design}Esther | 펴낸곳 책과콩나무 | 출판등록 제406-3130000251002007000153호
주소 경기도 파주시 회동길 37-20 4층 | 전화 02-3141-4772(마케팅), 02-6326-4772(편집)
팩스 02-6326-4771 | 이메일 booknbean@naver.com
블로그 http://blog.naver.com/booknbean
인스타그램 www.instagram.com/booknbean01
ISBN 979-11-86490-93-8 (43840)
값 13,000원

*이 도서의 국립중앙도서관 출판시도서목록(CIP)은 서지정보유통지원시스템 홈페이지
(http://seoji.nl.go.kr)와 국가자료공동목록시스템(http://www.nl.go.kr/kolisnet)에서
이용하실 수 있습니다.(CIP제어번호 : CIP2018024081)

*잘못된 책은 구입한 곳에서 바꾸어 드립니다. 이 책 내용의 전부 또는 일부를
재사용하려면 반드시 저작권자와 책과콩나무 양측의 동의를 받아야 합니다.

책과콩나무에서는 우리나라 아동문학을 이끌어 나갈 좋은 작품을 찾습니다. 그림책, 저학년, 중학년, 고학년,
청소년을 위한 책 한 권 분량의 작품을 booknbean@naver.com으로 보내 주십시오.